सआदत हसन मंटो

11 मई 1912—18 जनवरी 1955

भारत-विभाजन की पृष्ठभूमि में लिखी 'टोबा टेक सिंह' लेखक मंटो की सबसे मशहूर कहानी है। 11 मई 1912 को जन्मे सआदत हसन मंटो का साहित्यिक सफ़र अंग्रेज़ी, फ्रेंच और रूसी लेखकों की रचनाओं के अनुवाद से आरम्भ हुआ। शुरू के लेखन में मंटो समाजवादी और वामपंथी सोच से प्रभावित नज़र आते हैं, लेकिन देश के बँटवारे ने उनको बहुत गहरा और अमिट घाव दिया जिसकी परछाईं उनकी अनेक कहानियों में मिलती है, जिनमें उन दिनों के पागलपन, क्रूरता और दहशत को दर्शाया गया है। कई बार उनकी लिखी कहानियों पर अश्लीलता के आरोप लगाए गए। 1947 में विभाजन के बाद, मंटो पाकिस्तान में जा बसे। लेकिन वहाँ उन्हें मुम्बई जैसा बौद्धिक वातावरण और दोस्त नहीं मिले और वह अकेलेपन और शराब के अँधेरे में डूबने लगे और 1955 में गुर्दे की बीमारी के कारण उनकी मौत हो गई।

गुरुमुखसिंह की वसीयत
और अन्य कहानियाँ

सआदत हसन मंटो

अनुवाद

नीलाभ

ISBN : 9789386534927

GURUMUKH SINGH KI VASIYAT AUR ANYA KAHANIYAN (Stories)
by Saadat Hasan Manto

राजपाल एण्ड सन्ज़
1590, मदरसा रोड, कश्मीरी गेट, दिल्ली-110006
फोन : 011-23869812, 23865483, 23867791
e-mail : sales@rajpalpublishing.com
www.rajpalpublishing.com
www.facebook.com/rajpalandsons

क्रम

गुरुमुखसिंह की वसीयत

छुरा घोंपने की वारदातें पहले कभी-कभार हुआ करती थीं। लेकिन अब दोनों तरफ़ से बाकायदा लड़ाई की खबरें आने लगी थीं, जिनमें चाकू-छुरों के अलावा किरपानें, तलवारें और बन्दूकें भी आमतौर पर इस्तेमाल की जाती थीं। कभी-कभी देशी बम फटने की खबरें भी मिलती थीं।

अमृतसर में करीब-करीब हरएक का यही ख़याल था कि ये साम्प्रदायिक दंगे देर तक नहीं चलेंगे। जैसे ही ठंडा हुआ, माहौल फिर अपनी असली हालत पर आ जाएगा। इससे पहले, ऐसे कई दंगे अमृतसर में हो चुके थे, जो बहुत देर नहीं चले थे। दस-पन्द्रह दिन तक मार-काट का हंगामा रहता फिर अपने आप शान्त हो जाता था। चुनांचे, पुराने तजुर्बों के आधार पर लोगों का यही ख़याल था कि यह आग थोड़ी देर के बाद अपना ज़ोर ख़त्म करके ठंडी हो जाएगी; लेकिन ऐसा न हुआ। बलवों का ज़ोर दिन-पर-दिन बढ़ता ही गया।

हिन्दुओं के मुहल्लों में जो मुसलमान रहते थे, भागने लगे। इसी तरह से हिन्दू, जो मुसलमानों के मुहल्लों में थे, अपना घर-बार छोड़कर, सुरक्षित स्थानों का रुख करने लगे। पर यह इन्तज़ाम सबके ख़याल में अस्थायी था—उस समय तक के लिए, जब तक माहौल, दंगों के ज़हर से पाक-साफ़ न हो जाये।

मियाँ अब्दुल हई, रिटायर्ड सब-जज को सौ फ़ीसदी विश्वास था कि हालात बहुत जल्दी ठीक हो जायेंगे। यही वजह थी कि वे ज़्यादा परेशान नहीं थे। उनका एक लड़का था—ग्यारह बरस का, एक लड़की थी—सत्रह बरस की; एक पुराना नौकर था, जिसकी उम्र सत्तर के करीब थी। छोटा-सा परिवार था। जब दंगे शुरू हुए तो मियाँ साहब ने काफ़ी राशन घर में जमा कर लिया था। उस तरफ़ से वे बिलकुल सन्तुष्ट थे कि अगर ख़ुदा-न-खास्ता, हालात

कुछ ज़्यादा खराब हो गये और दुकानें वगैरह बन्द हो गयीं तो उन्हें खाने-पीने के मामले में मुश्किल नहीं होगी। पर उनकी जवान लड़की, सुगरा बहुत चिन्तित थी। उनका घर तीन-मंज़िला था—दूसरी इमारतों की अपेक्षा काफ़ी ऊँचा। उसकी मम्टी से शहर का तीन-चौथाई हिस्सा, बखूबी नज़र आता था। सुगरा अब कई दिनों से देख रही थी कि नज़दीक-दूर, कहीं-न-कहीं आग लगी होती थी। शुरू-शुरू में तो फ़ायर ब्रिगेड की 'टन-टन' सुनाई देती थी, पर अब वह भी बन्द हो गयी थी, इसलिए कि जगह-जगह आग भड़कने लगी थी।

रात को अब कुछ और ही नज़ारा होता। घुप्प अँधेरे में, आग के बड़े-बड़े शोले उठते, मानो देव हैं, जो अपने मुँह से आग के फव्वारे छोड़ रहे हैं। फिर अजीब-अजीब-सी आवाज़ें आतीं, जो 'हर-हर महादेव' और 'अल्लाह-हो-अक़बर' के नारों के साथ मिलकर, बहुत ही भयानक बन जातीं।

सुगरा अपने बाप से, डर और घबराहट का ज़िक्र नहीं करती थी, इसलिए कि वे एक बार घर में कह चुके थे कि डरने की कोई बात नहीं, सब ठीक-ठाक हो जायेगा। मियाँ साहब की बातें अक्सर दुरुस्त हुआ करती थीं, सुगरा को इससे थोड़ा-सा इत्मीनान था। पर जब बिजली कट गयी और साथ ही नलों में पानी आना बन्द हो गया तो उसने मियाँ साहब को अपनी चिन्ता बताई और डरते-डरते राय दी कि चन्द रोज़ के लिए शरीफ़पुरे में चले जायें, जहाँ अड़ोस-पड़ोस के सारे मुसलमान, आहिस्ता-आहिस्ता जा रहे थे। मियाँ साहब ने अपना फ़ैसला न बदला और कहा, "बेकार घबराने की कोई ज़रूरत नहीं। हालात बहुत जल्द ठीक हो जायेंगे।"

पर हालात बहुत जल्द ठीक न हुए और दिन-पर-दिन बिगड़ते गये। वह मुहल्ला, जिसमें मियाँ अब्दुल हई का मकान था, मुसलमानों से खाली हो गया; और खुदा की करनी ऐसी हुई कि मियाँ साहब पर एक दिन फ़ालिज़ गिरा, जिसकी वजह से उन्होंने चारपाई पकड़ ली। उनका लड़का बशारत भी, जो पहले अकेला घर में ऊपर-नीचे, तरह-तरह के खेलों में लगा रहता था, अब बाप की चारपाई के साथ लगकर बैठ गया और हालात की नज़ाकत समझने लगा।

वह बाज़ार, जो उनके मकान से मिला था, सुनसान पड़ा था। डॉक्टर गुलाम मुस्तफ़ा की डिस्पेंसरी, मुद्दत से बन्द पड़ी थी। उससे कुछ दूर हटकर, डॉ. गुराँदित्ता थे। सुगरा ने बारजे पर से देखा था कि उनकी दुकान में भी ताले

पड़े हैं। मियाँ साहब की हालत बहुत ही चिन्ताजनक थी; सुगरा इतनी परेशान थी कि उसके होश-हवास बिलकुल गायब हो गये थे। बशारत को अलग ले जाकर, उसने कहा, ''खुदा के लिए तुम ही कुछ करो। मैं जानती हूँ कि बाहर निकलना खतरे से खाली नहीं। पर तुम जाओ...किसी को भी बुला लाओ। अब्बा जी की हालत बहुत खतरनाक है।''

बशारत गया, पर फ़ौरन ही लौट आया। उसका चेहरा हल्दी की तरह पीला पड़ गया था। चौक में उसने एक लाश देखी थी—खून से तरबतर—और पास ही बहुत-से आदमी ठाठा बाँधे एक दुकान लूट रहे थे। सुगरा ने अपने डरे हुए भाई को सीने से लगा लिया और सब्र-शुक्र करके बैठ गयी। पर उससे अब अपने बाप की हालत नहीं देखी जाती थी। मियाँ साहब के शरीर का दायाँ हिस्सा बिलकुल सुन्न हो गया था, जैसे उसमें जान ही न हो। बोली में भी फ़र्क पड़ गया था और वे ज़्यादातर इशारों से ही बातें करते थे, जिसका मतलब यह था कि सुगरा घबराने की कोई बात नहीं, खुदा की मेहरबानी से सब ठीक हो जायेगा।

कुछ भी ठीक न हुआ। रोज़े खत्म होने वाले थे; सिर्फ़ दो रह गये थे। मियाँ साहब का ख़याल था कि ईद से पहले-पहले, फिज़ा बिलकुल साफ़ हो जायेगी। पर अब ऐसा लगता था कि शायद ईद ही का दिन कयामत का दिन होगा, क्योंकि मम्टी से अब शहर के करीब-करीब हर हिस्से से धुएँ के बादल उठते दिखाई देते थे, रात को बम फटने की ऐसी-ऐसी भयानक आवाज़ें आती थीं कि सुगरा और बशारत, पल-भर के लिए भी सो नहीं पाते थे। सुगरा को तो यूँ भी बाप की तीमारदारी के लिए जागना पड़ता था, पर अब ऐसा लगता था कि ये धमाके, उसके दिमाग़ के अन्दर हो रहे हैं। कभी वह अपने लकवा-मारे बाप की तरफ़ देखती, कभी अपने सहमे हुए भाई की तरफ़। सत्तर बरस का बूढ़ा नौकर अक़बर था, जो न होने के बराबर था। वह सारा दिन और सारी रात, कोठरी में पड़ा, खाँसता-खँखारता और बलगम थूकता रहता था।

एक दिन तंग आकर सुगरा उस पर बरस पड़ी, ''तुम किस मर्ज़ की दवा हो? देखते नहीं हो, मियाँ साहब की क्या हालत है! असल में तुम पहले दर्जे के नमकहराम हो! अब खिदमत का मौका आया है तो दमे का बहाना करके यहाँ पड़े रहते हो, वे भी खादिम थे, जो मालिक के लिए अपनी जान तक कुर्बान कर देते थे।''

सुगरा अपना जी हल्का करके चली गयी। बाद में उसको अफ़सोस हुआ कि नाहक उस गरीब की इतनी डाँट-फटकार की। रात का खाना थाल में लगाकर, उसकी कोठरी में गयी तो देखा, खाली है। बशारत ने घर में इधर-उधर तलाश की, पर वह न मिला। बाहर के दरवाज़े की कुंडी खुली थी, जिसका मतलब यह था कि वह मियाँ साहब के लिए कुछ करने गया है। सुगरा ने बहुत दुआएँ माँगीं कि ख़ुदा उसे कामयाब करे, लेकिन दो दिन गुज़र गये और वह न आया।

शाम का वक्त था। सुगरा और बशारत ऐसी कई शामें देख चुके थे, जब ईद के हंगामे होते थे; जब आसमान पर चाँद देखने के लिए उनकी नज़रें जमी रहती थीं। दूसरे दिन ईद थी, सिर्फ़ चाँद को उसका ऐलान करना था। दोनों इस ऐलान के लिए कितने बेताब हुआ करते थे; आसमान में चाँदवाली जगह पर अगर बादल का कोई हठीला टुकड़ा जम जाता तो कितनी कोफ़्त होती थी उन्हें, पर अब चारों तरफ़ धुएँ के बादल थे। सुगरा और बशारत, दोनों मम्टी पर चढ़े। दूर कहीं-कहीं कोठों पर, लोगों के साये, धब्बों की सूरत में दिखाई देते थे, पर पता नहीं, वे चाँद देख रहे थे या जगह-जगह सुलगती और भड़कती हुई आग!

चाँद भी कुछ ऐसा ढीठ था कि धुएँ की चादर में से भी नज़र आ गया। सुगरा ने हाथ उठाकर दुआ माँगी कि ख़ुदा मेहरबानी करे और उसके बाप को तन्दुरुस्त कर दे। बशारत मन-ही-मन कोफ़्त महसूस कर रहा था कि इस गड़बड़ की वजह से एक अच्छी-भली ईद खराब हो गयी।

दिन अभी पूरी तरह ढला नहीं था। यानी शाम की स्याही अभी गहरी नहीं हुई थी। छिड़काव किए हुए आँगन में, मियाँ साहब की चारपाई बिछी थी। वे उस पर उदासीन लेटे थे और दूर आकाश पर नज़रें जमाए, जाने क्या सोच रहे थे। ईद का चाँद देखकर जब सुगरा ने पास आकर उन्हें सलाम किया तो उन्होंने इशारे से जवाब दिया। सुगरा ने सिर झुकाया तो उन्होंने वह बाज़ू जो ठीक था, उठाया और उस पर प्यार से हाथ फेरा। सुगरा की आँखों से टप-टप आँसू गिरने लगे तो मियाँ साहब की आँखें भी नम हो गयीं; लेकिन उन्होंने तसल्ली देने के लिए, बड़ी मुश्किल से अपनी लकवा-मारी ज़बान से ये शब्द निकाले, ''अल्लाह ताला सब ठीक कर देगा।''

ठीक उसी समय बाहर दरवाज़े पर दस्तक हुई। सुगरा का कलेजा धक् से रह गया। उसने बशारत की ओर देखा, जिसका चेहरा कागज़ की तरह सफ़ेद हो गया था।

दरवाज़े पर फिर दस्तक हुई। मियाँ साहब ने सुगरा से कहा, ''देखो, कौन है?''

सुगरा ने सोचा कि शायद बुड्ढा अक़बर हो। इस ख़याल से ही उसकी आँखें तमतमा उठीं। बशारत का बाज़ू पकड़कर उसने कहा, ''जाओ देखो, शायद अक़बर आया है।''

यह सुनकर मियाँ साहब ने इनकार में यूँ सिर हिलाया, जैसे वे कह रहे हों—''नहीं, अक़बर नहीं है!''

सुगरा ने कहा, ''तो और कौन हो सकता है अब्बा जी?''

मियाँ अब्दुल हई ने, अपनी ज़बान पर ज़ोर देकर, कुछ कहने की कोशिश की कि बशारत आ गया। वह बहुत डरा हुआ था, एक साँस ऊपर, एक नीचे। सुगरा को मियाँ साहब की चारपाई से एक ओर हटाकर उसे हौले से कहा, ''एक सिक्ख है।''

सुगरा की चीख निकल गयी, ''सिक्ख!! क्या कहता है?''

बशारत ने कहा, ''कहता है, दरवाज़ा खोलो।''

सुगरा ने काँपते हुए बशारत को खींचकर अपने साथ चिपटा लिया और बाप की चारपाई पर बैठ गयी और अपने बाप की तरफ़ वीरान नज़रों से देखने लगी।

मियाँ अब्दुल हई के पतले-पतले, बेजान होंठों पर एक अजीब-सी मुस्कुराहट पैदा हुई, ''जाओ...गुरुमुखसिंह है।''

बशारत ने इनकार में सिर हिलाया, ''कोई और है।''

मियाँ साहब ने फ़ैसले-भरे स्वर में कहा, ''जाओ सुगरा, वही है।''

सुगरा उठी। वह गुरुमुखसिंह को जानती थी। पेंशन लेने से कुछ समय पहले उसके बाप ने इस नाम के एक सिक्ख का कोई काम किया था। सुगरा को अच्छी तरह याद नहीं था; शायद उसको एक झूठे मुकदमे से बचाया था। तब से वह, हर छोटी ईद से एक दिन पहले, रूमाली सेवैयों का थैला लेकर आया करता था। उसके बाप ने कई बार उससे कहा था, ''सरदार जी, आप यह तकलीफ़ न किया करें।'' पर वह हाथ जोड़कर जवाब दिया करता था, ''मियाँ साहब, वाहे गुरु जी की कृपा से आपके पास सब कुछ है। यह तो एक तोहफ़ा है, जो मैं जनाब की खिदमत में हर साल लेकर आता हूँ। मुझ पर जो आपने एहसान किया था, उसका बदला तो मेरी सौ पुश्तें भी नहीं चुका सकतीं।...ख़ुदा आपको खुश रखे।''

सरदार गुरुमुखसिंह को हर साल ईद से एक दिन पहले, सेवैयों का थैला लाते इतना अरसा हो गया था कि सुगरा को हैरत हुई कि उसने दस्तक सुनकर यह क्यों न ख़याल किया कि वही होगा। पर बशारत भी तो उसको दसियों बार देख चुका था; फिर उसने क्यों कहा, कोई और है।...और कौन हो सकता है, यह सोचती हुई सुगरा ड्योढ़ी पर पहुँची। दरवाज़ा खोले या अन्दर ही से पूछे, इसके बारे में वह अभी फ़ैसला कर ही रही थी कि दरवाज़े पर ज़ोर से दस्तक हुई। सुगरा का दिल ज़ोर-ज़ोर से धड़कने लगा। बड़ी मुश्किल से हलक से आवाज़ निकाली—"कौन है ?"

बशारत पास खड़ा था, उसने दरवाज़े की एक झिर्री की तरफ़ इशारा किया और सुगरा से कहा, "इसमें से देखो।"

सुगरा ने झिर्री में देखा, गुरुमुखसिंह नहीं था। वह तो बहुत बूढ़ा था। लेकिन यह जो बाहर, थड़े पर खड़ा था, जवान था। सुगरा अभी झिर्री पर आँख जमाए, उसका जायज़ा ले रही थी कि उसने फिर दरवाज़ा खटखटाया। सुगरा ने देखा कि उसके हाथ में कागज़ का थैला था; वैसा ही जैसा गुरुमुखसिंह लाया करता था।

सुगरा ने झिर्री से आँख हटाई और ज़रा ऊँचे स्वर में, दस्तक देनेवाले से पूछा, "कौन हैं आप ?"

बाहर से आवाज़ आयी—"जी...जी...मैं...मैं...सरदार गुरुमुखसिंह का बेटा हूँ—सन्तोख।"

सुगरा का डर बहुत हद तक दूर हो गया। बड़ी शिष्टता से उसने पूछा, "फ़रमाइए, आप कैसे आये हैं ?"

बाहर से आवाज़ आयी, "जी...जज साहब कहाँ हैं ?"

सुगरा ने जवाब दिया, "बीमार हैं।"

सरदार सन्तोखसिंह ने खेद-भरे स्वर में कहा, "ओह..." फिर उसने कागज़ का थैला खड़खड़ाया, "जी, ये सेवैयाँ हैं...सरदार जी का देहान्त हो गया है...वे मर गये हैं।"

सुगरा ने जल्दी से पूछा, "मर गये हैं ?"

बाहर से आवाज़ आयी, "जी हाँ...एक महीना हो गया है...मरने से पहले उन्होंने मुझसे अनुरोध किया था कि देखो बेटा, मैं जज साहब की खिदमत में पूरे दस बरस से हर छोटी ईद पर सेवैयाँ ले जाता रहा हूँ; यह काम मेरे मरने के

बाद तुम्हें करना होगा।...मैंने उन्हें वचन दिया था, सो पूरा कर रहा हूँ...सेवैयाँ ले लीजिए।''

सुगरा पर इस बात का इतना असर हुआ कि उसकी आँखों में आँसू आ गये। उसने थोड़ा-सा दरवाज़ा खोला। सरदार गुरुमुखसिंह के लड़के ने सेवैयों का थैला आगे बढ़ा दिया, जो सुगरा ने पकड़ लिया और कहा, ''खुदा सरदार जी को जन्नत नसीब करे।''

गुरुमुखसिंह का लड़का कुछ रुककर बोला, ''जज साहब बीमार हैं?''

सुगरा ने जवाब दिया, ''जी हाँ।''

''क्या बीमारी है?''

''फ़ालिज़।''

''ओह...सरदार जी ज़िन्दा होते तो उन्हें यह सुनकर बहुत दुःख होता...मरते दम तक उन्हें जज साहब का एहसान याद था। कहते थे कि वे इन्सान नहीं, देवता हैं...अल्लाह मियाँ उन्हें ज़िन्दा रखे।...उन्हें मेरा सलाम कहिएगा।''

और यह कहकर वह चबूतरे से उतर गया।...सुगरा सोचती रह गयी कि वह उसे ठहराए और कहे कि वह जज साहब के लिए किसी डॉक्टर का बन्दोबस्त कर दे।

सरदार गुरुमुखसिंह का लड़का, सन्तोखसिंह, जज साहब के मकान के चबूतरे से उतरकर, चन्द गज़ आगे बढ़ा तो ठाठा बाँधे हुए चार आदमी उसके पास आये।

दो के पास जलती मशालें थीं और दो के पास मिट्टी के तेल के कनस्तर और कुछ दूसरी आग लगाने की चीज़ें।

एक ने सन्तोख से पूछा, ''क्यों सरदार जी, अपना काम कर आये?''

सन्तोख ने सिर हिलाकर जवाब दिया, ''हाँ, कर आया।''

उस आदमी ने ठाठे के अन्दर से ठंडा हँसकर पूछा, ''तो कर दें मामला ठंडा जज साहब का?''

''हाँ...जैसी तुम्हारी मर्ज़ी।'' यह कहकर, सरदार गुरुमुखसिंह का लड़का चल दिया।

लायसैंस

बड़ा ही छैल-छबीला था कोचवान आबू। ऊपर से उसका ताँगा शहर में नम्बर वन था। कभी मामूली सवारी नहीं बिठाता था। उसके लगे-बँधे ग्राहक थे, जिनसे उसको रोज़ाना दस-पन्द्रह रुपये वसूल हो जाते थे जो आबू के लिए काफ़ी थे। दूसरे जवानों की तरह नशा-पानी की उसे आदत नहीं थी। साफ़-सुथरे कपड़े पहनने और हर वक्त बाँका बने रहने का उसे बेहद शौक़ था।

जब उसका ताँगा सड़क पर घुँघरू बजाता गुज़रता तो लोगों की निगाहें खुद-ब-खुद उसकी तरफ़ उठ जातीं। वह बाँका आबू जा रहा है। देखो, किस ठाठ से जा रहा है। और ज़रा उसकी पगड़ी देखो, कैसी तिरछी बँधी है।

आबू लोगों की ज़ुबानी ये बातें सुनता तो उसकी गर्दन में एक बड़ा बाँका रूप पैदा हो जाता और उसके घोड़े की चाल और ज़्यादा पुरकशिश हो जाती। आबू के हाथों ने घोड़े की बागें कुछ इस अन्दाज़ में पकड़ी होतीं कि जैसे उनको पकड़ने की ज़रूरत नहीं। ऐसा लगता था कि घोड़ा इशारों के बग़ैर चला जा रहा है। उसको अपने मालिक के हुक्म की ज़रूरत नहीं। कई बार तो ऐसा महसूस होता था कि आबू और उसका घोड़ा चन्नी दोनों एक नहीं बल्कि सारा ताँगा एक हस्ती है और वह हस्ती आबू के सिवा और कौन हो सकती थी।

वे सवारियाँ जिनको आबू क़बूल नहीं करता था, दिल-ही-दिल में आबू को गालियाँ देती थीं, ''ख़ुदा करे इसका घमंड टूटे। इसका ताँगा-घोड़ा किसी दिन दरिया में जा गिरे।''

आबू के होंठों पर हल्की-हल्की मूँछों की छाँव खुद एतमाद-सी मुस्कुराहट नाचती रहती थी। उसको देखकर कई कोचवान भी जल जाते थे। आबू को देखकर कई कोचवानों ने इधर-उधर से कर्ज़ा लेकर ताँगे बनवाये,

उनको पीतल के सामान से सजाया। लेकिन आबू-सी शान पैदा न हो सकी। उनको वे ग्राहक नसीब न हो सके, जो आबू और उसके ताँगे-घोड़े पर फ़िदा थे।

एक दिन आबू दोपहर में दरख़्त की छाँव में ताँगे पर बैठा ऊँघ रहा था कि एक आवाज़ उसके कान में झनझनाई। आबू ने आँखें खोलकर देखा, एक औरत ताँगे के पास खड़ी थी। आबू ने उसे मुश्किल से एक नज़र देखा, लेकिन उसकी तीखी जवानी उसके दिल में खुब गयी। वह औरत नहीं जवान लड़की थी। सोलह-सत्रह बरस की दुबली-पतली, मज़बूत। रंग साँवला मगर चमकीला। कानों में चाँदी की छोटी-छोटी बालियाँ। सीधी माँग, सुतवाँ नाक। उसकी ठुड्डी पर एक छोटा-सा तिल! लम्बा कुर्ता और नीला लाचा। सिर पर साफ़ा।

लड़की ने कुँवारी आवाज़ में आबू से पूछा—"वीरा टेशन का क्या लोगे?"

आबू के होंठों की मुस्कुराहट शरारत अख़्तियार कर गयी, "कुछ नहीं।"

लड़की के चेहरे की सँवलाहट में सुर्ख़ी हायल हो गयी, "क्या लोगे टेशन का?" आबू ने उसको अपनी नज़रों में समाते हुए कहा, "तुझसे क्या लेना है, भाग भरिए, चल आ बैठ ताँगे में।"

लड़की ने घबराये हुए हाथों से अपने मज़बूत सीने को ढाँपा, हालाँकि वह ढका हुआ था—"कैसी बात करते हो तुम?"

आबू मुस्कुराया, "चल आ बैठ भी जा। ले लेंगे जो तू देगी?"

लड़की ने कुछ देर सोचा और फिर पायदान पर पैर रखकर ताँगे में बैठ गयी—"जल्दी से चल टेशन।"

आबू ने मुड़कर देखा, "बड़ी जल्दी है, तुझे सोहणिए?"

"हाय-हाय तू तो...।" लड़की कुछ कहते-कहते रुक गयी।

ताँगा चल पड़ा और चलता रहा। कई सड़कें घोड़े के सुमों के नीचे से निकल गयीं। लड़की सहमी बैठी थी। आबू के होंठों पर शरारत भरी मुस्कान नाच रही थी। जब बहुत देर हो गयी तो लड़की ने डरी हुई आवाज़ में पूछा, "टेशन नहीं आया अभी तक?"

आबू ने अर्थ भरे अन्दाज़ में जवाब दिया, "आ जायेगा, तेरा-मेरा टेशन एक ही है।"

"क्या मतलब?"

आबू ने पलटकर लड़की की तरफ़ देखा और कहा—"अल्लहड़िए, क्या

तू इतना भी नहीं जानती। तेरा-मेरा टेशन एक ही है। उसी वक़्त एक हो गया था, जब आबू ने तुझको देखा था। तेरी जान की कसम, तेरा गुलाम झूठ नहीं बोलता।''

लड़की ने सिर पर पल्लू ठीक किया। उसकी आँखें साफ़ बता रही थीं कि वह आबू का मतलब समझ चुकी है। उसके चेहरे से इस बात का पता चलता था कि उसने आबू की बात का बुरा नहीं माना। लेकिन वह इस कशमकश में थी कि दोनों का टेशन एक हो या न हो, आबू बाँका है। लेकिन क्या वफ़ादार भी है, क्या वह अपना टेशन छोड़ दे। जहाँ उसकी गाड़ी पता नहीं कब की जा चुकी थी।

आबू की आवाज़ ने उसको चौंका दिया, ''क्या सोच रही ऐं भाग भरिए।''

घोड़ा मस्त खरामी से दुलकी चल रहा था। हवा बन्द थी। सड़क के आस-पास उगे हुए दरख़्त भाग रहे थे। उनकी टहनियाँ झूम रही थीं। घुँघरुओं की झनझनाहट के सिवा और कोई आवाज़ नहीं थी। आबू गर्दन मोड़कर लड़की के साँवले हुस्न को दिल ही दिल में चूम रहा था। कुछ देर बाद उसने घोड़े की बागें जंगले की सलाख के साथ बाँध दीं और उचककर पिछली सीट पर लड़की के साथ बैठ गया। वह ख़ामोश रही। आबू ने उसके दोनों हाथ पकड़े—''दे दे अपनी बागें मेरे हाथ में।''

लड़की ने सिर्फ़ इतना कहा—''छोड़ भी दे।''

लेकिन वह फ़ौरन ही आबू की बाज़ुओं में थी। उसके बाद उसने मज़ाहमत न की। उसका दिल ज़ोर-ज़ोर से फड़फड़ा रहा था, जैसे खुद को छुड़ाकर जाना चाहता हो।

आबू हौले-हौले प्यार भरे लहज़े में उससे कहने लगा, ''यह ताँगा-घोड़ा मुझे अपनी जान से ज़्यादा अज़ीज़ था, लेकिन कसम ग्यारहवें पीर की, यह बेच दूँगा और तेरे लिए सोने के कड़े बनवा दूँगा। खुद फटे-पुराने कपड़े पहनूँगा लेकिन तुझे शहज़ादी बनाकर रखूँगा। कसम दौला शरीफ़ की, ज़िन्दगी में यह मेरा पहला प्यार है। तू मेरी न बनी तो मैं तेरे सामने अपना गला काट लूँगा।'' फिर उसने लड़की को अपने से जुदा कर दिया—''जाने क्या हो गया मुझे, चल तुझे स्टेशन छोड़ दूँ।''

लड़की ने हौले से कहा, ''नहीं—अब तुम मुझे हाथ लगा चुके हो।''

आबू की गर्दन झुक गयी—''मुझे माफ़ कर दो, मुझसे गलती हो गयी।''

''निभा लोगे इस गलती को?'' लड़की के लहज़े में चैलेंज था, जैसे किसी ने आबू से कहा हो, ''ले जाओगे, अपना ताँगा इस ताँगे से आगे निकालकर।'' उसका झुका हुआ सिर उठा। आँखें चमक उठीं।

''भाग भरिए!'' यह कहकर उसने अपने मज़बूत सीने पर हाथ रखा, ''आबू अपनी जान दे देगा।''

लड़की ने अपना हाथ बढ़ाया, ''तो यह है मेरा हाथ।''

आबू ने उसका हाथ मज़बूती से पकड़ लिया, ''कसम जवानी की, आबू तेरा गुलाम है।''

दूसरे रोज़ आबू और उस लड़की का निकाह हो गया। वह ज़िला गुजरात की मोचन थी। नाम उसका इनायत यानी नीति था। अपने रिश्तेदारों के साथ आयी थी। वे स्टेशन पर उसका इन्तज़ार कर रहे थे कि उसकी आबू से मुठभेड़ हो गयी, फ़ौरन ही मुहब्बत की सारी मंज़िलें तय कर गयी। दोनों बहुत खुश थे। ताँगा-घोड़ा बेचकर नीति के लिए सोने के कड़े नहीं बनवाये थे, बल्कि अपने जमा किए हुए पैसों से उसको सोने की बालियाँ ख़रीद दी थीं। कई रेशमी कपड़े भी बनवा दिए थे।

लस-लस करते रेशमी लाचे में जब नीति आबू के सामने आती तो उसका दिल नाचने लगता और कहता—''कसम पंजतन पाक की, दुनिया में तुझ जैसा सुन्दर और कोई नहीं।'' और सीने के साथ लगा लेता—''तू मेरे दिल की रानी है।''

दोनों जवानी की मस्तियों में गर्क थे। गाते थे, हँसते थे, सैर करते थे। एक-दूसरे की बलाएँ लेते थे। एक महीना इसी तरह गुज़र गया कि अचानक एक रोज़ पुलिस ने आकर आबू को गिरफ़्तार कर लिया। नीति भी पकड़ी गयी। आबू पर लड़की को अगवा करने का मुकद्दमा चला। नीति पक्के पैरों पर रही, लेकिन फिर भी आबू को दो बरस की सज़ा हो गयी। रोते-रोते उसने सिर्फ़ इतना कहा, ''मैं अपने माँ-बाप के पास कभी नहीं जाऊँगी—घर बैठ कर तेरा इन्तज़ार करूँगी।''

आबू ने उसकी पीठ पर थपकी दी, ''जीती रह, ताँगा-घोड़ा दीना के सुपुर्द कर दिया है। उससे किराया वसूल करती रहना।'' नीति के माँ-बाप ने बहुत ज़ोर लगाया—लेकिन वह उनके साथ न गयी। थक-हारकर उन्होंने उसे उसके हाल पर छोड़ दिया। नीति अकेली रहने लगी। दीना उसे शाम को पाँच

रुपये दे जाता था जो उसके ख़र्च के लिए काफ़ी थे। इसके अलावा मुकदमे के दौरान रोज़ाना पाँच रुपये के हिसाब से जो कुछ उसके पास जमा हुआ था, वह भी उसके पास मौजूद था। हफ़्ते में एक बार आबू और नीति की मुलाकात जेल में होती थी, जो उन दोनों के लिए बहुत ही मुख़्तसर थी। नीति के पास जो जमापूँजी थी वह आबू को आराम पहुँचाने में ख़र्च हो गयी। आबू ने नीति के बुच्चे कानों की तरफ़ देखा और पूछा, ''बालियाँ कहाँ गयीं?''

नीति मुस्कुरा दी और सन्तरी की तरफ़ देख आबू से कहा, ''गुम हो गयीं।''

आबू ने कुछ गुस्सा दिखाते हुए कहा, ''तू मेरा इतना ख़याल न रखा कर, जैसा भी हूँ ठीक हूँ।''

नीति ने कुछ न कहा। वक्त पूरा हो चुका था। मुस्कुराती हुई वहाँ से चल दी। मगर घर जाकर बहुत रोई। घंटों आँसू बहाए क्योंकि आबू की सेहत बिगड़ गयी थी। इस मुलाकात में तो वह उसे पहचान न सकी थी।

आबू घुल-घुलकर आधा हो गया था। नीति सोचती थी कि उसको उसका गम खा रहा है, उसकी जुदाई ने आबू की यह हालत कर दी है। लेकिन उसे यह मालूम नहीं था कि वह दिल का मरीज़ है और यह मर्ज़ उसे विरासत में मिला है। आबू का बाप आबू से ज़्यादा लम्बा-चौड़ा जवान था, आबू का बड़ा भाई कड़ियल (हट्टा-कट्टा) जवान था, लेकिन ऐन जवानी में उसे इस बीमारी ने घेर लिया था, खुद आबू इस हक़ीक़त से ग़ाफ़िल था। चुनांचे जेल के अस्पताल में जब वह आख़िरी साँसें ले रहा था तो उसने अफ़सोस भरे लहज़े में नीति से कहा था, ''कसम दौला शरीफ़ की, अगर मुझे पता होता मैं इतनी जल्दी मर जाऊँगा तो कभी तुम्हें अपनी बीवी न बनाता। मैंने तेरे साथ बहुत ज़ुल्म किया। मुझे माफ़ कर दे। और देख, मेरी एक निशानी है, मेरा ताँगा-घोड़ा, उसका ख़याल रखना और चन्नी बेटे (घोड़े) के सिर पर हाथ फेरकर कहना, आबू ने तुझे प्यार भेजा है।''

आबू मर गया। नीति का सब-कुछ मर गया, मगर वह हौसले वाली औरत थी। इस सदमे को बर्दाश्त कर ही लिया। घर में तन्हा-तन्हा पड़ी रहती थी। शाम को दीना आता था और उसे दम-दिलासा देता था और कहता था, ''कुछ फ़िक्र न करो भाभी! अल्ला मियाँ के आगे किसी की पेश नहीं चलती। आबू मेरा यार था। मुझसे जो हो सकता है, खुदा के हुक्म से करूँगा।''

शुरू-शुरू में तो नीति न समझी। लेकिन जब उसके मातम के दिन पूरे हुए तो उसने साफ़ लफ़्ज़ों में नीति से कहा, ''तू मुझसे शादी कर ले।''

यह सुनकर नीति के जी में आया, वह उसे धक्के देकर निकाल दे। लेकिन उसने सिर्फ़ इतना कहा, ''भाई, मुझे शादी नहीं करनी।''

उस दिन से दीने के रवैये में फ़र्क आ गया। पहले शाम को बिना नागा पाँच रुपये अदा करता था। अब कभी चार रुपये लाता, कभी तीन, बहाना यह कि बहुत मन्दा है। फिर दो-दो, तीन-तीन दिन ग़ायब रहने लगा। बहाना यह कि बीमार था, ताँगे का कोई कल-पुर्ज़ा ख़राब हो गया था, इसलिए जोड़ न सका। जब पानी सिर से निकल गया तो नीति ने दीने से कहा, ''भाई दीने! अब तुम तकलीफ़ न करो—ताँगा मेरे हवाले कर दो।''

दीने से ताँगा-घोड़ा लेकर नीति ने माँझे के सुपुर्द कर दिया जो आबू का दोस्त था। उसने भी कुछ दिनों के बाद शादी की दरख़्वास्त दी। नीति ने इनकार किया तो उसकी आँखें भी बदल गयीं। हमदर्दी वगैरह सब हवा हो गयी। नीति ने उससे ताँगा-घोड़ा वापस लिया और एक अनजाने कोचवान के हवाले कर दिया। उसने तो हद कर दी। एक शाम पैसे देने आया तो शराब में धुत्त था। ड्योढ़ी पर कदम रखते ही नीति पर हाथ डालने की कोशिश की। नीति ने उसे ख़ूब सुनाई और काम से हटा दिया।

आठ-दस रोज़ ताँगा बेकार तबेले में पड़ा रहा। घास-दाने का खर्च अलग, तबेले का किराया अलग। नीति अजीब उलझन में गिरफ़्तार थी। कोई शादी की दरख़्वास्त करता था, कोई उसकी इज़्ज़त पर हाथ डालना चाहता था। बाहर निकलती तो लोग बुरी निगाहों से घूरते थे। रात, उसका पड़ोसी दीवार फाँदकर आ गया और लगा ज़बरदस्ती करने। वह सोच-सोच कर पागल हो रही थी कि क्या करे।

एक दिन बैठे-बैठे उसे ख़याल आया कि क्यों न ताँगा मैं आप ही चलाऊँ। आबू के साथ वह सैर को जाती थी तो ताँगा खुद ही चलाया करती थी। शहर के रास्तों से भी वाकिफ़ थी, लेकिन फिर उसने सोचा, 'लोग क्या कहेंगे?' इसके जवाब में उसके दिमाग़ ने कई दलीलें दीं। 'क्या हर्ज है? क्या औरतें मेहनत-मज़दूरी नहीं करतीं। कोयलेवालियाँ या दफ़्तर में जानेवाली औरतें। घर बैठे काम करने वालियाँ तो हज़ारों होंगी।'

नीति ने कुछ दिन—सोच विचार किया। फिर फ़ैसला कर लिया कि वह

ताँगा खुद चलायेगी। उसे खुद पर पूरा भरोसा था, चुनांचे अल्लाह का नाम लेकर वह तबेले में पहुँच गयी। ताँगा जोतने लगी तो सारे कोचवान हक्के-बक्के रह गये। कुछ मज़ाक समझकर खूब हँसे, जो बुज़ुर्ग थे, उन्होंने नीति को समझाया कि ऐसा न करो। नीति न मानी। ताँगा ठीक किया। पीतल का सारा सामान अच्छी तरह चमकाया। घोड़े को खूब प्यार किया और आबू से दिल-ही-दिल में प्यार की बातें करती, तबेले से बाहर निकल गयी। कोचवान हैरतज़दा थे, क्योंकि नीति के हाथ रवाँ थे, जैसे वह ताँगा चलाने की कला में माहिर थी।

शहर में तहलका मच गया। एक खूबसूरत औरत ताँगा चला रही है। हर जगह इसी बात की चर्चा थी।

लोग सुनते, तो उस वक्त का इन्तज़ार करते कि कब वह उनकी सड़क पर से गुज़रे।

शुरू-शुरू में तो सवारियाँ झिझकती थीं। मगर यह झिझक थोड़े दिनों में दूर हो गयी। ख़ूब आमदनी होने लगी। मिनट के लिए भी नीति का ताँगा बेकार न रहता। इधर सवारी उतरती, उधर बैठती। कभी-कभी सवारियों की लड़ाई भी हो जाती, इस पर कि पहले किसने बुलाया है।

जब काम ज़्यादा हो गया तो नीति ने ताँगा जोतने का समय मुकर्रर कर दिया, सुबह सात बजे से बारह बजे तक, दोपहर दो बजे से छह बजे तक। यह सिलसिला बड़ा आरामदेह साबित हुआ। चन्नी भी खुश था, मगर नीति महसूस कर रही थी कि अक्सर लोग उसकी निकटता हासिल करने के लिए उसके ताँगे में बैठते थे।

बेमतलब, उसे इधर-उधर घुमाते थे। आपस में गन्दे-गन्दे मज़ाक भी करते थे, सिर्फ़ उसको सुनाने के लिए बातें करते थे। उसे ऐसा लगता था कि वह खुद को नहीं बेचती लेकिन लोग चुपके-चुपके उसे खरीद रहे हैं। इसके अलावा उसको इस बात का भी एहसास था कि शहर के सारे कोचवान उसको बुरा समझते हैं। लेकिन इसके बावजूद उसे तसल्ली थी। अपने आत्मविश्वास के कारण चैन महसूस करती थी।

एक दिन कमेटीवालों ने नीति को बुलाया और उसका लायसैंस ज़ब्त कर लिया। वजह यह बताई कि औरत ताँगा नहीं चला सकती। नीति ने पूछा, ''जनाब! ताँगा क्यों नहीं चला सकती?''

''बस नहीं चला सकती।'' जवाब मिला, ''तुम्हारा लायसैंस ज़ब्त है।''

नीति ने कहा, ''हुज़ूर आप घोड़ा-ताँगा भी ज़ब्त कर लें। पर मुझे यह तो बता दें कि औरत ताँगा क्यों नहीं जोत सकती? औरतें चर्ख़ा चलाकर पेट पाल सकती हैं। औरतें टोकरी ढोकर पेट पाल सकती हैं। औरतें लाइनों पर कोयले चुन-चुन कर रोटी पैदा कर सकती हैं! मैं ताँगा क्यों नहीं चला सकती। मुझे और कुछ आता ही नहीं। ताँगा-घोड़ा मेरे पति का है। मैं इसे क्यों नहीं चला सकती? मैं अपना गुज़ारा कैसे करूँगी? हुज़ूर, आप रहम करें। मेहनत-मज़दूरी से क्यों रोकते हैं मुझे, मैं क्या करूँ बताइए न मुझे?''

अफ़सर ने जवाब दिया, ''जाओ, बाज़ार में जाकर बैठ जाओ, वहाँ ज़्यादा कमाई है।''

यह सुनकर नीति के अन्दर जो नीति थी, जलकर राख हो गयी। हौले से ''अच्छा जी'' कह चली गयी। औने-पौने दामों पर ताँगा-घोड़ा बेचा और सीधी आबू की कब्र पर गयी। एक लम्हे के लिए ख़ामोश रही। उसकी आँखें बिलकुल ख़ुश्क थीं। जैसे बारिश के बाद झिलमिलाती धूप ने ज़मीन की सारी नमी चूस ली हो। उसने भिंचे हुए होंठ खोले और कब्र से बोली, ''आबू तेरी नीति कमेटी के दफ़्तर में मर गयी।''

यह कहकर वह चली गयी। दूसरे दिन उसने अर्ज़ी दी तो उसे जिस्म बेचने का लायसैंस मिल गया।

सन् 1919 की एक बात

"भाईजान यह बात 1919 की है जब रॉलेट एक्ट के खिलाफ़ सारे पंजाब में आन्दोलन चल रहा था। अमृतसर की बात कर रहा हूँ। सर मायकल ओडायर ने डिफ़ेंस ऑफ़ इंडिया रूल्ज़ के मातहत गाँधीजी का दाखिला पंजाब में बन्द कर दिया था। वह इधर आ रहे थे कि पलवल में उनको रोक लिया गया और गिरफ़्तार करके वापस बम्बई भेज दिया गया। जहाँ तक मैं समझता हूँ, भाईजान, अगर अंग्रेज़ यह गलती न करता तो जलियाँवाले बाग का हादसा उसके शासन के स्याह इतिहास में ऐसे खूनी पृष्ठ की वृद्धि कभी न करता।

"क्या मुसलमान, क्या हिन्दू, क्या सिक्ख—सबके दिल में गाँधीजी के लिए बेहद इज़्ज़त थी। सब उन्हें महात्मा मानते थे। जब उनकी गिरफ़्तारी लाहौर पहुँची तो सारा कारोबार एकदम बन्द हो गया। यहाँ से अमृतसरवालों को मालूम हुआ, चुनांचे यों चुटकियों में मुकम्मिल हड़ताल हो गयी।

"कहते हैं कि नौ अप्रैल की शाम को डॉक्टर सत्यपाल और डॉक्टर किचलू की ज़िलावतनी के हुक्म डिप्टी-कमिश्नर को मिल गये थे। वह उनकी तामील के लिए तैयार न था। इसलिए उसके ख़याल में अमृतसर में किसी दंगे-फ़साद या हुल्लड़ का खतरा नहीं था। लोग शान्तिपूर्ण ढंग से विरोध प्रकट करने के लिए जलसे वगैरह करते थे, जिनसे हिंसा का सवाल पैदा नहीं होता था। मैं अपनी आँखों देखा हाल बयान करता हूँ। नौ अप्रैल को रामनवमी थी। जुलूस निकला, मगर मजाल है जो किसी ने हाकिमों की मर्ज़ी के खिलाफ़ एक कदम उठाया हो। लेकिन, भाईजान, सर मायकल अजब औंधी खोपड़ी का इन्सान था। उसने डिप्टी-कमिश्नर की एक न सुनी। उस पर बस यही खौफ़

सवार था कि ये लीडर महात्मा गाँधी के इशारे पर साम्राज्य का तख्ता उलटने पर आमादा हैं। और जो हड़तालें हो रही हैं और जलसे होते हैं उनके पीछे यही साज़िश काम कर रही है।

''डॉक्टर किचलू और डॉक्टर सत्यपाल की ज़िलावतनी की खबर आनन-फानन में आग की तरह फैल गयी। दिल हर शख्स का खिन्न था। हर वक्त धड़का-सा लगा रहता था कि कोई बहुत बड़ा हादसा होने वाला है। लेकिन भाईजान, जोश बहुत ज़्यादा था। कारोबार बन्द थे। शहर कब्रिस्तान बना हुआ था। पर उस कब्रिस्तान की खामोशी में भी एक शोर था। जब डॉक्टर किचलू और सत्यपाल की गिरफ़्तारी की खबर आयी तो लोग हज़ारों की संख्या में इकट्ठे हुए, ताकि मिलकर डिप्टी-कमिश्नर बहादुर के पास जायें और अपने प्रिय नेताओं की ज़िलावतनी के हुक्म रद्द कराने की दरख्वास्त करें। मगर वह ज़माना, भाईजान, दरख्वास्तें सुनने का नहीं था। सबसे बड़ा शासक सर मायकल जैसा ज़ालिम था। उसने दरख्वास्त सुनना तो अलग, लोगों की उस भीड़ को ही गैर-कानूनी करार दे दिया।

''अमृतसर—वह अमृतसर जो कभी आज़ादी के आन्दोलन का सबसे बड़ा केन्द्र था, जिसके सीने पर जलियाँवाला बाग जैसा गौरवमय ज़ख्म था, आज किस हालत में है? लेकिन छोड़िए इस किस्से को। दिल को बहुत दुःख होता है। लोग कहते हैं कि इस पवित्र शहर में जो कुछ आज से पाँच बरस पहले हुआ उसके ज़िम्मेदार भी अंग्रेज़ हैं। होगा भाईजान, पर सच पूछिए तो इस लहू में, जो वहाँ बहा है, हमारे अपने ही हाथ रंगे हुए नज़र आते हैं। खैर!

''डिप्टी-कमिश्नर साहब का बँगला सिविल लाइंस में था। हर बड़ा अफ़सर और हर बड़ा टोडी शहर के इस अलग-थलग हिस्से में रहता था। आपने अमृतसर देखा है तो आपको मालूम होगा कि शहर और सिविल लाइंस को मिलाने वाला एक पुल है जिसपर से गुज़रकर आदमी ठंडी सड़क पर पहुँचता है जहाँ हुक्मरानों ने अपने लिए ज़मीन पर यह जन्नत बनाई थी।

''भीड़ जब हाल-दरवाज़े के करीब पहुँची तो मालूम हुआ कि पुल पर घुड़सवार गोरों का पहरा है। भीड़ बिलकुल न रुकी और बढ़ती गयी। भाईजान, मैं उसमें शामिल था। जोश कितना था, मैं यह बयान नहीं कर सकता। लेकिन सब निहत्थे थे। किसी के पास एक मामूली छड़ी तक भी नहीं थी। असल में वे तो सिर्फ़ इस गरज़ से निकले थे कि सामूहिक रूप से अपनी आवाज़

शहर के हाकिम तक पहुँचाएँ और उससे निवेदन करें कि डॉक्टर किचलू और डॉक्टर सत्यपाल को बिना शर्त रिहा कर दें। भीड़ पुल की तरफ़ बढ़ती रही। लोग करीब पहुँचे तो गोरों ने गोलीबारी शुरू कर दी। उससे भगदड़ मच गयी। वे गिनती में सिर्फ़ बीस-पच्चीस थे और भीड़ में सैकड़ों थे। लेकिन भाईजान, गोली की दहशत बहुत होती है। ऐसी आपाधापी फैली कि तौबा! कुछ गोलियों से घायल हुए और कुछ भगदड़ में ज़ख्मी हुए।

''दाहिने हाथ को गंदा नाला था। धक्का लगा तो मैं उसमें गिर पड़ा। गोलियाँ चलनी बन्द हुईं तो मैंने उठकर देखा भीड़ तितर-बितर हो चुकी थी। घायल सड़क पर पड़े थे और पुल पर गोरे खड़े हँस रहे थे। भाईजान, मुझे बिलकुल याद नहीं कि उस समय मेरी दिमागी हालत किस किस्म की थी। मेरा ख़याल है कि मेरे होश-हवास पूरी तरह सलामत नहीं थे। गंदे नाले में गिरते वक्त तो मुझे कतई होश नहीं था। जब बाहर निकला तो जो दुर्घटना घटी थी उसका रंगरूप धीरे-धीरे दिमाग में उभरना शुरू हुआ।

''दूर शोर की आवाज़ सुनाई दे रही थी जैसे बहुत से लोग गुस्से में चीख-चिल्ला रहे हों। मैं गंदा नाला पार करके ज़ाहिरा पीर के तकिये से होता हुआ हाल-दरवाज़े के पास पहुँचा तो देखा कि तीस-चालीस नौजवान जोश में भरे पत्थर उठा-उठाकर दरवाज़े पर मार रहे हैं। उसका शीशा टूटकर सड़क पर गिरा तो एक लड़के ने बाकी लड़कों से कहा, 'चलो महारानी का बुत तोड़ें।'

''दूसरे ने कहा, 'नहीं यार, कोतवाली को आग लगाएँ।'

''तीसरे ने कहा, 'और सारे बैंकों को भी।'

''चौथे ने उनको रोका, 'ठहरो! इससे क्या फ़ायदा होगा? चलो, पुल पर उन गोरों को मारें।'

''मैंने उसे पहचान लिया। यह थैला कंजर था—नाम मुहम्मद तुफ़ैल था, मगर थैला कंजर के नाम से मशहूर था। इसलिए कि वह एक वेश्या की कोख से जन्मा था। था बड़ा आवारागर्द। छोटी उम्र में ही उसे जुए और शराबनोशी की लत पड़ गयी थी। उसकी दो बहनें—शमशाद और अल्मास अपने वक्त की हसीनतरीन वेश्याएँ थीं। शमशाद का गला बहुत अच्छा था। उसका मुजरा सुनने के लिए रईस दूर-दूर से आते थे। दोनों अपने भाई की करतूतों से बेज़ार थीं। शहर में मशहूर था कि उन्होंने उसे घर से निकाल रखा है। फिर भी वह किसी-न-किसी हीले-बहाने से अपनी ज़रूरतों के लिए कुछ-न-कुछ वसूल कर लेता

था। अच्छा खाता था, अच्छा पीता था। बड़ा नफ़ासत-पसन्द था। लतीफ़ागोई और रसिकता उसके मिज़ाज में कूट-कूटकर भरी थी। मिरासियों और भाँडों के बाज़ारूपन से बहुत दूर रहता था। लंबा कद, भरे-भरे हाथ-पाँव, मज़बूत कसरती बदन और नाक-नक्शे का भी खासा था।

''जोश में भरे हुए लड़कों ने उसकी बात न सुनी और मलका के बुत की तरफ़ चलने लगे। उसने फिर उनसे कहा, 'मत गँवाओ अपना जोश। इधर आओ मेरे साथ। चलो, उन गोरों को मारें। उन्होंने हमारे बेकसूर लोगों की जान ली है, और उन्हें ज़ख्मी किया है। खुदा की कसम! हम सब मिलकर उनकी गरदन मरोड़ सकते हैं। चलो।'

''कुछ रवाना हो चुके थे, बाकी रुक गये। थैला पुल की तरफ़ बढ़ा तो वे उसके पीछे चलने लगे। मैंने सोचा कि माँओं के ये लाल बेकार मौत के मुँह में जा रहे हैं। मैं फव्वारे के पास दुबका खड़ा था। वहाँ से मैंने थैले को आवाज़ दी और कहा, 'मत जाओ, यार! क्यों अपनी और उनकी जान के पीछे पड़े हो?'

''थैले ने यह सुनकर अजीब-सा कहकहा लगाया और मुझसे कहा, 'थैला सिर्फ़ यह बताने चला है कि वह गोलियों से डरने वाला नहीं।' फिर वह अपने साथियों से बोला, 'तुम डरते हो तो वापस जा सकते हो।'

''ऐसे मौकों पर बढ़ते हुए कदम उलटे कैसे हो सकते हैं? और फिर वह भी उस वक्त जब लीडर अपनी जान हथेली पर रखकर आगे-आगे जा रहा हो। थैले ने कदम तेज़ किए तो उसके साथियों को भी करने पड़े।

''हाल-दरवाज़े से पुल का फ़ासला कुछ ज़्यादा नहीं होगा—कोई साठ-सत्तर गज़ के लगभग। थैला सबसे आगे-आगे था। जहाँ पुल का दोमुखी समानान्तर जँगला शुरू होता है वहाँ से पन्द्रह-बीस कदम के फ़ासले पर दो घुड़सवार गोरे खड़े थे। थैला नारे लगाता जब जँगले के सिरे पर पहुँचा तो गोली चली। मैं समझा कि वह गिर पड़ा—लेकिन देखा कि वह उसी तरह ज़िन्दा आगे बढ़ रहा है। उसके बाकी साथी डर के मारे भाग खड़े हुए थे। मुड़कर उसने पीछे देखा और चिल्लाया, 'भागो नहीं, आओ!'

''उसका मुँह मेरी तरफ़ था कि एक और फ़ायर हुआ। पलटकर उसने गोरों की तरफ़ देखा और पीठ पर हाथ फेरा। भाईजान, नज़र तो मुझे कुछ नहीं आना चाहिए था, मगर मैंने देखा कि उसकी सफ़ेद बोस्की की कमीज़ पर लाल-लाल धब्बे थे। वह और तेज़ी से बढ़ा जैसे ज़ख्मी शेर—एक और फ़ायर

हुआ। वह लड़खड़ाया, मगर एकदम कदम मज़बूत करके वह घुड़सवार गोरे पर लपका और पलक झपकते ही जाने क्या हुआ—घोड़े की पीठ खाली थी। गोरा ज़मीन पर था और थैला उसके ऊपर। दूसरे गोरे ने जो करीब था और पहले बौखला गया था, बिदकते हुए घोड़े को रोका और धड़ाधड़ फ़ायर शुरू कर दिए—उसके बाद जो कुछ हुआ मुझे मालूम नहीं। मैं वहाँ फव्वारे के पास बेहोश होकर गिर पड़ा।

''भाईजान, जब मुझे होश आया तो मैं अपने घर में था। चन्द जान-पहचान वाले मुझे वहाँ से उठा लाए थे। उनकी ज़बानी मालूम हुआ कि पुल पर गोलियाँ खाकर भीड़ बिफर गयी थी। उस बिफरने का फल यह हुआ कि मलका के बुत को तोड़ने की कोशिश की गयी। टाउन हाल और तीन बैंकों को आग लगी और पाँच या छह यूरोपियन मारे गये। खूब लूटमार मची।

''लूट-खसोट का अंग्रेज़ अफ़सरों को इतना ख़याल न था। पाँच या छह यूरोपियन मारे गये थे, उसका बदला लेने के लिए जलियाँवाले बाग का खूनी कांड हुआ। डिप्टी-कमिश्नर बहादुर ने शहर की बागडोर जनरल डायर के सुपुर्द कर दी। चुनांचे जनरल ने 12 अप्रैल को फ़ौजियों के साथ शहर के विभिन्न बाज़ारों में मार्च किया और दर्जनों बेगुनाह आदमी गिरफ़्तार कर लिये। 13 अप्रैल को जलियाँवाले बाग में सभा हुई। लगभग पच्चीस हज़ार लोग होंगे। शाम के करीब जनरल डायर हथियारबंद गोरखों और सिक्खों के साथ वहाँ पहुँचा और निहत्थे आदमियों पर गोलियों की बारिश शुरू कर दी।

''उस समय तो किसी को जानों के नुकसान का ठीक अन्दाज़ा न था, बाद में जब जाँच-पड़ताल हुई तो पता चला कि एक हज़ार लोग मारे गये हैं और तीन या चार हज़ार के करीब घायल। लेकिन मैं थैले की बात कर रहा था। भाईजान, आँखों देखी बात आपको बता चुका हूँ, बेऐब ज़ात ख़ुदा की है। मरहूम में चारों ऐब शरई थे। एक पेशेवर तवाइफ़ की कोख से था मगर जिगरवाला था। मैं अब यकीन के साथ कह सकता हूँ कि उस दरिंदे गोरे की पहली गोली भी उसके लगी थी। आवाज़ सुनकर उसने जब पलटकर अपने साथियों की तरफ़ देखा था और उन्हें हौसला दिलाया था तो जोश की हालत में उसे मालूम नहीं हुआ था कि उसकी छाती में गरम-गरम सीसा उतर चुका है। दूसरी गोली उसकी पीठ में लगी, तीसरी फिर सीने में। मैंने देखा नहीं, पर सुना है कि जब थैले की लाश गोरे से जुदा की गयी तो उसके दोनों हाथ उसकी गरदन में इस तरह पैवस्त थे

कि अलग नहीं होते थे—गोरा जहन्नुम पहुँच चुका था।

''दूसरे रोज़ जब थैले की लाश कफ़न-दफ़न के लिए उसके घरवालों के सुपुर्द की गयी तो उसका बदन गोलियों से छलनी हो रहा था। दूसरे गोरे ने तो अपना पूरा पिस्तौल उसपर खाली कर दिया था। मेरा ख़याल है, उस वक्त मरहूम की रूह उसके जिस्म से उड़ चुकी थी। उस शैतान के बच्चे ने सिर्फ़ उसके मुर्दा जिस्म पर चाँदमारी की थी।

''कहते हैं, जब थैले की लाश मुहल्ले में पहुँची तो कोहराम मच गया। अपनी बिरादरी में वह इतना लोकप्रिय नहीं था। लेकिन उसकी कीमा-कीमा लाश देखकर सब दहाड़ें मार-मार कर रोने लगे। उसकी बहनें शमशाद और अल्मास तो बेहोश हो गयीं। जब जनाज़ा उठा तो उन दोनों ने ऐसे बैन किए कि सुननेवाले लहू के आँसू रोते रहे।

''मरहूम मुहम्मद तुफ़ैल एक वेश्या का लड़का था। इन्कलाब की इस जद्दोजहद में उसको जो पहली गोली लगी थी वह दसवीं थी या पचासवीं, इसके बारे में किसी ने तहकीकात नहीं की। शायद इसलिए कि समाज में उस बेचारे का कोई रुतबा नहीं था। मैं तो समझता हूँ, पंजाब के उस खूनी स्नानागार में नहानेवालों की सूची में थैले कंजर का नामोनिशान तक भी नहीं होगा, और यह भी पता नहीं कि ऐसी कोई फेहरिस्त तैयार भी हुई थी।

''उन दिनों हड़कंप मचा था। सैनिक शासन का बोलबाला था। वह राक्षस जिसे मार्शल ला कहते हैं शहर के गली-गली, कूचे-कूचे में डकारता फिरता था। बहुत आपाधापी की हालत में गरीब को जल्दी-जल्दी यों दफ़न किया गया जैसे उसकी मौत उसके सोगवार रिश्तेदारों का संगीन जुर्म था जिसके निशान वे मिटा देना चाहते थे।

''बस भाईजान, थैला मर गया। थैला दफ़ना दिया गया और...और।'' यह कहकर मेरा हमसफ़र पहली बार कुछ कहते-कहते रुका और खामोश हो गया। ट्रेन दनदनाती हुई जा रही थी। पटरियों की खट-खट ने यह कहना शुरू कर दिया, ''थैला मर गया...थैला दफ़ना दिया गया।'' उस मरने और दफ़नाने के दरम्यान कोई फ़ासला नहीं था। जैसे वह इधर मरा और उधर दफ़ना दिया गया। और खट-खट के साथ उन शब्दों की ताल कुछ इस कदर जज़्बात से खाली थी कि मुझे अपने दिमाग से उन दोनों को जुदा करना पड़ा। चुनांचे मैंने अपने हमसफ़र से कहा, ''आप कुछ और भी सुनाने वाले थे?''

चौंककर उसने मेरी तरफ़ देखा, "जी हाँ, उस दास्तान का एक अफ़सोसनाक हिस्सा बाकी है।"

मैंने पूछा, "क्या?"

उसने कहना शुरू किया :

"मैं आपसे अर्ज़ कर रहा हूँ कि थैले की दो बहनें थीं—शमशाद और अल्मास। बहुत खूबसूरत। शमशाद लम्बी थी, पतले-पतले नक्श, बड़ी-बड़ी आँखें। ठुमरी खूब गाती थी। सुना है, खाँ साहब फतेहअली खाँ से तालीम लेती रही थी। दूसरी अल्मास थी। उसके गले में सुर नहीं था पर मुजरा करती थी तो ऐसा लगता था कि उसका अंग-अंग बोल रहा है। हर भाव में एक बात होती थी। आँखों में वह जादू था जो हरेक के सिर पर चढ़कर बोलता था।"

मेरे हमसफ़र ने तारीफ़ में कुछ ज़रूरत से ज़्यादा वक्त लिया। मगर मैंने टोकना मुनासिब न समझा। थोड़ी देर के बाद वह खुद लम्बे चक्कर से निकला और दास्तान के दुःखद हिस्से की तरफ़ आया। "किस्सा यह है, भाईजान, कि उन दो बहनों के हुस्न व जमाल का ज़िक्र किसी चमचे ने फ़ौजी अफ़सरों से कर दिया। बलवे में एक मेम-क्या नाम था उस चुड़ैल का?...मिस...मिस...शेरवुड मारी गयी थी। तय यह हुआ कि उनको बुलवाया जाये और...और...जी-भर के बदला लिया जाये—आप समझ गये ना, भाईजान!"

मैंने कहा, "जी हाँ।"

मेरे हमसफ़र ने एक आह भरी, "ऐसे नाज़ुक मामलों में वेश्याएँ और रंडियाँ भी अपनी माँएँ-बहनें होती हैं। मगर भाईजान, जहाँ तक मेरा ख़याल है यह मुल्क अपनी इज़्जत को, पहचानता ही नहीं। जब ऊपर के इलाके के थानेदार को ऑर्डर मिला तो वह फ़ौरन तैयार हो गया। चुनांचे वह खुद शमशाद और अल्मास के मकान पर गया और कहा कि साहब लोगों ने याद किया है। वे तुम्हारा मुजरा सुनना चाहते हैं। भाई की कब्र की मिट्टी अभी तक खुश्क भी नहीं हुई थी। अल्लाह को प्यारे हुए उस गरीब को सिर्फ़ दो दिन हुए थे कि यह हाज़िरी का हुक्म सादिर हुआ कि आओ, हमारे हुज़ूर में नाचो। तकलीफ़ देने का इससे बढ़कर भयानक तरीका क्या हो सकता है? ज़ुल्म की दहशत की मिसाल मेरा ख़याल है, इससे बढ़कर शायद ही कोई मिल सके। क्या हुक्म देनेवालों को इतना ख़याल भी न आया कि वेश्या में भी लज्जा होती है। हो

सकती है''—''क्यों नहीं हो सकती?'' उसने अपने-आप से सवाल किया लेकिन वह मुझसे रू-ब-रू था।

मैंने कहा, ''हो सकती है।''

''जी हाँ, थैला आख़िर भाई था। उसने किसी जुएखाने की लड़ाई-भिड़ाई में अपनी जान नहीं दी थी। वह शराब पीकर दंगा-फ़साद करते हुए नहीं मारा गया था। उसने वतन की राह में बड़े बहादुराना तरीके से शहादत का जाम पिया था। वह एक वेश्या की कोख से था। लेकिन वह वेश्या माँ थी और शमशाद और अल्मास उसकी बेटियाँ थीं और थैले की बहनें थीं। और वे थैले की लाश देखकर बेहोश हो गयी थीं। जब उसका जनाज़ा उठा तो उन्होंने ऐसे बैन किए थे कि सुनकर आदमी लहू रोया था।''

मैंने पूछा, ''वे गयीं?''

मेरे हमसफ़र ने इसका जवाब थोड़ी देर के बाद उदासी में दिया, ''जी हाँ, जी हाँ गयीं—खूब सज-धजकर।'' एकदम उसकी उदासी तीखापन इख्तियार कर गयी। ''सोलह सिंगार करके अपने बुलानेवालों के पास गयीं—कहते हैं खूब महफ़िल जमी—दोनों बहनों ने अपने जौहर दिखाए। तड़क-भड़क की पोशाकें पहने हुए वे कोहेकाफ़ की परियाँ मालूम होती थीं। शराब के दौर चलते रहे। और कहते हैं कि रात के दो बजे एक बड़े अफ़सर के इशारे पर महफ़िल बर्खास्त हुई।'' वह उठ खड़ा हुआ और बाहर भागते हुए दरख्तों को देखने लगा।

पहियों और पटरियों की आहनी गड़गड़ाहट की ताल पर उसके आखिरी दो शब्द नाचने लगे, ''बर्खास्त हुई, बर्खास्त हुई।''

मैंने अपने दिमाग़ में उन्हें अपनी गड़गड़ाहट से नोचकर अलग करते हुए उससे पूछा, ''फिर क्या हुआ?''

भागते हुए दरख्तों और खंभों से नज़रें हटाकर उसने बड़े मज़बूत लहज़े में कहा, ''उन्होंने अपनी भड़कीली पोशाकें नोच डालीं और बिलकुल नंगी हो गयीं और कहने लगीं, 'लो देख लो, हम थैले की बहनें हैं। उस शहीद की जिसके खूबसूरत जिस्म को तुमने सिर्फ़ इसलिए अपनी गोलियों से छलनी-छलनी किया था कि उसमें वतन से मुहब्बत करनेवाली रूह थी। हम उसकी खूबसूरत बहनें हैं, आओ अपनी वासना के गरम-गरम लोहे से हमारा खुशबुओं में बसा हुआ जिस्म दागदार करो—मगर ऐसा करने से पहले हमें एक बार अपने मुँह पर थूक लेने दो।''

यह कहकर वह खामोश हो गया, कुछ इस तरह कि और नहीं बोलेगा। मैंने फ़ौरन ही पूछा, ''फिर क्या हुआ?''

उसकी आँखों में आँसू डबडबा आये—''उनको गोली से उड़ा दिया गया।''

मैंने कुछ न कहा। गाड़ी आहिस्ता-आहिस्ता स्टेशन पर रुकी तो उसने कुली बुलाकर अपना सामान उठवाया। जब जाने लगा तो मैंने उसे कहा, ''आपने जो दास्तान सुनाई उसका अंजाम मुझे आपका अपना गढ़ा हुआ मालूम होता है।''

एकदम चौंककर उसने मेरी तरफ़ देखा, ''यह आपने कैसे जाना?''

''मैंने कहा, आपके लहज़े में गहरा दर्द था।''

मेरे हमसफ़र ने हलक की कड़वाहट थूक के साथ निगलते हुए कहा, ''जी हाँ, उन हराम...'' वह गाली देते-देते रुक गया। ''उन्होंने अपने शहीद भाई के नाम पर बट्टा लगा दिया।'' यह कहकर वह प्लेटफ़ॉर्म पर उतर गया।

कल सवेरे जो मेरी आँख खुली

अजब थी बहार! यही जी में आया कि घर से निकल टहलता-टहलता ज़रा बाग चलूँ—बाग पहुँचने से पहले ज़ाहिर है कि मैंने कुछ बाज़ार और गलियाँ तय की होंगी और मेरी आँखों ने कुछ देखा भी होगा। पाकिस्तान तो पहले का ही देखा-भाला था, लेकिन जब से 'ज़िन्दाबाद' हुआ, वह कल देखा। बिजली के खम्भे पर देखा, परनाले पर देखा, छज्जे पर देखा, हर जगह देखा, जहाँ न देखा, वहाँ देखने की हसरत लिये घर लौटा।

पाकिस्तान ज़िन्दाबाद—ये लकड़ियों का टाल है—पाकिस्तान ज़िन्दाबाद! फटाफट मुहाजिर हेयर कटिंग सैलून—पाकिस्तान ज़िन्दाबाद! यहाँ ताले मरम्मत किए जाते हैं—पाकिस्तान ज़िन्दाबाद! गर्मागर्म चाय—पाकिस्तान ज़िन्दाबाद! बीमार कपड़ों का अस्पताल—पाकिस्तान ज़िन्दाबाद! अलहमदउलइल्ला की यह दुकान सैयद अनवर हुसैन मुहाजिर जालन्धरी के नाम अलॉट हो गयी है।

एक मकान के बाहर यह भी लिखा देखा—पाकिस्तान ज़िन्दाबाद—यह घर एक पारसी भाई का है...यानी हज़रत, कहीं इसे न अलॉट कर लीजिएगा।

सुबह का समय था। अजब बहार थी और अजब सैर थी। करीब-करीब सारी दुकानें बन्द थीं। एक हलवाई की दुकान खुली थी। मैंने कहा, चलो लस्सी ही पीते हैं। दुकान की तरफ़ बढ़ा तो क्या देखता हूँ कि बिजली का पंखा चल तो रहा है, लेकिन इसका मुँह दूसरी तरफ़ है। मैंने हलवाई से कहा, ''यह उलटे रुख पंखा चलाने का क्या मतलब है?'' उसने घूरकर मुझे देखा और कहा—''देखते नहीं हो!''

मैंने देखा, पंखे का रुख कायदेआज़म मुहम्मद अली जिन्ना की रंगीन

तस्वीर की तरफ़ था, जो दीवार के साथ लगी हुई थी। मैंने ज़ोर का नारा लगाया...पाकिस्तान ज़िन्दाबाद और लस्सी पीये बगैर आगे चल दिया।

बन्द दुकान के थड़े पर एक आदमी बैठा पूरियाँ तल रहा था। मैं सोचने लगा, 'अभी परसों मैंने इस दुकान से चप्पल खरीदी थीं। पूरीवाला किधर से आ गया?' ख़याल आया शायद कोई दूसरी दुकान हो, लेकिन बोर्ड नहीं था। सामने वही दंगों में झुलसा हुआ मकान था, जिसकी बरसाती में बिजली का पंखा लटक रहा था। इसको देखकर मैंने सोचा कि आग जलाने में इसने भी काफ़ी मदद दी होगी।

पूरीवाले ने मुझे कहा, "क्या सोच रहे हैं आप, बाबूजी! गर्मागर्म पूरियाँ हैं।"

पूरीवाला अपने माथे का पसीना पोंछकर मुस्कुराया, "जूतों की दुकान अब भी है, लेकिन वह नौ बजे शुरू होती है और मेरी सुबह छह बजे से शुरू होती है और साढ़े चार बजे खत्म होती है।"

मैं आगे बढ़ गया।

क्या देखता हूँ कि एक आदमी सड़क पर काँच के टुकड़े बिखेर रहा है। पहले मैंने ख़याल किया, भला आदमी है। इस बात का ध्यान रखता है कि लोगों को तकलीफ़ देंगे, इसलिए सड़क पर से चुन रहा है, लेकिन जब मैंने देखा कि चुनने की बजाय वह बड़ी तरतीब से उन्हें इधर-उधर गिरा रहा है तो मैं कुछ दूर खड़ा हो गया।

झोली खाली करने के बाद वह सड़क के किनारे बिछे हुए टाट पर बैठ गया। पास ही एक दरख्त था। इस पर एक बोर्ड लगा था—"यहाँ साइकिलों के पंक्चर लगाए जाते हैं और इनकी मरम्मत की जाती है।"

मैंने कदम तेज़ कर दिए। दुकानों के साइनबोर्डों में एक तब्दीली नज़र आयी। पहले करीब-करीब सब अंग्रेज़ी में होते थे, अब कुछ दुकानों पर नाम और लिखावट दोनों उर्दू में नज़र आये। किसी ने ठीक कहा है कि जैसा देश, वैसा भेस।

आगे चलकर एक दुकान थी, जिसका नाम 'पापोशियाना' था यानी जूतों का आशियाना। मैंने खुश होकर पाकिस्तान ज़िन्दाबाद कहा और चलता रहा।

चलते-चलते साइकिल के चार पहियों पर एक अजीब ढंग की हाथगाड़ी देखी। पूछा, "यह क्या है?" जवाब मिला, "होटल।" चलता-फिरता होटल

था। चपातियाँ पकाने के लिए अँगीठी और तवा मौजूद, चार सालन, शामी कबाब, तलने के लिए फ्राईपेन हाज़िर। पानी के दो घड़े, बर्फ़, लैमोनेड की बोतलें, दही का कूंडा, नींबू निचोड़ने का खटका, गिलास, प्लेटें हर चीज़ मौजूद थी।

कुछ दूर आगे बढ़ा तो देखा, एक आदमी छोटे-से लड़के को धड़ाधड़ पीट रहा है। मैंने वजह पूछी तो मालूम हुआ कि लड़का नौकर है। उसने एक रुपये का नोट गुम कर दिया है। मैंने उस ज़ालिम को झिड़का और कहा, ''क्या हुआ, बच्चा है। कागज़ का छोटा-सा पुर्ज़ा ही तो होता है एक रुपये का नोट। कहीं गिर पड़ा होगा। खबरदार जो तुमने इस पर हाथ उठाया।''

यह सुनकर वह आदमी मुझसे उलझ गया और कहने लगा कि तुम्हारे लिए एक रुपये का नोट कागज़ का छोटा-सा पुर्ज़ा है लेकिन जानते हो कि कितनी मेहनत के बाद यह कागज़ का छोटा-सा पुर्ज़ा मिलता है आजकल!'' यह कहकर वह फिर उस बच्चे को पीटने लगा। मुझे बहुत तरस आया। जेब से एक रुपया निकाला और उस आदमी से बच्चे की जान छुड़ाई।

कुछ कदमों का फ़ासला तय किया होगा कि एक आदमी ने मेरे कन्धे पर हाथ रखा और मुस्कराकर कहा, ''रुपया दे दिया उस पाजी को?''

मैंने जवाब दिया, ''जी हाँ। बहुत बुरी तरह पीट रहा था बेचारे को।''

''बेचारा उसका अपना लड़का है।''

''क्या कहा?''

''बाप और बेटे दोनों का यही कारोबार है। दो-चार रुपये रोज़ इसी ढोंग से पैदा कर लेते हैं।''

मैंने कहा, ''ठीक है।'' और आगे कदम बढ़ा दिए।

एकदम शोर-सा पैदा हो गया, क्या देखता हूँ कि लड़के हाथों में कागज़ के बंडल लिये चिल्ला रहे हैं और अँधाधुँध भाग रहे हैं। भाँति-भाँति की बोलियाँ सुनने में आयीं। अखबार बिक रहे थे। ताज़ा-ताज़ा और गर्म-गर्म खबरें—देहली में जूता चल गया। लखनऊ में अमुक लीडर की कोठी पर कुत्तों ने हमला कर दिया। पाकिस्तान के एक ज्योतिषी की भविष्यवाणी—कश्मीर दो हफ़्तों में आज़ाद हो जायेगा।

सैकड़ों ही अख़बार थे। आज का ताज़ा *निवाए सुबह* आज का ताज़ा *सुनहरा पाकिस्तान*।

अख़बार बेचनेवाले लड़कों की बाढ़ गुज़र गयी तो एक औरत नज़र आयी। उम्र थी कोई पचास के लगभग, गम्भीर सूरत। एक हाथ में थैला था, दूसरे में अख़बारी बंडल। मैंने पूछा, "क्या अख़बार बेचती हैं?"

जवाब मिला, "जी हाँ।"

मैंने दो अख़बार खरीदे और दिल में उस अख़बार बेचनेवाली औरत का सम्मान लिये आगे बढ़ गया।

थोड़ी ही देर में कुत्तों का एक जमघट सामने आया। कुत्ते भौंक रहे थे और एक-दूसरे को भंभोड़ रहे थे, प्यार कर रहे थे और काट भी रहे थे। मैं डरकर एक तरफ़ हट गया, क्योंकि पन्द्रह दिन हुए एक कुत्ते ने मुझे काट खाया था और पूरे चौदह दिन सी.सी. के टीके मुझे अपने पेट में भुकवाने पड़े थे।

मैंने सोचा, 'क्या ये सब कुत्ते मुहाजिर हैं? या वे हैं जिन्हें यहाँ से जाने वाले अपने पीछे छोड़ गये हैं? कोई भी हो, इसका ख़याल तो रखना ही चाहिए। जो शरणार्थी हैं उनको फिर से आबाद किया जाये और जो बिना मालिक के रह गये हैं, उनको उनकी नस्ल के मुताबिक उन लोगों के नाम अलॉट कर दिया जायें, जिनके कुत्ते उस पार रह गये हैं—और जिनका कोई वाली-वारिस नहीं, उनके लिए लकड़ी की टाँगें लगवा दी जायें ताकि वे उन्हीं से अपना शगल पूरा करते रहें।

कुत्तों का झुरमुट चला गया तो मेरी जान में जान आयी। मैंने कदम बढ़ाने शुरू किए। मैंने एक अख़बार खोला और उसे देखना शुरू किया। मुखपृष्ठ पर एक फ़िल्म एक्ट्रेस की तस्वीर थी—तीन रंगों में एक्ट्रेस का जिस्म अधनंगा था। नीचे लिखा था—

"फ़िल्मों में बेहयाई की नुमाइश कैसे की जाती है, इसका कुछ अन्दाज़ा ऊपर की तस्वीर से हो सकता है।"

मैंने दिल-ही-दिल में पाकिस्तान ज़िन्दाबाद का नारा लगाया और अख़बार को फुटपाथ पर फेंक दिया।

दूसरा अख़बार खोला। एक छोटे से इश्तिहार पर नज़र पड़ी, लिखा था :

'मैंने कल अपनी साइकिल लायड्ज बैंक के बाहर रखी। काम से फ़ारिग होकर जब लौटा तो क्या देखता हूँ कि साइकिल पर पुरानी गद्दी कसी हुई है, लेकिन नयी गायब है। मैं गरीब मुहाजिर हूँ। जिन साहब ने ली हो, मेहरबानी करके मुझे वापस कर दें।'

मैं खूब हँसा और अख़बार तह करके अपनी जेब में रख लिया।

कुछ गज़ों के फ़ासले पर एक जली हुई दुकान दिखाई दी। उसके अन्दर एक आदमी बर्फ़ की दो मोटी-मोटी सिलें रखे बैठा था। मैंने दिल में कहा, "इस दुकान को आख़िर किसी तरह ठंडक पहुँच ही गयी।"

दो-तीन साइकिलें देखीं। थोड़े-थोड़े अर्से के बाद मर्द चला रहे थे और एक-एक बुर्कापोश औरत पीछे कैरियर पर बैठी थी। पाँच-छह मिनट के बाद एक और किस्म की साइकिल नज़र आयी लेकिन अब बुर्कापोश औरत आगे हैंडिल पर बैठी थी। अचानक खरबूज़े के छिलके पर से साइकिल फिसली, सवार ने ब्रेक दबाए। फिसलने और ब्रेक के दोहरे अमल से साइकिल उलटकर गिरी। मैं मदद के लिए दौड़ा। मर्द औरत के बुर्के में लिपटा हुआ और औरत बेचारी साइकिल के नीचे दबी हुई थी। मैंने साइकिल हटाई और उसको सहारा देकर उठाया। मर्द ने बुर्के में से मुँह निकालकर मेरी तरफ़ देखा और कहा—"आप तशरीफ़ ले जाइए। हमें आपकी मदद की ज़रूरत नहीं।"

यह कहकर वह उठा और औरत के सिर पर औंधा-सीधा बुर्का अटकाया और उसको हैंडिल पर बिठाया और चला गया। मैंने दिल में सोचा कि आगे सड़क पर खरबूज़े का कोई और छिलका पड़ा हुआ न हो।

थोड़ी ही दूर दीवार पर एक इश्तिहार देखा, जिसका शीर्षक बहुत ही अर्थपूर्ण था—'मुसलमान औरत और पर्दा।'

बहुत आगे निकल गया। जगह जानी-पहचानी थी, मगर वह बुत कहाँ था जो मैं देखा करता था। मैंने एक आदमी से, जो बैंच पर आराम फ़रमा रहा था, पूछा—"क्यों साहब, यहाँ एक बुत होता था, वह कहाँ गया?"

आराम फरमानेवाले ने आँखें खोलीं और कहा, "चला गया।"

"चला गया? आपका मतलब है, अपने-आप चला गया?"

वह मुस्कुराया, "नहीं, उसे ले गये।"

मैंने पूछा, "कौन?"

जवाब मिला, "जिनका था।"

मैंने दिल में कहा—"लो, अब बुत भी हिजरत करने लगे। एक दिन वह भी आयेगा, जब लोग अपने मुर्दे को भी कब्रों से उखाड़कर ले जायेंगे।

यही सोचते हुए कदम उठाने वाला था कि एक साहब ने, जो मेरी ही तरह टहल रहे थे मुझसे कहा, "बुत कहीं गया नहीं, यहीं है और महफ़ूज़

है।'' मैंने पूछा, ''कहाँ?'' उन्होंने जवाब दिया, ''अजायबघर में।'' मैंने दिल में दुआ माँगी—खुदा, वह दिन भी लाना कि हम सब अजायबघर में रखे जाने के काबिल हो जायें।

फुटपाथ पर एक देहलवी मुहाजिर अपने साहबज़ादे के साथ सैर फ़रमा रहे थे। साहबज़ादे ने उनसे कहा, ''अब्बाजान, हम आज छोले खाएँगे।''

अब्बाजान के कान सुर्ख हो गये, ''क्या कहा?''

साहबज़ादे ने जवाब दिया, ''हम आज छोले खाएँगे।''

अब्बाजान के कान सुर्ख हो गये, ''छोले क्या हुआ, चने कहो।''

साहबज़ादे ने बड़ी मायूसी से कहा, ''नहीं अब्बाजान, चने दिल्ली में होते हैं। यहाँ सब छोले ही खाते हैं।''

अब्बाजान के कान अपनी असली हालत में आ गये।

मैं टहलता-टहलता लॉरेंस बाग पहुँच गया। वही पुराना बाग था, लेकिन वह चहल-पहल नहीं थी। औरतें तो करीब-करीब बिलकुल ही गायब थीं। फूल खिले हुए थे। कलियाँ चटक रही थीं। हल्की-फुल्की हवा में खुशबुएँ तैर रही थीं। मैंने सोचा, 'औरतों को क्या हुआ है जो घर में कैद हैं? ऐसा खूबसूरत बाग, इतना सुहावना मौसम, इससे लुत्फ़ क्यों नहीं लेतीं?' लेकिन मुझे फ़ौरन ही इस सवाल का जवाब मिल गया—जब मेरे कानों में एक बिलकुल भोंडे और बाज़ारू गाने की आवाज़ आयी—और जब मैंने लॉरेंस बाग की पगडंडियों पर फटी-फटी निगाहों वाले गोश्त के लोथड़ों को धीमी चाल से चलते देखा, तो मुझे दुःख हुआ और यह दुःख और बढ़ गया, जब मैंने सोचा कि फूल बेकार खिल रहे हैं, कलियाँ बेमतलब चटक रही हैं। ये जो इनकी तरफ़ देखे बगैर चल रहे हैं, ये जो इनकी खुशबू से बिलकुल बेखबर हैं, क्या इनकी जगह इस बाग की बजाय किसी दिमागी अस्पताल में नहीं? कोई स्कूल नहीं, जहाँ इनके दिमागों की बन्द खिड़कियाँ खोली जायें? इनकी रूहों के ज़ंग लगे ताले तोड़े जायें? अगर कोई ऐसा नहीं कर सकता, मेरा मतलब है, अगर इन्सान का दिमाग मजबूर है, इन इन्सानों के मन का सुधार करने में तो क्या वह इन्हें चिड़ियाघर में नहीं रख सकता, जो लॉरेंस गार्डन में ही कायम है?

मेरी तबियत खराब हो गयी। बाग से बाहर निकल रहा था कि एक साहब ने पूछा—''क्यों साहब, यही जिन्ना बाग है?''

मैंने जवाब दिया, ''जी नहीं, यह लॉरेंस बाग है।''

वे साहब मुस्कुराए, ''आप चिड़ियाघर से तशरीफ़ ला रहे हैं?''

''जी हाँ।''

वे साहब हँस पड़े, ''जनाब, जब से पाकिस्तान कायम हुआ है, इसका नाम जिन्ना बाग हो गया है।''

मैंने उनसे कहा, ''पाकिस्तान ज़िन्दाबाद।''

वे और ज़्यादा हँसते हुए लॉरेंस बाग में चले गये और मुझे ऐसा लगा कि मैं नर्क से बाहर आया हूँ।

बाबू गोपीनाथ

सन् चालीस में बाबू गोपीनाथ से मेरी मुलाकात हुई थी। उन दिनों मैं बम्बई में एक साप्ताहिक पत्रिका एडिट किया करता था। दफ़्तर में अब्दुल रहीम सेण्डो एक नाटे कद के आदमी के साथ दाखिल हुआ। मैं उस वक्त *लीडर* लिख रहा था। सेण्डो ने अपने विशेष अन्दाज़ में ऊँचे स्वर में मुझे आदाब किया और अपने साथी से परिचय कराया, ''मंटो साहब, बाबू गोपीनाथ से मिलिए।''

मैंने उठकर उससे हाथ मिलाया। सेण्डो ने अपने स्वभावानुसार प्रशंसाओं के पुल बाँधने शुरू कर दिए, ''बाबू गोपीनाथ, तुम हिन्दुस्तान के नम्बर वन रॉयटर से हाथ मिला रहे हो। लिखता है तो धड़कन तेज हो जाती है लोगों की। ऐसी कंटीन्यूइटिली मिलाता है कि तबियत साफ़ हो जाती है। पिछले दिनों वह क्या चुटकुला लिखा था आपने मंटो साहब, मिस खुरशीद ने कार खरीदी। अल्लाह बड़ा कारसाज़ है। क्यों बाबू गोपीनाथ, है न एण्टी की पेण्टी पो?''

अब्दुल रहीम सेण्डो का बातें करने का अन्दाज़ बिलकुल निराला था—कंटीन्यूइटिली धड़न तख्ता और एण्टी की पेण्टी पो—ऐसे शब्द उसके अपने गढ़े हुए थे, जिनका वह बातचीत में बेतकल्लुफ़ प्रयोग करता था। मेरा परिचय कराने के बाद वह बाबू गोपीनाथ की तरफ़ सम्बोधित हुआ, जो बहुत प्रभावित दिखाई देता था, ''आप हैं बाबू गोपीनाथ, बड़े खाना-खराब, लाहौर से झख मारते-मारते बम्बई तशरीफ़ लाए हैं और साथ काश्मीर की एक कबूतरी है।''

बाबू गोपीनाथ मुस्कुराया।

अब्दुल रहीम सेण्डो ने परिचय को अपर्याप्त समझकर कहा, ''नम्बर वन बेवकूफ़ हो सकता है तो वह आप हैं। लोग इनको मस्का लगाकर रुपया बटोरते

हैं। मैं सिर्फ़ बातें करके इनसे हर रोज़ पोल्सन बटर के दो पैकेट वसूल करता हूँ। बस मंटो साहब, बस, यह समझ लीजिए कि बड़े एंटी फ्लोजस्टीन किस्म के आदमी हैं। आप आज शाम को इनके फ़्लैट पर ज़रूर तशरीफ़ लाएँ।''

बाबू गोपीनाथ ने, जो खुदा मालूम क्या सोच रहा था, चौंककर कहा, ''हाँ, हाँ, ज़रूर तशरीफ़ लाइए मंटो साहब!'' फिर सेण्डो से पूछा, ''क्यों सेण्डो, क्या आप कुछ कामधंधा करते हैं ?''

अब्दुल रहीम सेण्डो ने ज़ोर से कहकहा लगाया, ''अजी हर किस्म का कामधंधा करते हैं। तो मंटो साहब, आज शाम को ज़रूर आइएगा। मैंने भी पीनी शुरू कर दी है इसलिए कि मुफ़्त मिलती है।''

सेण्डो ने मुझे फ़्लैट का पता लिख दिया, जहाँ मैं वायदे के अनुसार शाम के छह बजे के करीब पहुँच गया। तीन कमरों का साफ़-सुथरा फ़्लैट था, जिसमें बिलकुल नया फ़र्नीचर सजा हुआ था। सेण्डो और बाबू गोपीनाथ के अलावा बैठने वाले कमरे में दो मर्द और दो औरतें मौजूद थीं, जिनसे सेण्डो ने मुझे परिचित कराया।

एक था गफ्फार साईं, तहमदपोश, पंजाब का ठेठ साईं, गले में मोटे-मोटे दानों की माला। सेण्डो ने उसके बारे में कहा, ''आप बाबू गोपीनाथ के लीगल एडवाइज़र हैं। मेरा मतलब समझ जाइए आप। हर आदमी जिसकी नाक बहती हो या जिसके मुँह से थूक निकलता हो, पंजाब में खुदा को पहुँचा हुआ दरवेश बन जाता है। यह भी बस पहुँचे हुए हैं या पहुँचने वाले हैं। लाहौर से बाबू गोपीनाथ के साथ आए हैं, क्योंकि इन्हें वहाँ कोई और बेवकूफ मिलने की उम्मीद नहीं थी। यहाँ आप बाबू साहब केरावन ए के सिगरेट और स्कॉच ह्विस्की के पैग पीकर दुआ करते रहते हैं कि अन्त नेक हो।''

गफ्फार साईं यह सुनकर मुस्कुराता रहा।

दूसरे मर्द का नाम गुलाम अली था। लम्बा-तगड़ा जवान, कसरती बदन, चेहरे पर चेचक के दाग। उसके बारे में सेण्डो ने कहा, ''मेरा शिष्य है। अपने उस्ताद के नक़्श-ए-कदम पर चल रहा है। लाहौर की एक नामी वेश्या की कुँवारी लड़की इस पर फ़िदा हो गयी। बड़ी-बड़ी कंटीन्यूइटियाँ मिलाई गयीं उसको फाँसने के लिए, मगर उसने कहा, 'डू और डाई'—मैं लंगोट का पक्का रहूँगा। एक तकिये में बातचीत करते, पीते हुए बाबू गोपीनाथ से मुलाकात हो गयी। बस, उस दिन से उसके साथ चिमटा हुआ है। हर रोज़ केरावन ए का डिब्बा और खाना-पीना तय है।''

यह सुनकर गुलाम अली भी मुस्कुराता रहा।

गोल चेहरेवाली एक सुर्ख-सफ़ेद औरत थी। कमरे में दाखिल होते ही मैं समझ गया था कि यह वही काश्मीरी कबूतरी है, जिसके बारे में सेण्डो ने दफ़्तर में ज़िक्र किया था। बहुत साफ़-सुथरी औरत थी। बाल छोटे थे। ऐसा लगता था कटे हैं, किन्तु वास्तव में ऐसा नहीं था। आँखें साफ़ और चमकीली थीं। चेहरे की रेखाओं से स्पष्ट लगता था कि अत्यन्त अक्खड़ और अनुभवहीन है। सेण्डो ने उससे परिचय कराते हुए कहा, ''जीनत बेगम। बाबू साहब प्यार से जीनो कहते हैं। एक बड़ी खुर्राट नायिका काश्मीर से यह सेब तोड़कर लाहौर ले आयी। बाबू गोपीनाथ को अपनी सी.आई.डी. से पता चला और एक रात ले उड़े। मुकदमेबाज़ी हुई और लगभग दो महीने तक पुलिस ऐश करती रही। आखिर बाबू साहब ने मुकदमा जीत लिया और इसे यहाँ ले आये—धड़न तख्ता।''

अब गहरे साँवले रंग की औरत बाकी रह गयी थी, जो खामोश बैठी सिगरेट पी रही थी। आँखें लाल थीं जिनसे काफ़ी बेहयाई प्रकट हो रही थी। बाबू गोपीनाथ ने उसकी तरफ़ संकेत किया और सेण्डो से कहा, ''इसके विषय में भी कुछ हो जाये।''

सेण्डो ने उस औरत की रान पर हाथ मारा और कहा, ''जनाब, यह हैं टीन पीपटी, फिल-फिल फोटी, मिसेज़ अब्दुल रहीम सेण्डो उर्फ़ सरदार बेगम—आप भी लाहौर की पैदावार हैं। सन् छत्तीस में मुझसे इश्क हुआ। दो वर्षों ही में मेरा धड़ तख्ता करके रख दिया। मैं लाहौर छोड़कर भागा। बाबू गोपीनाथ ने इसे यहाँ बुलवा लिया ताकि मेरा मन लगा रहे। इसको भी एक डिब्बा केरावन ए का राशन में मिलता है। प्रतिदिन शाम को ढाई रुपये का मार्फिया का इंजेक्शन लेती है। रंग काला है मगर वैसे बड़ी 'टिट फॉर टेट' किस्म की औरत है।''

सरदार ने एक अदा से कहा, ''बक़वास न करो।'' इस अदा में पेशावर औरत की बनावट थी।

सबसे परिचय कराने के बाद सेण्डो ने अपने स्वभावानुसार मेरी प्रशंसा के पुल बाँधने शुरू कर दिए। मैंने कहा, ''छोड़ो यार, आओ कुछ बातें करें।''

सेण्डो चिल्लाया, ''ब्वाय, ह्विस्की एण्ड सोडा—बाबू गोपीनाथ, लगाओ हवा एक हरे को।''

बाबू गोपीनाथ ने जेब में हाथ डालकर सौ-सौ के नोटों का एक पुलिन्दा

निकाला और एक नोट सेण्डो के हवाले कर दिया। सेण्डो ने नोट लेकर उसकी तरफ़ गौर से देखा और लड़खड़ाकर कहा, "ओ गुड—ओ मेरे रब्ब-उल-आलमीन—वह दिन कब आयेगा जब मैं भी लव लगाकर यूँ नोट निकाला करूँगा—जाओ भाई गुलाम अली, दो बोतलें जानी वाकर स्टिल गोइंग स्ट्रॉग की ले आओ।"

बोतलें आयीं तो सबने पीनी शुरू कीं। यह शुगल दो-तीन घंटे तक जारी रहा। इस दौरान में सबसे ज़्यादा बातें सामान्य तौर पर अब्दुल रहीम ने कीं। पहला गिलास एक ही साँस में खत्म करके वह चिल्लाया, "धड़न तख्ता, मंटो साहब, ह्विस्की हो तो ऐसी। हलक में उतरकर पेट में इन्कलाब ज़िन्दाबाद लिखती चली गयी है—जीओ, बाबू गोपीनाथ, जीओ!"

बाबू गोपीनाथ बेचारा खामोश रहा। कभी-कभी अलबत्ता वह सेण्डो की हाँ में हाँ मिला देता था। मैंने सोचा, 'इस शख्स की अपनी कोई राय नहीं है, दूसरा जो भी कहे, मान लेता है।' विश्वास के कच्चे होने का प्रमाण गफ्फार साईं मौजूद था जिसे वह सेण्डो के कथनानुसार अपना लीगल एडवाइज़र बताकर लाया था। सेण्डो का उससे वास्तव में यह मतलब था कि बाबू गोपीनाथ की उस पर श्रद्धा थी। यूँ भी मुझे वार्तालाप के दौरान मालूम हुआ कि लाहौर में उसका प्राय: वक्त फ़कीरों और दरवेशों की संगत में कटता था। यह चीज़ मैंने विशेष रूप से नोट की कि वह खोया-खोया-सा था, कुछ सोच रहा है। अत: मैंने उससे एक बार कहा, "बाबू गोपीनाथ, क्या सोच रहे हैं आप?"

वह चौंक पड़ा, "जी, मैं...मैं...कुछ नहीं।" यह कहकर वह मुस्कुराया और जीनत की तरफ़ एक आशिकाना निगाह डाली—"इन हसीनों के बारे में सोच रहा हूँ—और हमें क्या सोच होगी।"

सेण्डो ने कहा, "बड़े खाना-खराब हैं ये मंटो साहब, बड़े खाना-खराब हैं—लाहौर की कोई ऐसी वेश्या नहीं, जिसके साथ बाबू साहब की कंटीन्यूइटी न रह चुकी हो।"

बाबू गोपीनाथ ने यह सुनकर बड़े भौंडे ढंग के साथ कहा, "अब कमर में वह दम नहीं, मंटो साहब!"

उसके बाद वाहियात गुफ़्तगू शुरू हो गयी। लाहौर की वेश्याओं के सब घराने गिने गये—कौन डेरादार थी? कौन नटनी थी? नथनी उतारने का बाबू गोपीनाथ ने क्या दिया था आदि-आदि। यह गुफ़्तगू सरदार सेण्डो, गफ़्फ़ार साईं

और गुलाम अली के बीच होती रही। ठेठ लाहौर के कोठों की भाषा में मतलब तो समझता रहा, मगर कुछ विशेष शब्द समझ में न आये।

जीनत बिलकुल खामोश बैठी रही। कभी-कभी किसी बात पर मुस्कुरा देती। मगर मुझे ऐसा महसूस हुआ कि उसे उस गुफ़्तगू से कोई दिलचस्पी नहीं थी। हल्की ह्विस्की का एक गिलास भी पिया बिना किसी दिलचस्पी के। सिगरेट भी पीती थी तो मालूम होता था, उसको तम्बाकू और उसके धुएँ से कोई लगाव नहीं, लेकिन लुत्फ़ यह है कि सबसे ज़्यादा सिगरेट उसी ने पीं। बाबू गोपीनाथ से उसे मुहब्बत थी, इसका पता मुझे किसी बात से न मिला। इतना अलबत्ता प्रकट था कि बाबू गोपीनाथ को इनका काफ़ी ख़याल था क्योंकि जीनत की सुविधा के लिए हर सामान उपलब्ध था। लेकिन एक बात मुझे मालूम हुई कि उन दोनों में कुछ अजीब-सा खिंचाव था। मेरा मतलब है, वे दोनों एक-दूसरे के करीब होने की बजाय कुछ हटे हुए लगते थे।

आठ बजे के लगभग सरदार डॉक्टर मजीद के घर चली गयीं, क्योंकि उसे मार्फिया का इंजेक्शन लेना था। गफ़्फ़ार साईं तीन पैग पीने के बाद अपनी तस्बीह (माला) उठाकर कालीन पर सो गया। गुलाम अली को होटल से खाना लेने के लिए भेज दिया गया। सेण्डो ने अपनी दिलचस्प बक़वास जब कुछ समय के लिए बन्द की तो बाबू गोपीनाथ ने, जो अब नशे में था, जीनत की ओर वही आशिकाना निगाह डालकर कहा, "मंटो साहब, मेरी जीनत के बारे में आपका क्या ख़याल है?"

मैंने सोचा, 'क्या कहूँ?' जीनत की ओर देखा तो वह झेंप गयी। मैंने ऐसे ही कह दिया, "बड़ा नेक ख़याल है।"

बाबू गोपीनाथ खुश हो गया, "मंटो साहब, है भी बड़ी नेक। खुदा की कसम, न ज़ेवर का शौक है न किसी और चीज़ का। मैंने कई बार कहा, 'जानेमन, मकान बनवा दूँ?' जवाब क्या दिया, मालूम है आपको?—'क्या करूँगी मकान लेकर, मेरा कौन है।' मंटो साहब, मोटर कितने में आ जायेगी?"

मैंने कहा, "मालूम नहीं।"

बाबू गोपीनाथ ने आश्चर्य से कहा, "क्या बात करते हैं मंटो साहब! आपको, और कारों की कीमत मालूम न हो! कल चलिए मेरे साथ। जीनू के लिए एक मोटर लेंगे। मैंने अब देखा है कि बम्बई में मोटर लेनी ही चाहिए।"

जीनत का चेहरा प्रतिक्रिया से खाली रहा।

बाबू गोपीनाथ का नशा थोड़ी देर के बाद बहुत तेज़ हो गया। भावातुर होकर उसने मुझसे कहा, ''मंटो साहब, आप बड़े योग्य आदमी हैं। मैं तो बिलकुल गधा हूँ—लेकिन आप मुझे बताइए, मैं आपकी क्या सेवा कर सकता हूँ? कल बातों-बातों में सेण्डो ने आपका ज़िक्र किया। मैंने उसी वक्त टैक्सी मँगवाई और उससे कहा, मुझे ले चलो मंटो साहब के पास। मुझसे कोई गुस्ताखी हो गयी हो तो माफ़ कर दीजिएगा।—बड़ा गुनहगार आदमी हूँ—ह्विस्की मँगाऊँ आपके लिए और?''

मैंने कहा—''नहीं, नहीं—बहुत पी चुके हैं।''

वह और अधिक भावुक हो गया, ''और पीजिए मंटो साहब!'' यह कहकर जेब से सौ-सौ के नोटों का पुलिन्दा निकाला और एक नोट अलग करने लगा, लेकिन मैंने सब नोट उसके हाथ से लिये और वापस उसकी जेब में ठूँस दिए, ''सौ रुपये का एक नोट आपने गुलाम अली को दिया था, उसका क्या हुआ?''

मुझे वस्तुतः कुछ दिलचस्पी हो गयी थी बाबू गोपीनाथ से। कितने आदमी उस गरीब के साथ जौंक की तरह लिपटे हुए थे। मेरा ख़याल था, बाबू गोपीनाथ बिलकुल गधा था, लेकिन वह मेरा इशारा समझ गया और मुस्कुराकर कहने लगा, ''मंटो साहब, उस नोट में से जो कुछ बाकी बचेगा वह या तो गुलाम अली की जेब में गिर पड़ेगा या...।''

बाबू गोपीनाथ ने वाक्य भी पूरा नहीं किया था कि गुलाम अली ने कमरे में दाखिल होकर बड़े दु:ख के साथ यह सूचना दी कि होटल में किसी हरामज़ादे ने उसकी जेब के सारे रुपये निकाल लिये। बाबू गोपीनाथ मेरी ओर देखकर मुस्कुराया। फिर सौ का नोट जेब से निकाला और गुलाम अली को देकर कहा, ''जल्दी खाना ले आओ।''

पाँच-छह मुलाकातों के बाद मुझे बाबू गोपीनाथ के सही व्यक्तित्व का पता लगा। पूरी तरह तो खैर इन्सान किसी को भी नहीं जान सकता, लेकिन मुझे उसके बहुत से हालात मालूम हुए जो बेहद दिलचस्प हैं।

पहले तो मैं यह कहना चाहता हूँ, मेरा यह ख़याल कि परले दरजे का चुगद है, गलत साबित हुआ! उसको इस बात का पूरा एहसास था कि सेण्डो, गुलाम अली और सरदार वगैरह, जो उसके दरबारी बने हुए थे, स्वार्थी हैं। वह इनसे झिड़कियाँ, गालियाँ सब कुछ सुनता था, लेकिन क्रोध प्रकट नहीं करता

था। उसने मुझसे कहा, ''मंटो साहब, मैंने आज तक किसी की सलाह रद्द नहीं की। जब भी कोई मुझे राय देता है, मैं कहता हूँ, सुभान अल्लाह। वे मुझे बेवकूफ़ समझते हैं, लेकिन मैं उन्हें अक्लमंद समझता हूँ। इसलिए कि उनमें कम-से-कम इतनी अक्ल तो थी, जो मुझमें ऐसी बेवकूफ़ी को पहचान लिया, जिससे उनका स्वार्थ सिद्ध हो सकता है। बात वास्तव में यह है कि मैं शुरू से फ़कीरों और कंजरों की संगत में रहा हूँ। मुझे इनसे कुछ मुहब्बत-सी हो गयी है। मैं इनके बगैर नहीं रह सकता। मैंने सोच रखा है, जब मेरी दौलत बिलकुल खत्म हो जायेगी तो किसी तकिये में जा बैठूँगा। रंडी का कोठा और पीर की मज़ार—बस ये दो जगह हैं जहाँ मेरे मन को शान्ति मिलती है। रंडी का कोठा तो छूट जायेगा, इसके लिए जेब खाली होने वाली है, लेकिन हिन्दुस्तान में हज़ारों पीर हैं। किसी एक की मज़ार पर चला जाऊँगा।''

मैंने उससे पूछा, ''रंडी के कोठे और तकिये आपको क्यों पसन्द हैं?''

कुछ देर सोचकर उसने जवाब दिया, ''इसलिए कि इन दोनों जगहों पर फ़र्श से लेकर अर्श तक धोखा ही धोखा होता है। जो आदमी स्वयं को धोखा देना चाहे, उसके लिए इनसे अच्छा स्थान और क्या हो सकता है!''

मैंने एक और सवाल किया, ''आपको वेश्याओं का गाना सुनने का शौक है। क्या आप संगीत की समझ रखते हैं?''

उसने जवाब दिया, ''बिलकुल नहीं और यह अच्छा है, क्योंकि मैं कनसुरी से कनसुरी वेश्या के घर जाकर भी अपना सिर हिला सकता हूँ—मंटो साहब, मुझे गाने से कोई दिलचस्पी नहीं, लेकिन जेब में से दस या सौ रुपये का नोट निकालकर गानेवाली को दिखाने में बहुत मज़ा आता है। नोट निकाला और उसको दिखाया। वह उसे लेने के लिए एक अदा से उठी। पास आयी तो नोट जुराब में उड़स लिया। उसने झुककर उसे बाहर निकाला तो हम खुश हो गये। ऐसी बहुत फ़िज़ूल-फ़िज़ूल-सी बातें हैं जो हम जैसे तमाशबीनों को पसन्द हैं अन्यथा कौन नहीं जानता कि रंडी के कोठे पर माँ-बाप अपनी औलाद से पेशा कराते हैं और मक़बरों और तकियों में इन्सान अपने खुदा से।''

बाबू गोपीनाथ की वंशावली तो मैं नहीं जानता, लेकिन इतना मालूम हुआ कि वह एक बहुत बड़े कंजूस बनिये का बेटा है। बाप के मरने पर उसे दस लाख रुपये की जायदाद मिली जो उसने अपनी इच्छानुसार उड़ाना शुरू कर दिया। बम्बई आते वक्त वह अपने साथ पचास हज़ार रुपये लाया था। उस

ज़माने में सब चीज़ें सस्ती थीं, लेकिन फिर भी हर रोज़ लगभग सौ-सवा सौ रुपये खर्च हो जाते थे।

जीनू के लिए उसने फ़िएट कार खरीदी। याद नहीं आ रहा, लेकिन शायद तीन हज़ार रुपये में आयी। ड्राइवर रखा, लेकिन वह भी लफंगे टाइप का। बाबू गोपीनाथ को कुछ ऐसे ही आदमी पसन्द थे।

हमारी मुलाकातों का सिलसिला बढ़ गया। बाबू गोपीनाथ से मुझे तो सिर्फ़ दिलचस्पी थी, लेकिन उसे मुझसे कोई श्रद्धा हो गयी थी। यही वजह है कि वह दूसरों की अपेक्षा मेरा बहुत अधिक सत्कार करता था।

एक दिन शाम के लगभग जब मैं फ़्लैट पर गया तो मुझे वहाँ शरीक को देखकर अत्यन्त आचर्श्य हुआ। मुहम्मद शफीक तोसी कहूँ तो शायद आप समझ लें कि मेरा मतलब किस आदमी से है। यूँ तो शफीक काफ़ी मशहूर आदमी है। कुछ तो अपनी गाने की उपज के कारण और कुछ अपने विनोदप्रिय स्वभाव के कारण, लेकिन उसके जीवन का एक भाग अत्यधिक गुप्त है। बहुत कम आदमी जानते हैं कि तीन सगी बहनों को, एक के बाद दूसरी को, तीन-तीन चार-चार वर्ष के अन्तर के बाद रखैल बनाने से पहले उसका सम्बन्ध उनकी माँ से भी था। यह भी बहुत मशहूर है कि उसको अपनी पहली पत्नी जो थोड़े ही समय में मर गयी थी, इसलिए पसन्द नहीं थी कि उसमें वेश्याओं के नाज़-व-नखरे नहीं थे, लेकिन यह तो खैर प्रत्येक व्यक्ति, जो शफीक तोसी से थोड़ा-बहुत भी परिचय रखता है, जानता है कि चालीस वर्ष (यह इस ज़माने की आयु है) की वेश्याओं ने उसे रखा। अच्छे से अच्छा कपड़ा पहना, उत्तम से उत्तम भोजन किया। सैकड़ों शानदार से शानदार मोटर रखीं, मगर उसने अपनी गिरह से किसी वेश्या पर दमड़ी भी खर्च न की।

औरतों के लिए, विशेषकर जो पेशेवर हों, उसकी विनोदप्रिय तबियत, जिसमें मिरासिनों के मिज़ाज की झलक थी, बहुत आकर्षक थी। वह कोशिश किए बिना उनको अपनी तरफ़ खींच लेता था।

मैंने जब उसे हँस-हँसकर जीनत से बातें करते देखा तो मुझे इसलिए हैरत न हुई कि वह ऐसा क्यों कर रहा है। मैंने केवल यह सोचा कि वह अचानक यहाँ पहुँचा कैसे। एक सेण्डो उसे जानता था, मगर उसकी बोलचाल एक अर्से से बन्द थी, लेकिन बाद में मुझे मालूम हुआ कि सेण्डो ही उसे लाया था। उन दोनों में सुलह-सफ़ाई हो गयी थी।

बाबू गोपीनाथ एक तरफ़ बैठा हुक्का पी रहा था। मैंने शायद इससे पहले ज़िक्र नहीं किया। वह सिगरेट बिलकुल नहीं पीता था। मुहम्मद शफीक तोसी मिरासिनों के लतीफ़े सुना रहा था, जिसमें जीनत किसी कदर कम और सरदार बहुत दिलचस्पी ले रही थी। शफीक ने मुझे देखा और कहा, "ओह, बिस्मिल्लाह, बिस्मिल्लाह, क्या आपका गुज़र भी इस वादी में होता है?"

सेण्डो ने कहा, "तशरीफ़ ले आइये, इज़राइल साहब, यहाँ धड़न तख्ता।..."

मैं इसका मतलब समझ गया।

थोड़ी देर गप्पबाज़ी होती रही। मैंने नोट किया कि जीनत और मुहम्मद शफीक तोसी की निगाहें आपस में टकराकर कुछ और भी कह रही हैं। जीनत इस फ़न में बिलकुल कोरी थी, लेकिन शफीक की महारत जीनत की कमियों को छिपाती रही। सरदार दोनों की निगाहबाज़ी को कुछ इस तरह से देख रही थी जैसे खलीफ़े अखाड़े के बाहर बैठकर अपने पट्ठों के दाँव-पेचों को देखते हैं।

इस दौरान मैं भी जीनत से काफ़ी बेतकल्लुफ़ हो गया था। वह मुझे भाई कहती थी जिस पर मुझे एतराज नहीं था। अच्छी मिलनसार तबियत की औरत थी। कम बोलने वाली, सीधी-सादी, साफ़-सुथरी।

शफीक से मुझे उसकी निगाहबाज़ी पसन्द नहीं आयी थी। अव्वल तो उसमें भोंडापन था। इसके अलावा कुछ यूँ कहिये कि इस बात का भी उसमें दखल था कि वह मुझे भाई कहती थी। शफीक और सेण्डो उठकर बाहर गये तो मैंने शायद बड़ी बेरहमी के साथ उससे निगाहबाज़ी के विषय में सवाल किया क्योंकि फ़ौरन उसकी आँखों में ये मोटे-मोटे आँसू आ गये और वह रोती-रोती दूसरे कमरे में चली गयी। बाबू गोपीनाथ एक कोने में बैठा हुक्का पी रहा था, उठकर तेज़ी से उसके पीछे चला गया। सरदार ने आँखों ही आँखों में उससे कुछ कहा लेकिन मैं मतलब नहीं समझा। थोड़ी देर बाद बाबू गोपीनाथ कमरे से बाहर निकला और 'आइये मंटो साहब' कहकर मुझे अपने साथ अन्दर ले गया।

जीनत पलँगड़ी पर बैठी थी। मैं अन्दर दाखिल हुआ तो वह दोनों हाथों से मुँह ढाँप कर लेट गयी। मैं और बाबू गोपीनाथ दोनों पलँग के पास कुर्सियों पर बैठ गये। बाबू गोपीनाथ ने बड़ी संजीदगी के साथ कहना शुरू किया, "मंटो साहब, मुझे इस औरत से बहुत मुहब्बत है। दो वर्ष से यह मेरे पास है। मैं हज़रत जोस आजम जीलानी की कसम खाकर कहता हूँ कि इसने मुझे कभी

शिकायत का मौका नहीं दिया। इसकी दूसरी बहनें, मेरा मतलब है इस पेशे की दूसरी औरतें, दोनों हाथों-से मुझे लूटकर खाती रहीं मगर इसने कभी एक पैसा भी ज़्यादा मुझसे नहीं लिया। मैं अगर किसी दूसरी औरत के यहाँ हफ़्तों पड़ा रहा तो इस गरीब ने अपना कोई ज़ेवर गिरवी रखकर गुज़ारा किया। मैं जैसा कि आपसे एक बार कह चुका हूँ, बहुत जल्द इस दुनिया को त्यागने वाला हूँ, मेरी दौलत अब कुछ दिन की ही मेहमान है। मैं नहीं चाहता हूँ कि इसकी ज़िन्दगी खराब हो। मैंने लाहौर में इसको बहुत समझाया कि तुम अन्य वेश्याओं की ओर देखो, जो कुछ वे करती हैं, सीखो। मैं आज दौलतमन्द हूँ। कल मुझे भिखारी होना ही है। तुम लोगों के जीवन में सिर्फ़ एक दौलतमन्द काफ़ी नहीं। मेरे बाद तुम किसी और को नहीं फाँसोगी तो काम नहीं चलेगा। लेकिन मंटो साहब, इसने मेरी एक न सुनी। सारा दिन शरीफ़ज़ादियों की तरह घर में बैठी रहती। मैंने गफ़्फ़ार साईं से परामर्श किया। उसने कहा, 'बम्बई ले जाओ।' उसे मालूम था कि उसने ऐसा क्यों कहा। बम्बई में उसकी दो जानने वाली वेश्याएँ एक्ट्रेस बनी हुई हैं। लेकिन मैंने सोचा, 'बम्बई ठीक है।' दो महीने हो गये हैं इसे यहाँ लाए हुए। सरदार को लाहौर से बुलाया है कि इसको सब गुर सिखाये। गफ़्फ़ार साईं से भी यह बहुत कुछ सीख सकती है। यहाँ मुझे कोई नहीं जानता। इसको यह ख़याल था कि बाहर तुम्हारी बेइज़्ज़ती होगी। मैंने कहा, 'तुम छोड़ो इसको। बम्बई बहुत बड़ा शहर है। लाखों रईस हैं। मैंने तुम्हें मोटर ले दी है। कोई अच्छा आदमी तलाश कर लो'—मंटो साहब, मैं खुदा की कसम खाकर कहता हूँ, मेरी दिली ख़्वाहिश है कि यह अपने पैरों पर खड़ी हो जाये। अच्छी तरह होशियार हो जाये। मैं इसके नाम आज ही बैंक में दस हज़ार रुपया जमा कराने को तैयार हूँ। मगर मुझे मालूम है कि दस दिन के अन्दर-अन्दर यह बाहर बैठी होगी। सरदार इसकी एक-एक पाई अपनी जेब में डाल लेगी—आप भी इसे समझाइए कि चालाक बनने की कोशिश करे। जब से मोटर खरीदी है, सरदार इसे हर शाम अपोलो बन्दर ले जाती है, लेकिन अभी तक कामयाब नहीं हुई। सेण्डो आज बड़ी मुश्किलों से मुहम्मद शफीक को यहाँ लाया है। आपका क्या ख़याल है इस विषय में?''

मैंने अपना विचार प्रकट करना अनुचित न समझा, लेकिन बाबू गोपीनाथ ने स्वयं कहा, ''अच्छा खाता-पीता आदमी मालूम होता है और खूबसूरत भी है। क्यों जीनू जानू—पसन्द है तुम्हें?''

जीनू खामोश रही।

बाबू गोपीनाथ से जब मुझे जीनत को बम्बई लाने के उद्देश्य का पता चला तो मेरा दिमाग चकरा गया। मुझे यकीन न आया कि ऐसा भी हो सकता है, लेकिन बाद में अनुभव ने मेरी हैरत दूर कर दी। बाबू गोपीनाथ की हार्दिक इच्छा थी कि जीनत बम्बई में किसी मालदार आदमी की रखैल बन जाये या ऐसे तरीके सीख जाये जिनसे वह विभिन्न लोगों से रुपया वसूल करते रहने में सफल हो सके।

जीनत से यदि केवल छुटकारा ही प्राप्त करना होता तो यह कोई इतनी कठिन बात न थी। बाबू गोपीनाथ एक दिन में ये काम कर सकता था। चूँकि उसकी नीयत नेक थी इसलिए उसने जीनत के भविष्य के लिए हर सम्भव प्रयत्न किया। उसको एक्ट्रेस बनाने के लिए उसने कई जाली डायरेक्टरों को दावतें दीं। घर में टेलीफ़ोन लगवाया, लेकिन ऊँट किसी करवट न बैठा।

मुहम्मद शफीक तोसी लगभग डेढ़ महीना आता रहा। कई रातें उसने जीनत के साथ गुज़ारीं, लेकिन वह ऐसा आदमी नहीं था, जो किसी औरत का सहारा बन सके। बाबू गोपीनाथ ने एक दिन बड़े दु:ख और रंज के साथ कहा, ''शफीक साहब तो खाली-खूली जैंटलमैन ही निकले। ठस्सा देखिए, बेचारी जीनत से चार चादरें, छह तकिये के गिलाफ़ और दो सौ रुपये नकद हथिया कर ले गये। सुना है, आजकल एक लड़की अल्मास से इश्क लड़ा रहे हैं।''

यह ठीक था। अल्मास नज़ीर जान पटियालेवाले की सबसे छोटी और आख़िरी लड़की थी। इससे पहले तीन बहनें शफीक की रखैल रह चुकी थीं। दो सौ रुपये, जो उसने जीनत से लिये थे, मुझे पता है कि अल्मास पर खर्च हुए थे। बहनों के साथ लड़-झगड़कर अल्मास ने ज़हर खा लिया था।

मुहम्मद शफीक तोसी ने जब आना-जाना बन्द कर दिया तो जीनत ने कई बार मुझे टेलीफ़ोन किया और कहा, ''उसे ढूँढकर मेरे पास लाइये।'' मैंने उसे तलाश किया, लेकिन किसी को उसका पता ही नहीं था कि वह कहाँ रहता है। एक दिन संयोगवश रेडियो स्टेशन पर भेंट हुई। सख्त परेशानी की स्थिति में था। जब मैंने उससे कहा कि तुम्हें जीनत बुलाती है तो उसने जवाब दिया, ''मुझे यह सन्देश और माध्यमों से भी मिल चुका है। अफ़सोस है, आजकल मुझे बिलकुल फ़ुर्सत नहीं है। जीनत बहुत अच्छी औरत है, लेकिन अफ़सोस है कि बेहद शरीफ़ है—ऐसी औरतों से, जो बीवियों जैसी लगें, मुझे कोई दिलचस्पी नहीं।''

शफीक से जब मायूसी हुई तो जीनत ने सरदार के साथ फिर अपोलो बन्दर जाना शुरू किया। पन्द्रह दिनों में बड़ी कठिनाइयों से कई गैलन पैट्रोल फूँकने के बाद सरदार ने दो आदमी फाँसे। उनसे जीनत को चार सौ रुपये मिले। गोपीनाथ ने समझा कि स्थितियाँ आशाजनक हैं, क्योंकि इनमें से एक ने, जो रेशमी कपड़ों की मिल का मालिक था, जीनत से कहा था कि मैं तुमसे शादी करूँगा। एक महीना बीत गया, लेकिन वह आदमी फिर जीनत के पास न आया।

एक दिन मैं न जाने किस काम से हार्नबी रोड पर जा रहा था। मुझे फुटपाथ के पास जीनत की मोटर खड़ी नज़र आयी। पिछली सीट पर मुहम्मद यासीन बैठा था। नगीना होटल का मालिक। मैंने उससे पूछा, ''यह मोटर तुमने कहाँ से ली ?''

यासीन मुस्कुराया, ''तुम जानते हो मोटरवाली को ?''

मैंने कहा, ''जानता हूँ।''

''तो, बस समझ लो, मेरे पास कैसे आयी...अच्छी लड़की है या...।'' यासीन ने मुझे आँख मारी। मैं मुस्कुराया।

उसके चौथे रोज़ बाबू गोपीनाथ टैक्सी लेकर मेरे दफ़्तर आया। उससे मुझे मालूम हुआ कि जीनत से यासीन की मुलाकात कैसे हुई। एक शाम अपोलो बन्दर से एक आदमी लेकर सरदार और जीनत नगीना होटल गयीं। वह आदमी जो किसी बात पर झगड़ कर चला गया, लेकिन होटल के मालिक से जीनत की दोस्ती हो गयी।

बाबू गोपीनाथ सन्तुष्ट था क्योंकि दस-पन्द्रह दिन की दोस्ती के दौरान यासीन ने जीनत को छह बहुत ही सुन्दर और कीमती साड़ियाँ ले दी थीं। बाबू गोपीनाथ यह सोच रहा था कि कुछ दिन और बीत जायें, जीनत और यासीन की दोस्ती और मज़बूत हो जाये तो लाहौर वापस चला जाये—मगर ऐसा न हुआ।

नगीना होटल में एक क्रिश्चियन औरत ने कमरा किराये पर लिया। उसकी युवा लड़की म्यूरियल से यासीन की आँख लड़ गयी। चुनांचे जीनत बेचारी होटल में बैठी रहती और यासीन उसकी मोटर में सुबह-शाम उस लड़की को घुमाता रहता। बाबू गोपीनाथ को इसका पता लगने पर बहुत दु:ख हुआ। उसने मुझसे कहा, ''मंटो साहब, ये कैसे लोग हैं ? भई दिल उचाट हो गया है तो साफ़ कह दो। लेकिन जीनत भी अजीब है। अच्छी तरह मालूम है कि

क्या हो रहा है मगर मुँह से इतना भी नहीं कहती, मियाँ अगर तुमने इस क्रिस्टान छोकरी से इश्क लड़ाना है तो अपनी मोटरकार का बन्दोबस्त करो। मेरी मोटर क्यों इस्तेमाल करते हो...मैं क्या करूँ मंटो साहब! बड़ी शरीफ़ और नेकबख़्त औरत है—कुछ समझ में नहीं आता—थोड़ी-सी चालाक तो बनना चाहिए।''

यासीन से सम्बन्ध समाप्त होने पर जीनत ने कोई आघात महसूस नहीं किया।

बहुत दिनों तक कोई नयी बात देखने में नहीं आयी। एक दिन टेलीफ़ोन किया तो पता लगा, बाबू गोपीनाथ, गुलाम अली और गफ़्फ़ार साईं के साथ लाहौर चला गया है रुपयों का बन्दोबस्त करने, क्योंकि पचास हज़ार खत्म हो चुके थे। जाते समय वह जीनत से कह गया था कि उसे लाहौर में ज़्यादा दिन लगेंगे क्योंकि उसे कुछ मकान बेचने पड़ेंगे।

सरदार को मार्फिया के टीकों की ज़रूरत थी, सेण्डो को पोल्सन मक्खन की। चुनांचे दोनों ने मिल-जुलकर कोशिश की और प्रतिदिन दो-तीन आदमी फाँसकर लाते। जीनत से कहा गया कि बाबू गोपीनाथ वापस नहीं आयेगा, इसलिए उसे अपनी चिन्ता करनी चाहिए। सवा सौ रुपये रोज़ के हो जाते हैं, जिनमें से आधे जीनत को मिलते, बाकी सेण्डो और सरदार बाँट लेते।

मैंने एक दिन जीनत से कहा, ''यह तुम क्या कर रही हो?''

उसने बड़े अक्खड़पन से कहा, ''मुझे कुछ मालूम नहीं है भाईजान! ये लोग जो कुछ कहते हैं, मान लेती हूँ।''

जी चाहा कि देर तक पास बैठकर समझाऊँ कि जो कुछ तुम कर रही हो, ठीक नहीं। सेण्डो और सरदार अपना उल्लू सीधा करने के लिए तुम्हें भी बेच डालेंगे, मगर मैंने कुछ न कहा। जीनत उकता देने वाली हद तक बेसमझ, बेउमंग और बेजान औरत थी। उस कमबख़्त को अपनी ज़िन्दगी की कुछ कदर-व-कीमत ही मालूम न थी। शरीर बेचती, मगर उसमें बेचनेवालों का कोई अन्दाज़ तो होता। इस तरह मुझे बहुत कोफ़्त होती थी उसे देखकर। सिगरेट से, शराब से, खाने से, घर से, टेलीफ़ोन से, यहाँ तक कि उस सोफ़े से भी, जिस पर वह प्राय: लेटी रहती थी, उसे कोई दिलचस्पी नहीं थी।

बाबू गोपीनाथ पूरे एक माह के बाद लौटा। माहिम गया तो वहाँ फ़्लैट में कोई और ही था। सेण्डो और सरदार की सलाह से जीनत ने बान्द्रा में एक बँगले का ऊपरी भाग किराये पर ले लिया था। बाबू गोपीनाथ मेरे पास आया

तो मैंने उसे पूरा पता बता दिया। उसने मुझसे जीनत के विषय में पूछा। जो कुछ मुझे मालूम था मैंने कह दिया, लेकिन यह न कहा कि सेण्डो और सरदार उससे पेशा करा रहे हैं।

बाबू गोपीनाथ इस बार दस हज़ार रुपये अपने साथ लाया था, जो उसने बड़ी कठिनाइयों से प्राप्त किए थे। गुलाम अली और गफ़्फ़ार साईं को वह लाहौर ही छोड़ आया। टैक्सी नीचे खड़ी थी। बाबू गोपीनाथ ने इशारा किया कि मैं भी उसके साथ चलूँ।

लगभग एक घंटे में हम बान्द्रा पहुँच गये। पाली हिल पर टैक्सी चढ़ रही थी कि सामने तंग सड़क पर सेण्डो दिखाई दिया। बाबू गोपीनाथ ने उसे ज़ोर से पुकारा, ''सेण्डो!''

सेण्डो ने जब बाबू गोपीनाथ को देखा तो उसके मुँह से केवल इस कदर निकला, ''धड़न तख़्ता!''

बाबू गोपीनाथ ने उससे कहा, ''आओ टैक्सी में बैठ जाओ और साथ चलो।'' लेकिन सेण्डो ने कहा, ''टैक्सी एक तरफ़ खड़ी कीजिए। मुझे आपसे कुछ प्राइवेट बातें करनी हैं।''

टैक्सी एक तरफ़ खड़ी की गयी। बाबू गोपीनाथ बाहर निकला तो सेण्डो उसे कुछ दूर ले गया। देर तक उनमें बातें होती रहीं। जब खत्म हुईं तो बाबू गोपीनाथ अकेला टैक्सी की तरफ़ आया। ड्राइवर से उसने कहा, ''वापस ले चलो।''

बाबू गोपीनाथ खुश था। हम दादर के पास पहुँचे तो उसने कहा, ''मंटो साहब, जीनू की शादी होने वाली है।''

मैंने हैरत से पूछा, ''किससे?''

बाबू गोपीनाथ ने जवाब दिया, ''हैदराबाद सिन्ध का एक दौलतमन्द ज़मींदार है। खुदा करे, दोनों खुश रहें। यह भी अच्छा है जो मैं ठीक वक्त पर आ पहुँचा। जो रुपये मेरे पास हैं, उनसे जीनू का दहेज बन जायेगा—क्यों, क्या ख़याल है आपका?''

मेरे दिमाग में उस वक्त कोई ख़याल नहीं था। मैं सोच रहा था कि यह हैदराबाद सिन्ध का दौलतमन्द ज़मींदार कौन है? सेण्डो और सरदार की कोई जालसाज़ी तो नहीं? लेकिन बाद में इसकी पुष्टि हो गयी। वह वास्तव में हैदराबाद का धनवान ज़मींदार है जो हैदराबाद सिन्ध ही के एक म्यूज़िक

टीचर की मारफ़त जीनत से परिचित हुआ। यह म्यूज़िक टीचर जीनत को गाना सिखाने की व्यर्थ कोशिश किया करता था। एक दिन यह अपने हितैषी गुलाम हुसैन (यह इस हैदराबाद सिन्ध के रईस का नाम था) को साथ लेकर आया। जीनत ने खूब आवभगत की। गुलाम हुसैन के तीव्र अनुरोध पर उसने गालिब की गज़ल—'नुक्ताचीं है गम-ए-दिल, उसको सुनाए न बने'—गाकर सुनाई। गुलाम हुसैन दिलो-जान से उस पर मोहित हो गया। इसका ज़िक्र म्यूज़िक टीचर ने जीनत से किया। सरदार और सेण्डो ने मिलकर मामला पक्का कर दिया और शादी तय हो गयी।

बाबू गोपीनाथ खुश था। एक बार सेण्डो के मित्र के नाते वह जीनत के पास गया। गुलाम हुसैन से उसकी भेंट हुई। उससे मिलकर बाबू गोपीनाथ की खुशी दूनी हो गयी। मुझसे उसने कहा, ''मंटो साहब, वह खूबसूरत, जवान और बड़ा योग्य आदमी है—मैंने यहाँ आते हुए दातागंजबख्श के हुज़ूर में जाकर दुआ माँगी थी जो कबूल हुई—भगवान करे, दोनों खुश रहें।''

बाबू गोपीनाथ ने बड़ी निःस्वार्थता और बड़े मन से जीनत की शादी का प्रबन्ध किया। दो हज़ार के ज़ेवर और दो हज़ार के कपड़े बनवाए और पाँच हज़ार नकद दिए।

मुहम्मद शफीक तोसी, मुहम्मद यासीन, प्रोप्राइटर नगीना होटल, सेण्डो, म्यूज़िक टीचर, मैं और गोपीनाथ शादी में शामिल थे। दुल्हन की तरफ़ से सेण्डो वकील था।

निकाह की रस्म अदा हुई। तो सेण्डो ने आहिस्ता से कहा, ''धड़न तख्ता!''

गुलाम हुसैन सर्ज का नीला सूट पहने था। सबने उसको मुबारकबाद दी जो उसने सर-माथे पर कबूल की। काफ़ी रोबदार आदमी था। बाबू गोपीनाथ उसके मुकाबले में छोटी-सी बटेर मालूम होता था।

शादी की दावतों पर खान-पान का जो भी सामान होता है, बाबू गोपीनाथ ने उपलब्ध किया था। दावत से जब सब लोग निपट गये तो बाबू गोपीनाथ ने सबके हाथ धुलवाए। मैं जब हाथ धोने के लिए आया तो उसने मुझसे बच्चों के से अन्दाज़ में कहा, ''मंटो साहब, ज़रा अन्दर जाइए और देखिए, जीनू दुल्हन के लिबास में कैसी लगती है।''

मैं परदा हटाकर अन्दर दाखिल हुआ। जीनत लाल रंग का सलवार-कुर्ता

पहने थी—दुपट्टा भी उसी रंग का था, जिस पर गोट लगी थी। चेहरे पर हल्का-सा मेकअप था। हालाँकि मुझे होंठों पर लिपस्टिक की लाली बहुत बुरी मालूम होती थी, मगर जीनत के होंठ सजे हुए थे। उसने शर्माकर मुझे आदाब किया तो बहुत प्यारी लगी। लेकिन जब मैंने दूसरे कोने में एक मसहरी देखी जिस पर फूल ही फूल थे तो मुझे बेअख्तियार हँसी आ गयी। मैंने जीनत से कहा, ''यह क्या मसखरापन है ?''

जीनत ने मेरी तरफ़ बिलकुल मासूम कबूतरी की तरह देखा—''आप मज़ाक करते हैं, भाईजान!'' उसने यह कहा और आँखों में आँसू डबडबा आये।

मुझे अभी गलती का एहसास भी नहीं हुआ था कि बाबू गोपीनाथ अन्दर दाखिल हुआ। बड़े प्यार के साथ उसने अपने रूमाल से जीनत के आँसू पोंछे और बड़े दुःख के साथ मुझसे कहा, ''मंटो साहब, मैं समझा था, आप बड़े समझदार और लायक आदमी हैं—जीनू का मज़ाक उड़ाने से पहले आपने कुछ सोच लिया होता।''

बाबू गोपीनाथ के स्वर में वह श्रद्धा, जो उसे मुझसे थी, ज़ख्मी नज़र आयी, लेकिन इससे पूर्व कि मैं उससे माफ़ी माँगूँ, उसने जीनत के सिर पर हाथ फ़ेरा और बड़ी सद्‌भावना के साथ कहा, ''खुदा तुम्हें खुश रखे।''

यह कहकर बाबू गोपीनाथ ने भीगी हुई आँखों से मेरी तरफ़ देखा। उनमें निंदा थी—बहुत ही दुःख-भरी लानत-मलामत—और वह चला गया।

मुसटेन वाला

मैं अपने सफ़ेद जूतों पर पॉलिश कर रहा था तभी मेरी बीवी ने कहा, ''ज़ैदी साहब आये हैं।''

मैंने जूते अपनी बीवी को दिए और हाथ धोकर, दूसरे कमरे में चला आया, जहाँ ज़ैदी बैठा था। मैंने उसकी तरफ़ गौर से देखा, ''अरे, क्या हो गया है तुम्हें ?''

ज़ैदी ने अपने चेहरे पर चमक और खुशी लाने की नाकाम कोशिश करते हुए जवाब दिया—''बहुत बीमार रहा।''

मैं उसके पास कुर्सी पर बैठ गया, ''बहुत दुबले हो गये हो, यार। मैंने तो पहले पहचाना नहीं था तुम्हें...क्या बीमारी थी ?''

''मालूम नहीं...''

''क्या मतलब ?''

ज़ैदी ने अपने खुश्क होंठों पर ज़ुबान फेरी, ''कुछ समझ में नहीं आता, क्या बीमारी है।''

''तो इसका यह मतलब है कि तुम अभी तक बीमार हो।''

''हाँ, कुछ ऐसा ही है।''

''किसी अच्छे डॉक्टर को दिखाना था।''

ज़ैदी चुप रहा तो मैंने फिर उससे कहा—''किसी अच्छे डॉक्टर से सलाह ली ?''

''नहीं।''

''क्यों ?''

ज़ैदी फिर चुप रहा। जवाब देने की बजाय, उसने जेब से सिगरेट केस

निकाला। उसकी उँगलियाँ काँप रही थीं।

''मेरा ख़याल है ज़ैदी, तुम्हारा नर्वस सिस्टम खराब हो गया है। विटामिन-बी के इंजेक्शन लगवाना शुरू कर दो, बिलकुल ठीक हो जाओगे। पिछले बरस ज़्यादा ह्विस्की पीने से मेरा भी यही हाल हो गया था, लेकिन बारह इंजेक्शन लेने से कमज़ोरी दूर हो गयी थी। मगर तुम किसी अच्छे डॉक्टर से सलाह क्यों नहीं लेते?''

ज़ैदी ने अपना चश्मा उतार कर रूमाल से साफ़ करना शुरू कर दिया। उसकी आँखों के नीचे स्याह धब्बे पड़े हुए थे। मैंने पूछा—''क्या रात को नींद नहीं आती?''

''बहुत कम।''

''दिमाग में खुश्की होगी।''

''जाने क्या है।'' यह कहकर, वह एकदम संजीदा हो गया, ''देखो सआदत, मैं तुम्हें एक अजीबोगरीब बात बताने आया हूँ। मुझे बीमारी-वीमारी कुछ नहीं। रात को नींद इसलिए नहीं आती कि मैं डरता रहता हूँ।''

''डरते रहते हो...क्यों?''

''बताता हूँ।'' यह कहकर, उसने काँपते हाथों से सिगरेट सुलगाई और बुझी हुई तीली को तोड़ना शुरू कर दिया, ''मुझे पता नहीं, सुनकर तुम क्या कहोगे, मगर यह सच है कि मैं डरता हूँ और वह भी एक बिल्ले से।''

''बिल्ले से?''

मैं शायद मुस्कुरा दिया था, क्योंकि ज़ैदी ने जल्द ही बड़ी संजीदगी से कहा, ''हँसो नहीं—यह हकीकत है। मैं तुम्हारे पास इसलिए आया हूँ कि साइकोलॉजी में तुम्हें काफ़ी दिलचस्पी है। शायद तुम मेरे डर की वजह बता सको।''

मैंने कहा—''लेकिन यहाँ तो सवाल एक जानवर का है।''

ज़ैदी खफ़ा हो गया, ''तुम मज़ाक उड़ाते हो तो मैं कुछ नहीं कहूँगा।''

''नहीं-नहीं ज़ैदी, मुझे माफ़ कर दो।...जो तुम कहोगे, मैं पूरे ध्यान से सुनूँगा।''

थोड़ी देर चुप रहने और नयी सिगरेट सुलगाने के बाद, उसने कहना शुरू किया, ''तुम्हें पता है, जहाँ मैं रहता हूँ, दो कमरे हैं, पहले कमरे के इस तरफ़ छोटी-सी बालकनी है, जिसके कठघरे में लोहे की सलाखें लगी हैं। मार्च और

मई के दो महीने चूँकि बहुत गर्म होते हैं, इसलिए फ़र्श पर बिस्तर बिछाकर मैं इस बालकनी में ही सोया करता हूँ। यह जून का महीना है। मैं मार्च की बात कर रहा हूँ। मैं सुबह नाश्ता करके दफ़्तर जाने के लिए बाहर निकला। दरवाज़ा खोला तो दहलीज़ के पास एक मोटा बिल्ला, आँखें बन्द किए लेटा नज़र आया। मैंने जूते से उसे टहोका दिया। उसने पल भर के लिए आँखें बन्द किए लेटा नज़र आया। मैंने जूते से उसे टहोका दिया। उसने पल भर के लिए आँखें खोलीं, मेरी तरफ़ बड़ी बेपरवाही से, जैसे मैं कुछ भी नहीं, देखा और आँखें बन्द कर लीं। मुझे बड़ा ताज्जुब हुआ, चुनांचे मैंने बड़े ज़ोर से उसको ठोकर मारी। उसने आँखें खोलीं, मेरी तरफ़ फिर उसी नज़र से देखा और उठकर कुछ दूर सीढ़ियों के पास लेट गया। जिस अन्दाज़ से उसने चन्द कदम उठाए थे, उससे यह लगता था कि उस पर मेरा कुछ भी रोब नहीं पड़ा। मुझे सख्त गुस्सा आया। आगे बढ़कर अब की मैंने ज़ोर से ठोकर मारी। दस-पन्द्रह ज़ीनों से लुढ़कता हुआ वह चला गया। जब चार पैरों पर सँभला तो उसने नीचे से अपनी पीली-पीली आँखों से मेरी तरफ़ देखा और गर्दन मोड़ कर, कोई आवाज़ पैदा किए बिना, एक तरफ़ चला गया—तुम दिलचस्पी ले रहे हो या नहीं?''

''हाँ-हाँ, क्यों नहीं।''

ज़ैदी ने सिगरेट की राख झाड़ी और फिर कहने लगा—''दफ़्तर पहुँच कर, मैं सब कुछ भूल गया। लेकिन शाम को जब घर लौटा और कमरे की दहलीज़ के पास पहुँचा, जहाँ वह बिल्ला लेटा हुआ था तो सुबह वाली बात दिमाग में ताज़ा हो गयी। नहाते, चाय पीते, रात का खाना खाते, कई बार मैंने सोचा—तीन बार मैंने उसकी पसलियों में ज़ोर से ठोकर मारी, मुझसे वह डरा क्यों नहीं? 'म्याऊँ' तक भी न की उसने? और फिर क्या अन्दाज़ था उसके चलने, आँखें बन्द करने और खोलने का। ऐसा लगता था, जैसे उसे कुछ परवाह ही नहीं। जब मैं ज़रूरत से ज़्यादा उस बिल्ले के बारे में सोचने लगा तो बड़ी उलझन हुई। एक मामूली-से जानवर को इतनी अहमियत आखिर मैं क्यों दे रहा था?...इसका जवाब न मुझे उस वक्त मिला और न अब, हालाँकि पूरे तीन महीने बीत चुके हैं।''

इतना कहकर ज़ैदी चुप हो गया।

मैंने पूछा—''बस?''

''नहीं,'' ज़ैदी ने सिगरेट को ऐश-ट्रे पर रखते हुए कहा—''मैं तुमसे

सिर्फ़ यह कह रहा था कि उस बिल्ले को मैंने इतनी अहमियत क्यों दी है ? मैं उससे इतना क्यों डरता हूँ ?...यह पहेली अभी तक मुझसे हल नहीं हो सकी। शायद तुम मुझसे बेहतर सोच सको।''

मैंने कहा—''मुझे पूरे वाकयात मालूम होने चाहिए।''

ज़ैदी ने ऐश-ट्रे पर से सिगरेट उठाई और एक कश लेकर कहा—''मैं बता रहा हूँ।...उस दिन के बाद कई दिन बीत गये, पर वह बिल्ला नहीं दिखा। शायद शनिवार की रात थी। मैं बाहर बालकनी में सो रहा था। दो बजे के करीब, कमरे में कुछ शोर हुआ, जिससे मेरी नींद खुल गयी। उठ कर रोशनी की तो मैंने देखा, वही बिल्ला खानेवाली मेज़ पर चढ़ा, डिश का ढक्कन उतार कर, पुडिंग खा रहा है। मैंने 'शी-शी' की, वह अपने काम में लगा रहा। मेरी तरफ़ उसने बिलकुल न देखा। मैंने एक चप्पल उठाई और निशाना तान कर ज़ोर से मारा। चप्पल उसके पेट पर लगी, पर वह उस चोट से बेपरवाह, पुडिंग खाता रहा। मैंने गुस्से में आकर मसहरी का डंडा उठाया और पास जाकर उसकी पीठ पर मारा। उसने और ज़्यादा बेपरवाही से मेरी तरफ़ देखा, बड़े आराम से कुर्सी पर कूदा, आवाज़ पैदा किए बिना, फ़र्श पर उतरा और धीरे-धीरे टहलता, बालकनी के कठघरे की सलाखों में से निकल कर, छज्जे पर कूद गया। मैं हैरान वहाँ खड़ा रहा और सोचने लगा, 'यह कैसा जानवर है, जिस पर मार का कुछ असर ही नहीं होता।' सआदत, मैं तुमसे सच कहता हूँ, बड़ा डरावना बिल्ला है यह। मोटा सिर, रंग सफ़ेद है, लेकिन अक्सर मैला रहता है। मैंने ऐसा गंदा बिल्ला अपनी ज़िन्दगी में नहीं देखा।''

ज़ैदी ने ऐश-ट्रे में सिगरेट बुझाई और खामोश हो गया।

मैंने कहा—''बिल्ले-बिल्लियाँ तो खुद को बहुत साफ़-सुथरा रखते हैं।''

''रखते हैं,'' ज़ैदी उठ खड़ा हुआ, ''लेकिन यह बिल्ला शायद जानबूझ कर अपने को गंदा रखता है। लेटता है कूड़े-कर्कट के पास। कान से लहू बहता रहता है, पर मजाल है उसे चाट कर साफ़ करे।...सिर फटा है, पर उसे कुछ होश नहीं। बस, सारा-सारा दिन मारा-मारा फिरता है। दस-पन्द्रह रातें लगातार वह मुझे जगाता रहा। मुझसे हर बार उसने मार खायी, बहुत बुरी तरह पिटा। चाहिए तो यह था कि मेरे घर का रुख न करता, क्योंकि आखिर जानवरों में भी समझ होती है। मैं डरता रहता हूँ कि किसी दिन ऐसा न हो कि वह मुझ पर

झपट पड़े और आँख-वाँख नोच ले। सुनने में आया है कि अगर किसी बिल्ले या बिल्ली को घेर कर मारा जाये तो वो ज़रूर हमला करते हैं।''

मैंने कहा—''डरने की यह वजह तो माकूल है।''

ज़ैदी फिर उठ खड़ा हुआ, ''लेकिन इससे मेरी तसल्ली नहीं होती।''

मेरे दिमाग में एक ख़याल आया, ''तुम उसके साथ प्यार का बर्ताव करके तो देखो।''

''मैं ऐसा कर चुका हूँ। मेरा ख़याल था, इतना पिटने पर वह मुझे हाथ भी नहीं लगाने देगा। लेकिन मामला बिलकुल इससे उल्टा निकला। उल्टा भी नहीं कहना चाहिए, क्योंकि उसने मेरे प्यार की बिलकुल परवाह नहीं की। एक दिन मैं सोफ़े पर बैठा हुआ था कि वह पास आकर फ़र्श पर बैठ गया। मैंने डरते-डरते उसकी तरफ़ हाथ बढ़ाया। उसने आँखें मीच लीं। बढ़े हुए हाथ से मैंने उसकी पीठ को धीरे-धीरे सहलाना शुरू किया।...सआदत! तुम यकीन करो कि वह वैसा-का-वैसा आँखें बन्द किए, बैठा रहा। प्यार का जवाब बिल्ले-बिल्लियाँ अक्सर दुम हिलाकर देते हैं। लेकिन उस कमबख्त की दुम का एक बाल भी न हिला। मैंने तंग आकर उसके सिर पर किताब मारी। चोट मारी। चोट खाकर वह उठा। बड़ी बेपरवाही, एक बहुत ही दिल तोड़ने वाली बेपरवाही से उसने मेरी तरफ़ पीली-पीली आँखों से देखा और बालकनी के कठघरे की सलाखों में से निकल कर, छज्जे पर कूद गया। बस, उस दिन से चौबीस घंटे वह मेरे दिमाग में रहने लगा।'' यह कहकर ज़ैदी मेरे सामनेवाली कुर्सी पर बैठ गया और ज़ोर-ज़ोर से अपनी टाँग हिलाने लगा।

मैंने सिर्फ़ इतना कहा—''कुछ समझ में नहीं आता।''

लेकिन इतना ज़रूर समझ में आता था कि ज़ैदी का डर बेबुनियाद नहीं है।

ज़ैदी दाँतों से नाखून काटने लगा, ''मेरी समझ में भी कुछ नहीं आता। यही वजह है कि मैं तुम्हारे पास आया हूँ।'' यह कहकर वह उठा और कमरे में टहलने लगा। थोड़ी देर के बाद रुका और ऐश-ट्रे में से बुझी हुई दियासलाई उठाकर, उसके टुकड़े करने लगा। ''अब यह हालत हो गयी है कि रात भर जागता रहता हूँ। ज़रा-भी आहट होती है तो समझता हूँ वही बिल्ला है, लेकिन आठ दिनों से वह कहीं गायब है। मालूम नहीं, किसी ने मार डाला है, बीमार है या कहीं और चला गया है।''

मैंने कहा—"तुम क्यों सोचते हो। अच्छा है जो गायब हो गया है।"

"पता नहीं क्यों सोचता हूँ। कोशिश करता हूँ कि उस कमबख्त को भूल जाऊँ, पर दिमाग से निकलता ही नहीं।" यह कहकर वह सोफ़े पर सिर के नीचे गद्दी रखकर लेट गया, "अजीब ही किस्सा है। कोई और सुने तो हँसे कि एक बिल्ले ने मेरी यह हालत कर दी है। कभी-कभी मुझे खुद हँसी आती है।... लेकिन यह हँसी कितनी तकलीफ़देह होती है।"

ज़ैदी ने यह कहा और मुझे एहसास हुआ कि सचमुच उसे अपनी बेबसी पर हँसते हुए बहुत तकलीफ़ होती होगी। जो कुछ उसने बयान किया था, ज़ाहिर तौर पर हँसी के काबिल था, लेकिन यह बिलकुल साफ़ था कि उस बिल्ले के वजूद से ज़ैदी की ज़िन्दगी का कोई बहुत तकलीफ़देह लम्हा जुड़ा हुआ था—ऐसा लम्हा, जो उसे अब बिलकुल याद नहीं था। चुनांचे मैंने उससे कहा—"ज़ैदी, तुम्हारी पिछली ज़िन्दगी में कोई ऐसा हादसा तो नहीं, जिससे तुम उस बिल्ले को जोड़ सको...मेरा मतलब है कोई ऐसी चीज़, कोई ऐसा वाकया, जिससे तुम डरे हो और उस चीज़ या वाकये का रूप उस बिल्ले से मिलता हो।" यह कहकर मैंने सोचा कि वाकये का रूप उस बिल्ले से भला कैसे मिल सकता है।

ज़ैदी ने जवाब दिया—"मैं इस पर भी गौर कर चुका हूँ। मेरी याद में ऐसा कोई वाकया या ऐसी कोई चीज़ नहीं।"

मैंने कहा—"हो सकता है कभी याद आ जाये।"

"ऐसा हो सकता है।" यह कहकर ज़ैदी सोफ़े पर से उठा। चन्द मिनट इधर-उधर की बातें कीं और मुझे और मेरी बीवी को इतवार की दावत देकर चला गया।

इतवार को मैं और मेरी बीवी सान्ताक्रूज गये। मैंने शायद आपको पहले नहीं बताया, ज़ैदी मेरा बहुत पुराना दोस्त है। मैट्रिक तक हम दोनों एक ही स्कूल में थे। कॉलेज में भी हम दो बरस एक साथ रहे। मैं फेल हो गया और वह इण्टर करके, अमृतसर छोड़कर, लाहौर चला गया, जहाँ उसने एम.ए. किया और चार-पाँच बरस बेकार रहने के बाद बम्बई चला आया। यहाँ वह एक बरस से जहाज़ों की एक कम्पनी में नौकर था।

दोपहर का खाना खाने के बाद हम देर तक, नयी और पुरानी फ़िल्मों के बारे में बातें करते रहे। ज़ैदी की बीवी और मेरी बीवी, दोनों बहुत फ़िल्म-देखू

किस्म की औरतें हैं। इसलिए उस बातचीत में ज़्यादा हिस्सा उन्हीं का था। दोनों उठकर दूसरे कमरे में जाने ही वाली थीं कि बालकनी के कठघरे की सलाखों से एक मोटा बिल्ला अन्दर दाखिल हुआ। मैंने और ज़ैदी ने एक साथ उसकी तरफ़ देखा। ज़ैदी के चेहरे से मुझे मालूम हो गया कि यही वह बिल्ला है।

मैंने गौर से उसकी तरफ़ देखा। सिर पर, कानों के पास, एक गहरा घाव था, उस पर हल्दी लगी हुई थी। बाल बेहद मैले थे। चाल में, जैसा कि ज़ैदी ने कहा था, एक अजीब किस्म की बेपरवाही थी। हम चार आदमी कमरे में मौजूद थे, पर उसने किसी की तरफ़ आँख उठाकर न देखा। जब वह मेरी बीवी के पास से गुज़रा तो वह चीख उठी, ''यह कैसा बिल्ला है, सआदत साहब!''

मैंने पूछा, ''क्या मतलब?''

मेरी बीवी ने जवाब दिया, ''पूरा बदमाश लगता है।''

ज़ैदी ने बौखला कर कहा, ''बदमाश?''

मेरी बीवी शर्मा गयी, ''जी हाँ...ऐसा ही लगता है।''

ज़ैदी कुछ सोचने लगा। दोनों औरतें दूसरे कमरे में चली गयीं। थोड़ी देर के बाद ज़ैदी उठा, ''सआदत, ज़रा इधर आओ।''

मुझे बालकनी में ले जाकर उसने कहा—''पहेली हल हो गयी है।''

''कैसे?''

''तुम्हारी बीवी ने हल कर दी है...तुम भी सोचो, क्या इस बिल्ले की शक्ल मुसटेन वाले से नहीं मिलती?''

''मुसटेन वाले से?''

''हाँ-हाँ, उस बदमाश से, जो हमारे स्कूल के बाहर बैठा रहता था—मुस्तफ़ा—जिसे हम मुसटेन वाला कहा करते थे?''

मुझे याद आ गया। ज़ैदी पर, जो लड़कपन में बहुत सुन्दर था, मुसटेन वाले की खास नज़र थी। लेकिन मैं सोचने लगा, बिल्ले से उसकी शक्ल कैसे मिलती है? नहीं-नहीं, मिलती थी। उसकी चाल में भी कुछ ऐसी ही बेपरवाही थी। सिर अक्सर फटा रहता था। कई बार हैड मास्टर साहब ने उसे लोगों से पिटवाया कि वह स्कूल के दरवाज़े के पास न खड़ा रहा करे। पर उसके कान पर जूँ तक न रेंगी। एक लड़के के बाप ने उसे हॉकी से इतना मारा, इतना मारा कि लोगों का ख़याल था, अस्पताल में मर जायेगा। पर दूसरे दिन ही, वह फिर स्कूल के गेट के बाहर मौजूद था।

ये सब बातें कुछ ही पलों के अन्दर-अन्दर, मेरे दिमाग में उभरीं। मैंने ज़ैदी से कहा, ''तुम ठीक कहते हो। मुसटेन वाला ही मार खाकर चुप रहा करता था।''

ज़ैदी ने जवाब न दिया, इसलिए कि वह कुछ याद कर रहा था। कुछ लम्हे चुप रहने के बाद उसने कहा, ''मैं आठवीं क्लास में था। पढ़ने के लिए एक बार अकेला कम्पनी बाग चला गया। एक पेड़ के नीचे बैठा पढ़ रहा था कि अचानक मुसटेन वाला नमूदार हुआ। हाथ में एक खत था। मुझसे कहने लगा—''बाबू जी, यह खत पढ़ दीजिए।'' मेरी जान हवा हो गयी। आस-पास कोई भी नहीं था। मुसटेन वाले ने खत मेरी रान पर बिछा दिया। मैं उठ भागा। उसने मेरा पीछा किया। लेकिन मैं इतना तेज़ दौड़ा कि वह बहुत पीछे रह गया। घर पहुँचते ही मुझे तेज़ बुखार चढ़ा। दो दिन तक उसी में बड़बड़ाता रहा। मेरी माँ का ख़याल था कि जिस पेड़ के नीचे मैं पढ़ने के लिए बैठा था, उस पर भूत-प्रेत या जिन्नात रहते थे।''

ज़ैदी यह कह ही रहा था कि बिल्ला हमारी टाँगों में से होकर, कठघरे की सलाखों में से निकला और छज्जे पर कूद गया। छज्जे पर चन्द कदम चलकर उसने मुड़ कर, पीली-पीली आँखों से हमारी तरफ़, अपनी उस खास बेपरवाही से देखा। मैंने मुस्कुराकर कहा—''मुसटेन वाला!'' ज़ैदी झेंप गया।

दो गड्ढे

आप मुझे एक अफ़सानानिगार के रूप में जानते हैं और अदालतें एक फह्हाश निगार (अश्लील लेखक) की हैसियत से। सरकार मुझे कभी कम्युनिस्ट कहती है और कभी देश का सबसे बड़ा अदीब। कभी मेरे लिए रोज़ी के दरवाज़े बन्द किए जाते हैं और कभी खोले जाते हैं। कभी मुझे गैर-ज़रूरी इन्सान बताकर, 'मकान से बाहर' का हुक्म दिया जाता है और कभी मौज में आकर, यह कह दिया जाता है कि नहीं, तुम 'मकान के अन्दर' रह सकते हो। मैं पहले सोचता था, अब भी सोचता हूँ कि इस देश में, जिसे दुनिया का सबसे बड़ा इस्लामी राज्य कहा जाता है, मेरी क्या जगह है और मेरी क्या ज़रूरत है।

आप इसे कहानी कह लीजिए, लेकिन मेरे लिए यह एक कड़वी सच्चाई है कि मैं अभी तक खुद अपने वतन में, जिसे पाकिस्तान कहते हैं और जो मुझे बहुत प्यारा है, अपनी असली जगह नहीं खोज सका। यही वजह है कि मेरी रूह बेचैन रहती है, यही वजह है कि मैं कभी पागलखाने में और कभी अस्पताल में होता हूँ।

मैं जो भी हूँ फिर भी मुझे यकीन है कि मैं इन्सान हूँ। इसका सबूत यह है कि मुझमें खामियाँ भी हैं और खूबियाँ भी। मैं सच बोलता हूँ, पर कई मौकों पर झूठ भी बोलता हूँ। नमाज़ नहीं पढ़ता, लेकिन मैंने सज़दे कई बार किए हैं। किसी ज़ख्मी कुत्ते को देख लूँ तो घंटों मेरी तबियत खराब रहती है, पर मेरे अन्दर अभी तक यह जुर्रत नहीं पैदा हुई कि उसे उठाकर घर ले जाऊँ और उसका इलाज करूँ। किसी दोस्त को तंगी में फँसा देखता हूँ, तो मुझे सचमुच तकलीफ़ होती है, लेकिन मैंने ब-वक्ते-ज़रूरत, पैसों से मदद नहीं

की, इसलिए कि मुझे शराब खरीदनी होती थी। मुझे किसी अपाहिज लड़की से मिलने का इत्तफाक हो तो घंटों मेरे दिलो-दिमाग में तूफ़ान की-सी हालत रहती है। मैं अपाहिज बनकर, खुद को उसकी जगह रखकर, घंटों सोचता हूँ; उसकी ज़िन्दगी की ट्रेजेडी के बारे में गौर करता हूँ; फिर अचानक यह फ़ैसला करता हूँ कि मैं उससे शादी कर लूँ। मगर जब मैं इसका ज़िक्र अपनी बीवी से करता हूँ, तो वह फ़ैसला टिक नहीं पाता।

मैं अफ़सानानिगार हूँ। मेरी कल्पना की उड़ान बहुत ऊँची है, पर मुझे अफ़सोस है कि ऊँचा उड़कर फिर मैं ऐसा गिरता हूँ कि पाताल की अथाह गहराइयों तक पहुँच जाता हूँ और वहाँ औंधे मुँह पड़ा सोचता हूँ कि जब गिरना ही था तो उड़ने की तकलीफ़ क्यों की? लेकिन शायद ये छोटे-छोटे वाकयात, जो हम छोटे आदमियों की फिसलनों की वजह से पैदा होते हैं, मुझ पर बहुत असर डालते हैं।

मैं केले या खरबूज़े के छिलके कभी बरदाश्त नहीं कर सकता, जो सड़क पर पड़े होते हैं। मुझे इस तरह की बेपरवाही करने वाले लोगों की कमअक्ली पर रोना आता है।

...मुझे फिर रोना आता है, जब मैं देखता हूँ कि लोग अपने-अपने घरों के चूहे पकड़ते हैं और दूसरे मुहल्ले में छोड़ आते हैं। अपने घर का कूड़ा-कर्कट निकालते हैं और झाड़ू से अपने पड़ोसी के दरवाज़े के साथ लगा देते हैं।

कहते हैं कि ये हिमाकतें तालीम की कमी की वजह से हैं। जब सबकी राय से यह बात मान ली गयी तो यह क्या बेवकूफ़ी नहीं है कि तालीम आम नहीं की जाती? क्या इसका यह मतलब नहीं कि वे लोग, जिनके हाथ में लोगों को तालीम देने का काम है, खुद अनपढ़ हैं।

मैं झुँझला-झुँझला जाता हूँ, जब मैं सोचता हूँ कि हमारे हाकिम परले दर्जे के बेखबर हैं। एक आदमी मिनिस्टर बनता है, तो उसके घर की तरफ़ जो सड़क जाती है, उस पर हर रोज़ छिड़काव होता है। उसकी सफ़ाई का ध्यान हर दारोगा को रखना पड़ता है। लेकिन उन जगहों की तरफ़ कोई आँख उठाकर भी नहीं देखता, जहाँ सफ़ाई और छिड़काव की बेहद ज़रूरत है।

एक मिनिस्टर का गला धूल-मिट्टी उड़ने की वजह से खराब हो जाये या दूसरे मिनिस्टर को मच्छर काट खाएँ तो इससे क्या होता है? वे सैकड़ों-हज़ारों बच्चे, जो इन गंदी नालियों की गलीज़ फ़िज़ा में रहते हैं, इन मिनिस्टरों से ज़्यादा

अहमियत रखते हैं, क्योंकि यही वह जनता है, जो लड़ाई के मैदान में सीने पर गोलियाँ खाती है और हार-जीत का फ़ैसला करती है।

ये बातें इतनी ज़ाहिर और साफ़ हैं कि हर आदमी इन्हें जानता है, यहाँ तक कि हमारे हाकिम भी। फिर भी समझ में नहीं आता कि यह भेदभाव क्यों हर जगह हावी नज़र आता है। मैं तो कई बार ऐसा महसूस करता हूँ कि सरकार और अवाम का रिश्ता रूठे हुए मियाँ और बीवी का रिश्ता है। दिखावा तो है, लेकिन असल में कुछ भी नहीं। एक अफ़सानानिगार के नाते मुझे यह रिश्ता बहुत दिलचस्प लगता है। अगर आप भी थोड़ा गौर करें तो आपको इसमें अनगिनत दिलचस्प पहलू मिल जायेंगे। बीवी अपनी मनमानी करती है, शौहर अपनी मनमानी। दोनों गिरस्ती के फ़र्ज़ों का पालन नहीं करते, लेकिन इसके बावजूद वे मियाँ-बीवी हैं। आपस में छोटी-छोटी बातों पर झगड़े होते हैं, सगे-सम्बन्धी देखते और हँसते हैं, लेकिन उनका रिश्ता ज्यों-का-त्यों खोखला रहता है।

हुकूमत और अवाम के आपसी मेल (बलात्कार कहना ज़्यादा सही होगा) से बच्चे पैदा होते हैं, लेकिन बड़े 'सेफ़्टी ऐक्ट' और 'ऑर्डनेंस' किस्म के, जिनकी शक्ल-सूरत न तो शासन से मिलती है और न जनता से। मैं इनके बारे में कुछ कहना नहीं चाहता, सिवाय इसके कि यह मेरी समझ से ऊपर की बात है।

मेरी समझ से ऊपर की बहुत-सी बातें हैं। मैं अमरीका की हवस और साम्राज्यवादी रुझान समझ सकता हूँ। मुझे रूस के हथौड़े और उसकी दराँती का असली मतलब समझ में आ जाता है। लेकिन यहाँ मेरे मुल्क में जो कुछ हो रहा है, वह मेरी समझ और सोच से ऊपर की बात है। मुमकिन है कि जो कुछ आज मेरी नज़रों के सामने हो रहा है, बहुत ऊँचा हो, लेकिन यह भी हो सकता है कि वह बहुत नीचा हो। कुछ भी हो, मुझे इस बात का हमेशा अफ़सोस रहेगा कि मुझे समझाने वाला कोई नहीं मिला।

अमरीका से जंगी मदद लेने का समझौता हुआ है, उसको एक अफ़सानानिगार क्या समझेगा? तुर्कों से पाकिस्तान का जो समझौता हुआ है, इस पर एक अफ़सानानिगार क्या ख़याल रख सकता है? वह यह भी नहीं पूछ सकता कि लियाकत अली के कत्ल की जाँच का क्या नतीजा निकला? उसको यह सवाल करने की भी हिम्मत नहीं हो पाती कि लियाकत अली खाँ के हत्यारे

की हत्या करनेवालों को क्या सज़ा मिली?—आख़िर वह भी तो इन्सान था, जो मौत के घाट उतार दिया गया। मगर वह यह तो पूछ सकता है कि तारघर के इस तरफ़ चौक में, मैकलोड रोड की तरफ़ जाने वाली सड़क के शुरू में जो दो गड्ढे खुदे हुए थे, उनका क्या मतलब था?

ये गड्ढे शायद अब पाट दिए गये हैं, मगर वह ट्रक अभी तक वहाँ खड़ा है, जो उनका शिकार हुआ था। मालूम नहीं, वह कब तक टूटी हालत में वहाँ पड़ा रहेगा और मेरी तरह सवाल करता रहेगा कि ये दो गड्ढे, जो उसकी टूट-फूट का कारण बने, उनका क्या मतलब था।

अगर ये गड्ढे इसलिए खोदे गये थे कि रात की नाकाफ़ी रोशनी में ताँगे इनमें गिरें; घोड़े मरें या लूले-लँगड़े हो जायें; साइकल-सवार अपनी हड्डी-पसली तुड़वाएँ; कोई मोटरसाइकिल पर सवार, फ़िल्मी धुन अलापता आये और ऐसी पटखनी खाये कि उसे सुरैया ही नज़र आ जाये, तो मुझे कोई एतराज़ नहीं। क्योंकि जनता को ऐसे मन-बहलाव के मौके हासिल कराने का काम कभी-कभी कार्पोरेशन को करना ही चाहिए। लेकिन मुझे झुँझलाहट होती है कि अगर मैं यह कहूँगा कि मुझे कोई एतराज़ नहीं, तो सरकार मुझे घेर लेगी और कहेगी कि तुम्हे क्यों कोई एतराज़ नहीं, जबकि हमें है।

सच पूछिए तो आजकल एतराज़ उठाने का ज़माना ही नहीं रहा। सिगरेट ब्लैक में मिल रही हैं। आप एतराज़ करें तो इससे कुछ हासिल नहीं होगा। छोटे दुकानदार आपसे रोना रोएँगे कि साहब जिनको कोटा मिलता है, हम उनसे खरीदते हैं, दस आने की डिबिया ग्यारह आने में मिलती है, हम अगर दो पैसे या एक आना मुनाफ़ा लेते हैं, तो बताइए क्या जुर्म करते हैं?

आटे-दाल का भाव पूछें, तो आटे-दाल का भाव मालूम हो जाता है। दम मारने की मजाल नहीं। फिर भी आदमी तो सोचता है कि सिगरेटों की यह ब्लैक क्यों हो रही है? वह जिसे सोल-एजेण्ट कहते हैं, उससे यह सवाल क्यों नहीं किया जाता कि आखिर ये सिगरेट उसी के ज़रिये से आती हैं। क्या उसे कम्पनी को ज़्यादा दाम देने पड़ते हैं? क्या कम्पनी किसी वजह से ज़रूरत से कम सिगरेट भिजवा रही है? कुछ भी हो, यह हुकूमत का फ़र्ज़ है कि वह इस बात का पता लगाए कि सोल-एजेण्ट या कम्पनी को क्या तकलीफ़ है, ताकि उसे दूर करने की कोई तरकीब सोची जाये। पर मुसीबत यह है कि हुकूमत खुद बहुत-सी तकलीफ़ों की शिकार है।

यूँ तो हमारे इर्द-गिर्द बेशुमार गड्ढे हैं, जिनको पूरने के लिए खिज्र[1] की उम्र दरकार है, लेकिन मैं उन दो गड्ढों की बात कर रहा था, जो तारघर के इस तरफ़, सड़क के शुरू में खोदे गये थे या अपने-आप खुद गये थे; जिन्हें रात के धुँधलके में कार्पोरेशन लोगों की निगाह से छिपाए रखती थी।

मैं पाकिस्तान में अपनी असली जगह अभी तक मालूम नहीं कर सका, लेकिन मैं अपने-आप में यह समझता हूँ कि मेरी हस्ती बहुत बड़ी है, उर्दू अदब में मेरा नाम बहुत अहमियत रखता है। (यह खुशफ़हमी न होती तो ज़िन्दगी दूभर हो जाती) इसलिए कुछ दिन पहले मुझे इन गड्ढों का महत्त्व मालूम हुआ, जो देखने में गैर-ज़रूरी मालूम होते थे, पर असल में बहुत ज़रूरी थे।

गैर-ज़रूरी इसलिए थे कि इनके बिना भी लोग ज़ख्मी हो सकते थे। ये न होते, तब भी यहाँ टूट-फूट का सिलसिला जारी रहता। ज़रूरी इसलिए थे कि इनकी मौजूदगी से यह ज़ाहिर होता था कि कार्पोरेशन के बगैर भी काम चल सकता है।

बहुत दिन हुए, मुझे नौआबादी के महकमे की तरफ़ से यह नोटिस मिला था कि तुम गैर-ज़रूरी आदमी हो, इसलिए वह मकान, जो तुम्हें अलॉट किया गया है, खाली कर दो। मेरा ख़याल है कि यह नोटिस बिलकुल गैर-ज़रूरी था, इसलिए कि जब तक सड़कों पर बिना ढके गड्ढे मौजूद हैं, गैर-ज़रूरी इन्सानों को मकान खाली करने का हुक्म देने का सवाल बेतुका है।

~

कुछ दिन हुए, मैंने टी-हाउस से निकल कर ताँगा लिया। डाकघर के करीब पहुँचा तो मुझे ख़याल आया कि मैकलोड रोड की तरफ़ से बीडन रोड को चलना चाहिए। उस रास्ते पर एक फलों की दुकान आती है, जहाँ से मैं अक्सर अपनी बच्चियों के लिए माल्टे वगैरह ले जाया करता हूँ।

ताँगे ने जब तारघर की इस तरफ़ मैकलोड रोड का रुख किया, तो रात के धुँधलके में मुझे अचानक दो डरावने गड्ढे नज़र आये। मुझे हैरत है, ये गड्ढे मुझे कैसे दिखाई दे गये, इसलिए कि मुझे रतौंधी की बीमारी है। मुझे रात के अँधेरे

---

1. मुसलमानों के विश्वासानुसार एक पैगम्बर जो अमृत पीकर अमर हो गये थे और जो अब भूले-भटके यात्रियों को सही रास्ते पर लाने वाले माने जाते हैं।

में कुछ दिखाई नहीं देता। मैं एकदम चिल्लाया। कोचवान ने मेरी चीख सुनकर बागें खींचीं। घोड़ा कुछ इस तरह रुका कि दो गज़ पीछे चला गया।

अगर घोड़े का कदम ज़रा-सा आगे बढ़ जाता तो मालूम नहीं क्या होता। ताँगेवाले ने मुझे हज़ार-हज़ार दुआएँ दीं कि उसका घोड़ा अपाहिज होने से बच गया, इसलिए कि सौ कदम के फ़ासले पर एक टूटा हुआ ताँगा पड़ा था, जिसका घोड़ा ज़ख्मी हालत में कराह रहा था।

मैं सोच रहा था कि पाकिस्तान का सबसे बड़ा अफ़सानानिगार बच गया। उस समय मुझे कौम के नुकसान का ख़याल था। यह एहसास बिलकुल नहीं था कि मेरी एक बीवी है और तीन बच्चियाँ हैं। मुझे उस वक्त सिर्फ़ यह ख़याल था कि मैं कौम की सम्पत्ति हूँ, जो बर्बाद होने से बच गया। हालाँकि यह भी सही है कि मेरी मौत एक गैर-ज़रूरी इन्सान की मौत होती। कुछ रिश्तेदारों और दोस्तों की आँखें ज़रूर पुरनम हो जातीं, मगर इस मुल्क की एक आँख भी आँसुओं से न डबडबाती, जिसकी सम्पत्ति मैं खुद को समझता हूँ।

मैं इस मामले में बहुत बड़ा बेवकूफ़ हूँ, लेकिन इस ख़याल से थोड़ी तसल्ली मिलती है कि बेवकूफ़ होना ही इन्सान होने की निशानी है, बहरहाल!

यह मेरी बेवकूफ़ी थी कि मैंने उन दो गड्ढों को सिर्फ़ खुद अपने से जोड़ा, वरना उनमें हर इन्सान की लाश समा सकती थी, चाहे उसका नाम सआदत हसन मंटो होता या कुछ और।

यूँ तो बहुत-सी बातें समझ में नहीं आतीं, मगर यह बात तो बहुत ही ज़्यादा समझ में नहीं आती कि तारघर के इस तरफ़ यहाँ दो गड्ढे क्यों खोदे गये थे या अपने आप खुद गये थे? वहाँ कोई ऐसा निशान क्यों नहीं गाड़ दिया गया था, जो लोगों को बताता कि देखो, अगर तुम ज़ख्मी होना या मरना चाहते हो तो जी-जान से जाओ, सब सामान मौजूद है, और अगर मामला इसके उलट है तो यहाँ से दूर रहो, अगर खुदा को तुम्हारी मौत मंज़ूर है तो वह तुम्हें सीधी और साफ़ सड़क पर भी मल्कउल मौत (यमराज) के सुपुर्द कर देगा।

सुना है कि दूसरे देशों में यह रिवाज़ है कि अगर सड़क पर कोई इस तरह की जगह हो, तो हाकिम ऐसी खतरनाक जगह के इर्द-गिर्द रस्सा तान देते हैं, जिससे लोग खबरदार रहें। रात को लाल बत्तियाँ रख दी जाती हैं, जिससे आने-जाने वालों को खतरे का पता लग जाये।

यह तो हो नहीं सकता कि हमारी कार्पोरेशन ऐसी मामूली बात नहीं

जानती। अगर इसने तारघर के इस तरफ़ दो गहरे गड्ढों को खोदा है तो इसमें ज़रूर कोई बेहतरी होगी। वह आदमी, जो सिर्फ़ एक अफ़सानानिगार है, इसे क्योंकर समझ सकता है। मगर अपनी ज़हालत को मानते हुए, इतना पूछने का हक ज़रूर है कि इसमें क्या बेहतरी है ? और कुछ नहीं तो उसे एक और कहानी लिखने का मसाला तो हासिल हो सकेगा।

तारघर के इस तरफ़, जहाँ आज से कुछ दिन पहले दो गड्ढे खोदे गये थे या अपने आप खुद गये थे, एक टूटा हुआ ट्रक, तीन पहियों और बहुत-सी ईंटों के सहारे, खड़ा है। मालूम नहीं वह मुझसे कुछ कहना चाहता है या कॉर्पोरेशन से। मैं तो इसकी बेज़बानी किसी हद तक समझ सकता हूँ, मगर कॉर्पोरेशन, जो बहुत बड़ी ड्रामानिगार है और अपने वक्त की आगा है, उसकी बेज़बानी समझ लेगी—मैं इसके बारे में कुछ नहीं कह सकता।

मेरी राय है कि हमारी सरकार को, फ़ौरन ही, इन गड्ढों के ऊपर एक जाँच कमीशन बैठा देना चाहिए। जब तक यह कमीशन अपनी रिपोर्ट के कागज़ों से उनको भरेगी और बहुत-से गड्ढे खुद जायेंगे या खोद लिये जायेंगे, जिससे ऐसी दूसरी कमीशनों के लिए जगह पैदा हो सके।

तारघर के इस तरफ़ के दो गड्ढे ज़िन्दाबाद। और उस तरफ़ के वे घोड़े और इन्सान मुर्दाबाद जो इनमें गिर कर न मर सके।

टूटू

मैं सोच रहा था। दुनिया की सबसे पहली औरत जब माँ बनी होगी तब प्रकृति का क्या हाल था?

दुनिया के सबसे पहले मर्द ने क्या आसमान की तरफ़ तमतमाई आँखों से देखकर दुनिया की सबसे पहली ज़बान में बड़े गर्व के साथ यह नहीं कहा था—"मैं भी बालक हूँ।"

टेलीफ़ोन की घंटी बजनी शुरू हुई। मेरे आवारा ख़यालात का सिलसिला टूट गया—बालकनी से उठकर मैं अन्दर कमरे में आया—टेलीफ़ोन ज़िद्दी बच्चे की तरह चिल्लाये जा रहा था।

टेलीफ़ोन बड़ी लाभकारी चीज़ है। मगर मुझे इससे नफ़रत है। इसलिए कि वक्त-बेवक्त बजने लगता है—चुनांचे बहुत ही बद-दिली से मैंने रिसीवर उठाया और नम्बर बताया—"फ़ोर फ़ोर फ़ाइव सेवन।"

दूसरे सिरे से हैलो-हैलो शुरू हुई। मैं झुँझला गया—"कौन है?"

जवाब मिला, "आया।"

मैंने आया के बातचीत के ढंग से पूछा, "किसको माँगता है?"

"मेम साहब हैं?"

"हैं—ठहरो।"

टेलीफ़ोन का रिसीवर एक तरफ़ रखकर मैंने अपनी बीवी को जो अन्दर शायद सो रही थी आवाज़ दी, "मेम साहब—मेम साहब!"

आवाज़ सुनकर मेरी बीवी उठी और जम्हाइयाँ लेती हुई आयी—"यह क्या मज़ाक है। मेम साहब, मेम साहब।"

मैंने मुस्कुराकर कहा, "मेम साहब ठीक है—याद है तुमने अपनी पहली

आया से कहा था कि मुझे मेम साहब के बदले बेगम साहिबा कहा करो तो उसने बेगम साहिबा को बैंगन साहिबा बना दिया था।''

एक मुस्कुराती हुई जम्हाई लेकर मेरी बीवी ने पूछा, ''कौन है?''

''दरयाफ़्त कर लो।''

मेरी बीवी ने टेलीफ़ोन उठाया और हैलो-हैलो शुरू कर दिया—मैं बाहर बालकनी में चला गया—औरतें टेलीफ़ोन के मामले में बहुत बातूनी होती हैं। चुनांचे 15-20 मिनट तक हैलो-हैलो होता रहा।

मैं सोच रहा था।

टेलीफ़ोन पर हर दो-तीन शब्दों के बाद हैलो क्यों कहा जाता है?

इस हैलो-हैलो के पीछे हीन भावना तो नहीं?—बार-बार हैलो सिर्फ़ उसे करनी चाहिए जिसे इस बात का अन्देशा हो कि उसकी उबाऊ गुफ़्तगू से तंग आकर सुननेवाला फ़ोन छोड़ देगा—या हो सकता है कि यह सिर्फ़ आदत हो।

उसी वक्त मेरी बीवी घबराई हुई आयी—''सआदत साहब, इस बार मामला बहुत ही सीरियस मालूम होता है।''

''कौन-सा मामला?''

मामले की स्थिति बताए बगैर मेरी बीवी ने कहना शुरू कर दिया, ''बात बढ़ते-बढ़ते तलाक तक पहुँच गयी है—पागलपन की कोई हद होती है—मैं शर्त लगाने के लिए तैयार हूँ कि बात कुछ भी नहीं होगी। बस बात का बतंगड़ बना होगा। दोनों सिरफिरे हैं।''

''अजी हजरत, कौन?''

''मैंने बताया नहीं आपको?—ओह, टेलीफ़ोन ताहिरा का था।''

''ताहिरा—कौन ताहिरा?''

''मिसेज़ यज़दानी।''

''ओह!'' मैं सारा मामला समझ गया, ''कोई नया झगड़ा हुआ है?''

''नया और बहुत बड़ा—जाइये यज़दानी आपसे बात करना चाहते हैं।''

''मुझसे क्या बात करना चाहता है?''

''मालूम नहीं—ताहिरा से टेलीफ़ोन छीनकर मुझसे केवल यह कहा, 'भाभीजान ज़रा मंटो साहब को बुलवाइए।' ''

''ख्वाहमख्वाह मेरा मगज़ चाटेगा।'' यह कहकर मैं उठा और टेलीफ़ोन पर यज़दानी साहब से मुखातिब हुआ।

उसने सिर्फ़ इतना कहा—"मामला बेहद नाज़ुक हो गया है—तुम और भाभीजान टैक्सी में फ़ौरन आ जाओ।"

ताहिरा एक मशहूर इश्कपेशा संगीतकार की खूबसूरत लड़की थी। अता यज़दानी एक पठान आढ़ती का लड़का था। पहले शायरी शुरू की। फिर नाटककारी, इसके बाद आहिस्ता-आहिस्ता फ़िल्मी कहानियाँ लिखने लगा—ताहिरा का बाप अपने आठवें इश्क में लगा हुआ था और अता यज़दानी अलामा मशरिकी के खाकसार आंदोलन के लिए 'बेलचा' नामक ड्रामा लिखने में—एक शाम परेड करते हुए अता यज़दानी की आँखें ताहिरा की आँखों से चार हुईं। सारी रात जाग कर उसने एक खत लिखा और ताहिरा तक पहुँचा दिया।—कुछ माह तक दोनों में पत्र-व्यवहार जारी रहा और अन्त में दोनों की शादी बगैर किसी बाधा के हो गयी। अता यज़दानी को इस बात का अफ़सोस था कि उनका इश्क ड्रामे से वंचित रहा।

ताहिरा भी मन से ड्रामापसन्द थी—इश्क और शादी से पहले सहेलियों के साथ बाहर शॉपिंग को जाती तो उनके लिए मुसीबत बन जाती—गंजे आदमी को देखते ही उसके हाथों में खुजली हो जाती। "मैं उसके सिर पर एक धौल तो ज़रूर जमाऊँगी। चाहे तुम कुछ भी करो।"

ज़हीन इतनी थी कि एक बार उसके पास कोई पेटीकोट नहीं था। उसने कमर के चारों ओर इज़ारबंद बाँधा और उसमें साड़ी उड़सकर सहेलियों के साथ चल दी।

क्या ताहिरा वाकई अता यज़दानी के इश्क में फँसी थी? इस बारे में निश्चित रूप से कुछ नहीं कहा जा सकता था। यज़दानी का पहला इश्किया खत मिलने पर उसका व्यवहार कुछ इसी किस्म का था। यूँ तो मज़बूत चरित्र की लड़की थी यानी जहाँ तक चरित्रवान होने का सम्बन्ध है, लेकिन थी खिलंदरी—और यह जो प्रतिदिन उसका अपने शौहर से लड़ाई-झगड़ा होता था, मैं समझता हूँ एक खेल ही था। लेकिन जब हम वहाँ पहुँचे और हालात देखे तो मालूम हुआ कि यह खेल बड़ी खतरनाक सूरत बन गया था।

हमारे दाखिल होते ही वह शोर मचा कि कुछ समझ में न आया। ताहिरा और यज़दानी दोनों ऊँचे-ऊँचे सुरों में बोलने लगे थे, शिकवे, ताने-माने—पुराने मुर्दों पर नयी लाशें, नयी लाशों पर पुराने मुर्दे। जब दोनों थक गये तो आहिस्ता-आहिस्ता लड़ाई की कुछ-कुछ बात समझ में आने लगी।

ताहिरा की शिकायत थी कि अता स्टूडियो की एक वाहियात एक्ट्रेस को टैक्सियों में लिये-लिये फिरता है।

यज़दानी का कहना था कि यह सरासर गलत है।

ताहिरा *क़ुरान* उठाने के लिए तैयार थी कि अता का उस एक्ट्रेस से नाजायज़ रिश्ता है। जब वह साफ़ इनकारी हुआ तो ताहिरा ने बड़ी तेज़ी के साथ कहा—''कितने नैतिक बनते हो—यह आया जो खड़ी है, क्या तुमने इसे चूमने की कोशिश नहीं की थी...वह तो मैं अन्दर से आ गयी...''

यज़दानी ने कहा, ''बकवास बन्द करो।''

इसके बाद वही शोर मच गया।

मैंने समझाया। मेरी बीवी ने समझाया। मगर कोई असर न हुआ। अता को मैंने डाँटा भी, ''ज़्यादती सरासर तुम्हारी है—माफ़ी माँगो और यह किस्सा खत्म करो।''

अता ने बड़ी गम्भीरता के साथ मेरी तरफ़ देखा, ''सआदत, यह किस्सा यूँ खत्म नहीं होगा। मेरे बारे में यह औरत बहुत कुछ कह चुकी है। लेकिन मैंने उसके बारे में एक शब्द भी मुँह से नहीं निकाला। इनायत को जानते हो तुम?''

''इनायत?''

''प्ले बैक सिंगर।''

''हाँ, हाँ।''

''अव्वल दर्जे का छँटा हुआ बदमाश है...मगर यह औरत हर रोज़ उसे यहाँ बुलाती है—बहाना यह है कि...''

ताहिरा ने उसकी बात काट दी, ''बहाना-वहाना कुछ नहीं—बोलो तुम क्या कहना चाहते हो?''

अता ने बहुत ही नफ़रत के साथ कहा—''कुछ नहीं।''

ताहिरा ने अपने माथे पर से बालों की लट एक तरफ़ हटाई, ''इनायत मेरा चाहनेवाला है—बस।''

अता ने गाली दी—इनायत को मोटी और ताहिरा को छोटी—फिर शोर मच गया।

एक बार फिर वही कुछ दोहराया गया जो पहले कई बार कहा जा चुका था—मैंने और मेरी बीवी ने बीच-बचाव किया मगर नतीजा वही सिफ़र। मुझे ऐसा मालूम होता था जैसे अता और ताहिरा दोनों अपने झगड़े से सन्तुष्ट नहीं।

लड़ाई के शोले एकदम भड़कते थे और कोई निर्णायक नतीजा पैदा किये बिना ठंडे हो जाते थे। फिर भड़काये जाते थे लेकिन होता-हवाता कुछ नहीं था।

मैं बहुत देर तक सोचता रहा कि अता और ताहिरा चाहते क्या हैं, मगर किसी नतीजे पर न पहुँच सका—मुझे बड़ी उलझन हो रही थी। दो घंटे से बक-बक और झक-झक जारी थी—लेकिन अन्त खुदा जाने कहाँ भटक रहा था। तंग आकर मैंने कहा, "भई, अगर तुम दोनों की आपस में नहीं निभ सकती तो बेहतर यही है कि अलग हो जाओ।"

ताहिरा खामोश रही। लेकिन अता ने कुछ क्षण गौर करने के बाद कहा—"अलग नहीं—तलाक।"

ताहिरा चिल्लाई, "तलाक, तलाक, तलाक—देते क्यों नहीं तलाक—मैं कब तुम्हारे पाँव पड़ी हूँ कि तलाक न दो।"

अता ने बड़े दृढ़ स्वर में कहा, "दे दूँगा और बहुत जल्द।"

ताहिरा ने अपने माथे पर से बालों की झालर एक तरफ़ हटाई, "आज ही दो।"

अता उठकर टेलीफ़ोन की तरफ़ बढ़ा, "मैं काज़ी से बात करता हूँ।"

जब मैंने देखा मामला बिगड़ रहा है तो उठकर अता को रोका, "बेवकूफ़ न बनो, बैठो आराम से।"

ताहिरा ने कहा, "नहीं, भाईजान! आज मत रोकिए।"

मेरी बीवी ने ताहिरा को डाँटा, "बक़वास बन्द करो।"

"यह बक़वास सिर्फ़ तलाक ही से बन्द होगी," यह कहकर ताहिरा टाँग हिलाने लगी।

"सुन लिया तुमने?" अता मुझसे कहकर फिर टेलीफ़ोन की तरफ़ बढ़ा। लेकिन मैं बीच में खड़ा हो गया।

ताहिरा मेरी बीवी को कहने लगी, "मुझे तलाक देकर उस चंडी एक्ट्रेस से ब्याह रचाएगा।"

अता ने ताहिरा से पूछा, "और तू?"

ताहिरा ने माथे पर बालों की पसीने में भीगी हुई झालर हाथ से ऊपर की, "मैं तुम्हारे इस यूसुफ-ए-सानी इनायत खाँ से।"

"बस, अब पानी सिर से गुज़र चुका है—हद हो गयी है—तुम हट जाओ एक तरफ़...।" अता ने डायरेक्टरी उठाई और नम्बर देखने लगा। जब टेलीफ़ोन

करने लगा तो मैंने उसे रोकना उचित न समझा। उसने एक-दो बार डायल किया लेकिन नम्बर न मिला। मुझे मौका मिला तो मैंने उसे दृढ़ शब्दों में कहा कि अपने इरादे को छोड़ दे। मेरी बीवी ने भी उससे विनती की मगर वह न माना। इस पर ताहिरा ने कहा—''सफिया, तुम कुछ न कहो—इस आदमी के पहलू में दिल नहीं, पत्थर है—मैं तुम्हें वह खत दिखाऊँगी जो शादी से पहले इसने मुझे लिखे थे—उस वक्त मैं इसके दिल का चैन और आँखों का नूर थी। मेरी ज़बान से निकला हुआ सिर्फ़ एक लफ़्ज़ उसके मुर्दा तन में जान डालने के लिए काफ़ी था—मेरे चेहरे की एक झलक देखकर यह खुशी से मरने के लिए तैयार था—लेकिन आज इसे मेरी ज़रा भी परवाह नहीं।''

अता ने एक बार फिर नम्बर मिलाने की कोशिश की।

ताहिरा बोलती रही—''मेरे बाप के संगीत से भी इसे इश्क था—इसे गर्व था कि इतना बड़ा आर्टिस्ट इसे अपना दामाद बनाना मंज़ूर कर रहा है।—शादी की मंज़ूरी हासिल करने के लिए इसने उनके पाँव तक दबाये। पर आज इसे उनका कोई ख़याल नहीं।''

अता डायल घुमाता रहा।

ताहिरा मुझसे बोली, ''आपको यह भाईजान कहता है। आपकी इज़्ज़त करता है। कहता था जो कुछ भाईजान कहेंगे मैं मानूँगा। लेकिन आप देख ही रहे हैं। टेलीफ़ोन कर रहा है काज़ी को—मुझे तलाक देने के लिए।''

मैंने टेलीफ़ोन एक तरफ़ हटा दिया, ''अता, अब छोड़ो भी।''

''नहीं,'' यह कहकर उसने टेलीफ़ोन अपनी तरफ़ घसीट लिया।

ताहिरा बोली, ''जाने दीजिए, भाईजान! इसके दिल में मेरा क्या, टूटू का भी ख़याल नहीं।''

अता तेज़ी से पलटा, ''नाम न लो टूटू का।''

ताहिरा ने नथुने फुलाकर कहा, ''क्यों नाम न लूँ उसका?''

अता ने रिसीवर रख दिया, ''वह मेरा है।''

ताहिरा उठ खड़ी हुई, ''जब मैं तुम्हारी नहीं हूँ तो वह कैसे तुम्हारा हो सकता है? तुम तो उसका नाम भी नहीं ले सकते।''

अता ने कुछ देर सोचा, ''मैं बंदोबस्त कर लूँगा।''

ताहिरा के चेहरे पर एकदम ज़र्दी छा गयी, ''टूटू को छीन लोगे; मुझसे?''

अता ने बड़े दृढ़ स्वर में जवाब दिया—''हाँ।''

''ज़ालिम।'' ताहिरा के मुँह से एक चीख निकली। बेहोश होकर गिरने ही वाली थी कि मेरी बीवी ने उसे थाम लिया। अता परेशान हो गया। पानी के छींटे। यूडिकोलोन—स्मैलिंग साल्ट, डॉक्टरों को टेलीफ़ोन—अपने बाल नोच डाले। कमीज़ फाड़ डाली—ताहिरा होश में आयी तो वह उसका हाथ अपने हाथ में लेकर थपकने लगा—''जानेमन! टूटू तुम्हारा है। टूटू तुम्हारा है।''

अता ने ताहिरा की आँसुओं भरी आँखों को चूमना शुरू कर दिया, ''मैं तुम्हारा हूँ। तुम मेरी हो—टूटू तुम्हारा ही है, मेरा भी है।''

मैंने अपनी बीवी को इशारा किया। वह बाहर निकली तो मैं भी थोड़ी देर के बाद चल दिया। टैक्सी खड़ी थी। हम दोनों बैठ गये—मेरी बीवी मुस्कुरा रही थी। मैंने उससे पूछा—''यह टूटू कौन है?''

मेरी बीवी खिलखिलाकर हँस पड़ी, ''उनका लड़का।''

मैंने हैरत से पूछा—''लड़का?''

मेरी बीवी ने स्वीकृति में सिर हिला दिया।

मैंने और ज़्यादा हैरत से पूछा, ''कब पैदा हुआ था—मेरा मतलब है...''

''अभी पैदा नहीं हुआ—चौथे महीने में है।''

''चौथे महीने—यानी इस घटना के चार महीने बाद।'' मैं बाहर बालकनी में बिलकुल कोरे मस्तिष्क से बैठा था कि टेलीफ़ोन की घंटी बजनी शुरू हुई। बड़ी बेदिली से उठने वाला था कि आवाज़ बन्द हो गयी। थोड़ी देर बाद मेरी बीवी आयी। मैंने उससे पूछा, ''कौन था?''

''यज़दानी साहब।''

''कोई नयी लड़ाई थी?''

''नहीं। ताहिरा को लड़की हुई है—मरी हुई,'' यह कहकर वह रोती हुई अन्दर चली गयी।

मैं सोचने लगा, 'अगर अब ताहिरा और अता का झगड़ा हुआ तो उसे कौन टूटू बचाएगा?'

तरक्कीपसन्द

जोगिन्दर सिंह की कहानियाँ जब खूब पसन्द की जाने लगीं तो उसके दिल में ख्वाहिश जागी कि वह मशहूर अदीबों और शायरों को अपने घर बुलाए और उनकी दावत करे। उसका ख़याल था कि इस तरह उसकी शोहरत और हरदिल अज़ीज़ी और भी बढ़ जाएगी।

अपने बारे में जोगिन्दर सिंह के बड़े अच्छे ख़याल थे। मशहूर अदीबों और शायरों को अपने घर बुलाकर और उनकी आवभगत करने के बाद, जब वह अपनी बीवी अमृत कौर के पास बैठता तो कुछ देर के लिए बिलकुल भूल जाता कि उसका काम डाकखाने में चिट्ठियों की देखभाल करना है। पटियाला फ़ैशन में रंगी हुई, अपनी तीनगज़ी पगड़ी उतारकर जब वह एक तरफ़ रख देता तो उसे ऐसा महसूस होता कि उसके लम्बे-लम्बे काले बालों के नीचे, जो छोटा-सा सिर छिपा हुआ है, उसमें तरक्कीपसन्द अदब कूट-कूट कर भरा है। इस एहसास से उसके दिल और दिमाग, अना (अंह) के अजीब-से जज़्ब लबरेज़ हो जाते और वह समझता कि दुनिया में जितने अफ़सानानिगार और नॉवलनिगार हैं, सबके-सब उससे एक बड़े ही मीठे रिश्ते में बँधे हैं।

अमृत कौर की समझ में यह बात न आती थी कि उसका पति लोगों को दावत करने पर, उससे हर बार यह क्यों कहा करता है, ''अम्बो, यह जो आज चाय पर आ रहे हैं, हिन्दुस्तान के बड़े शायर हैं, समझी, बहुत बड़े शायर। देखो, उनकी आवभगत में कोई कसर बाकी न रहे।''

आने वाला कभी हिन्दुस्तान का बहुत बड़ा शायर होता या बहुत बड़ा अफ़सानानिगार। इससे कम दर्जे के आदमी को जोगिन्दर सिंह कभी बुलाता ही न था। और फिर दावत में ऊँचे-ऊँचे सुरों में जो बातें होती थीं, उनका मतलब

अमृत कौर आज तक न समझ सकी थी। उस बातचीत में तरक्कीपसन्द की आम चर्चा होती थी। इस तरक्कीपसन्दगी का मतलब भी अमृत कौर की समझ में न आता।

एक बार जोगिन्दर सिंह ने एक बहुत बड़े अफ़सानानिगार को चाय पिलाकर छुट्टी पायी और अन्दर रसोई में आकर बैठा तो अमृत कौर ने पूछा, ''यह मुई तरक्कीपसन्दगी क्या है?''

जोगिन्दर ने पगड़ी-समेत अपने सिर को हल्के से हिलाया और कहा, ''तरक्कीपसन्दगी...इसका मतलब तुम फ़ौरन ही न समझ सकोगी। तरक्कीपसन्द उसे कहते हैं, जो तरक्कीपसन्द करे। अंग्रेज़ी में तरक्कीपसन्द को 'प्रोग्रेसिव' कहते हैं। वे अफ़सानानिगार, जो अफ़सानों में तरक्की चाहते हों, उनको तरक्कीपसन्द अफ़सानानिगार कहते हैं। इस वक्त हिन्दुस्तान में सिर्फ़ तीन-चार तरक्कीपसन्द अफ़सानानिगार हैं। जिनमें मेरा नाम भी शामिल है।''

जोगिन्दर सिंह की आदत थी कि वह अंग्रेज़ी लफ़्ज़ों और फ़िकरों से अपने ख़याल ज़ाहिर किया करता था। उसकी यह आदत पककर, अब उसका मिज़ाज बन गयी थी। इसलिए वह बेझिझक एक ऐसी अंग्रेज़ी भाषा में सोचता था, जो कुछ मशहूर अंग्रेज़ी नॉवलनिगारों के अच्छे-अच्छे चुस्त फ़िकरों पर टिकी थी। आम बातचीत में, वह पचास फ़ीसदी अंग्रेज़ी शब्द और अंग्रेज़ी किताबों से चुने हुए फ़िकरों का इस्तेमाल करता था। 'अफलातून' को वह हमेशा 'प्लेटो' कहता था; इसी तरह 'अरस्तू' को 'एरिसटॉटिल'। डॉक्टर सिग्मण्ड फ्रायड, शोपेनहावर और नीत्शे की चर्चा वह अपनी हर अहम बातचीत में किया करता था और बीवी से बात करते वक्त वह इस बात का खास ध्यान रखता था कि बातचीत में अंग्रेज़ी लफ़्ज़ और उन फ़लसफ़ियों के नाम न आने पाएँ।

जोगिन्दर सिंह से जब उसकी बीवी ने तरक्कीपसन्दगी का मतलब समझा तो उसे बड़ी मायूसी हुई, क्योंकि उसका ख़याल था कि तरक्कीपसन्दगी कोई बड़ी चीज़ होगी, जिस पर बड़े-बड़े शायर और अफ़सानानिगार उसके पति के साथ मिलकर बहस करते रहते हैं। लेकिन जब उसने यह सोचा कि हिन्दुस्तान में सिर्फ़ तीन-चार तरक्कीपसन्द अफ़सानानिगार हैं तो उसकी आँखों में चमक पैदा हो गयी। यह चमक देखकर, जोगिन्दर सिंह के मूँछों भरे होंठ, एक दबी-दबी-सी मुस्कुराहट में कँपकँपाये, ''अम्बो, तुम्हें यह सुनकर खुशी होगी कि हिन्दुस्तान का एक बहुत बड़ा आदमी मुझसे मिलने की इच्छा रखता है। उसने

मेरे अफ़साने पढ़े हैं और बहुत पसन्द किए हैं।''

अमृत कौर ने पूछा, ''यह बड़ा आदमी कोई सचमुच बड़ा आदमी है या आपकी तरह सिर्फ़ कहानियाँ लिखने वाला है?''

जोगिन्दर सिंह ने जेब से एक लिफ़ाफ़ा निकाला और दूसरे हाथ की पीठ पर थपथपाते हुए कहा, ''कहानीकार तो है ही, लेकिन उसकी सबसे बड़ी खूबी, जो उसकी न मिटनेवाली शोहरत के पीछे है, कुछ और ही है।''

''क्या खूबी है?''

''वह एक आवारागर्द है।''

''आवारागर्द?''

''हाँ, वह एक आवारागर्द है, जिसने आवारागर्दी को अपनी ज़िन्दगी का मकसद बना लिया है।...वह सदा घूमता रहता है...कभी कश्मीर की ठंडी घाटियों में होता है और कभी मुल्तान के तपते मैदानों में...कभी लंका में तो कभी तिब्बत में।''

अमृत कौर की दिलचस्पी बढ़ गयी, ''मगर वह करता क्या है?''

''गीत इकट्ठे करता है...हिन्दुस्तान के हर हिस्से के गीत—पंजाबी, गुजराती, मराठी, पेशावरी, सरहदी, कश्मीरी, मारवाड़ी—हिन्दुस्तान में जितनी ज़बानें बोली जाती हैं, उनके जितने गीत उसको मिलते हैं, इकट्ठे कर लेता है।''

''इतने गीत इकट्ठे करके क्या करेगा?''

''किताबें छापता है, मज़मून लिखता है, ताकि दूसरे भी ये गीत पढ़ सकें। कई रिसालों में उसके मज़मून छप चुके हैं। गीत इकट्ठे करना और सलीके से उनको पेश करना कोई मामूली काम नहीं है। वह बहुत बड़ा आदमी है अम्बो, बहुत बड़ा आदमी! और देखो, उसने मुझे कैसा खत लिखा है।''

यह कहकर जोगिन्दर सिंह ने अपनी बीवी को वह खत पढ़कर सुनाया, जो हरिन्दरनाथ परमार्थी ने उसको अपने गाँव से, डाकखाने के पते पर भेजा था। उस खत में हरिन्दरनाथ परमार्थी ने बड़ी मीठी भाषा में जोगिन्दर सिंह के अफ़सानों की तारीफ़ की थी और लिखा था कि आप हिन्दुस्तान के तरक्कीपसन्द अफ़सानानिगार हैं, यह फ़िकरा जोगिन्दर सिंह ने पढ़कर कहा, ''लो देखो, परमार्थी साहब भी लिखते हैं कि मैं तरक्कीपसन्द हूँ।''

जोगिन्दर सिंह ने पूरा खत सुनाने के बाद, एक-दो लम्हे अपनी बीवी की ओर देखा और इसका असर मालूम करने के लिए पूछा, ''क्यों?''

अमृत कौर, अपने पति की तीखी नज़र की वजह से, कुछ झेंप-सी गयी और मुस्कुराकर कहने लगी, "मुझे क्या मालूम। बड़े आदमियों की बातें, बड़े आदमी ही समझ सकते हैं।"

जोगिन्दर सिंह ने अपनी बीवी की इस अदा पर गौर नहीं किया। वह दरअसल हरिन्दरनाथ परमार्थी को अपने घर बुलाने और उसे कुछ दिन ठहराने के बारे में सोच रहा था, "अम्बो, मैं कहता हूँ, परमार्थी साहब को दावत दे दी जाए। क्या ख़याल है तुम्हारा...लेकिन मैं सोचता यह हूँ कि क्या पता, वो इनकार कर दे! बहुत बड़ा आदमी है। हो सकता है, वह हमारी इस दावत को खुशामद समझे।"

ऐसे मौकों पर वह बीवी को अपने साथ शामिल कर लिया करता था ताकि दावत का बोझ, दो आदमियों में बँट जाए। इसलिए जब उसने 'हमारी' कहा तो अमृत कौर ने, जो अपने पति जोगिन्दर सिंह की तरह बेहद भोली थी, हरिन्दर परमार्थी में दिलचस्पी लेनी शुरू कर दी। हालाँकि उसका नाम ही उसके लिए, समझ में न आने वाला था और यह बात भी उसकी समझ से बाहर थी कि एक आवारागर्द, गीत जमा करके, कैसे बहुत बड़ा आदमी बन सकता है। जब उससे यह कहा गया था कि परमार्थी गीत इकट्ठे करता है तो उसे अपने खाविंद की एक बात याद आ गयी कि विद्यालय में लोग तितलियाँ पकड़ने का काम करते हैं और इस तरह काफ़ी रुपया कमाते हैं। इसलिए उसका यह ख़याल था कि शायद परमार्थी ने गीत जमा करने का काम विलायत के किसी आदमी से सीखा होगा।

जोगिन्दर सिंह ने फिर अपना शक ज़ाहिर किया, "हो सकता है, वह हमारी इस दावत को खुशामद समझे।"

"इसमें खुशामद की क्या बात है। और भी तो कई बड़े आदमी आपके पास आते हैं। आप उनको खत लिख दीजिए। मेरा ख़याल है, वो आपकी दावत ज़रूर कबूल कर लेंगे। और फिर उनको भी तो आपसे मिलने का बहुत शौक है। हाँ, यह तो बताइए—क्या उनके बीवी-बच्चे हैं?"

"बीवी-बच्चे!" जोगिन्दर सिंह उठा। खत का मज़मून, अंग्रेज़ी में सोचते हुए, उसने कहा, "होंगे, ज़रूर होंगे। हाँ, हैं। मैंने उसके एक लेख में पढ़ा था, उसकी बीवी भी है और एक बच्ची भी है।"

यह कहकर जोगिन्दर सिंह उठा। खत का मज़मून उसके दिमाग में पूरा हो चुका था। दूसरे कमरे में जाकर, उसने छोटे साइज़ का वह पैड निकाला

जिस पर वह खास-खास आदमियों को खत लिखा करता था, और हरिन्दरनाथ परमार्थी के नाम उर्दू में दावतनामा लिखा। यह उस मज़मून का तर्जुमा था, जो उसने अपनी बीवी से बात करते समय अंग्रेज़ी में सोचा था।

तीसरे दिन परमार्थी का जवाब आ गया। जोगिन्दर सिंह ने धड़कते हुए दिल से लिफ़ाफ़ा खोला। जब उसने पढ़ा कि उसकी दावत मंजूर कर ली गयी है, तब उसका दिल और भी धड़कने लगा। उसकी बीवी अमृत कौर, धूप में अपने छोटे बच्चे के केशों में दही डालकर मल रही थी कि जोगिन्दर सिंह लिफ़ाफ़ा हाथ में लेकर, उसके पास पहुँचा।

"उन्होंने हमारी दावत कबूल कर ली है। कहते हैं कि वे लाहौर में वैसे भी एक ज़रूरी काम से आ रहे थे। अपनी नयी किताब छपवाना चाहते हैं...और हाँ, उन्होंने तुमको आदाब लिखा है।"

अमृत कौर को इस ख़याल से बड़ी खुशी हुई कि इतने बड़े आदमी ने, जिसका काम गीत इकट्ठे करना है, उसको आदाब भेजा है। उसने मन-ही-मन वाहेगुरु को धन्यवाद दिया कि उसका ब्याह ऐसे आदमी से हुआ, जिसको हिन्दुस्तान का हर बड़ा आदमी जानता है।

२

सर्दियों का मौसम था। नवम्बर के शुरू के दिन थे। जोगिन्दर सिंह सुबह सात बजे जाग गया और देर तक बिस्तर में आँखें खोले पड़ा रहा। उसकी बीवी अमृत कौर और उसका बच्चा, दोनों लिहाफ़ में लिपटे हुए, पास वाली चारपाई पर पड़े थे। जोगिन्दर सिंह ने सोचना शुरू किया—परमार्थी से मिलकर उसे कितनी खुशी होगी। और खुद परमार्थी को भी उससे मिलकर यक़ीनन ही बड़ी खुशी होगी, क्योंकि वह हिन्दुस्तान का नौजवान अफ़सानानिगार और तरक्कीपसन्द अदीब है। परमार्थी से वह हर मज़मून पर बात करेगा। गीतों पर, देहाती बोलियों पर, अफ़सानों पर और लड़ाई की नयी हालत पर। वह उनको बताएगा कि दफ़्तर का एक मेहनती क्लर्क होने पर भी, वह कैसे अच्छा अफ़सानानिगार बन गया। क्या यह अजीब-सी बात नहीं कि डाकखाने में चिट्ठियों की देखभाल करने वाला आदमी आर्टिस्ट हो।

जोगिन्दर सिंह को इस बात पर बड़ा नाज़ था कि डाकखाने में छह-सात घंटे मज़दूरों की तरह काम करने के बाद भी, वह इतना वक्त निकाल लेता

है कि एक मासिक रिसाले का सम्पादन करता है और दो-तीन रिसालों के लिए हर महीने एक-एक अफ़साना भी लिखता है। दोस्तों को हर महीने जो लम्बी-चौड़ी चिट्ठियाँ लिखी जाती थीं, वे अलग।

देर तक, वह बिस्तर पर लेटा, तसव्वुर ही तसव्वुर में, हरिन्दरनाथ परमार्थी से अपनी पहली मुलाकात की तैयारियाँ करता रहा। जोगिन्दर सिंह ने उसके अफ़साने और मज़मून पढ़े थे और उसका फ़ोटो भी देखा था। और किसी अदीब के अफ़साने पढ़कर और फ़ोटो देखकर, वह आमतौर पर यही महसूस किया करता था कि उसने उस आदमी को अच्छी तरह जान लिया है। लेकिन हरिन्दर परमार्थी के मामले में उसको अपने ऊपर यकीन न होता था। कभी उसका दिल कहता था कि परमार्थी उसके लिए बिलकुल अजनबी है। उसके अफ़सानानिगार दिमाग में कभी-कभी परमार्थी एक ऐसे आदमी के रूप में सामने आता था, जिसने कपड़ों के बदले अपने जिस्म पर कागज़ लपेट रखे हों और जब वह कागज़ों के बारे में सोचता तो उसे अनारकली की वह दीवार याद आ जाती थी जिस पर सिनेमा के पोस्टर ऊपर-तले, इतनी तादाद में चिपके हुए थे कि एक और दीवार बन गयी थी।

जोगिन्दर सिंह, बिस्तर पर लेटा, देर तक सोचता रहा कि अगर वह ऐसा ही आदमी निकला तो उसको समझना मुश्किल हो जाएगा। लेकिन बाद में जब उसको दूसरों को जल्द समझ लेने की अपनी खूबी का ख़याल आया तो उसकी मुश्किलें आसान हो गयीं और वह उठकर, परमार्थी के स्वागत की तैयारियों में लग गया।

~

खतो-किताबत से यह तय हो गया था कि परमार्थी खुद जोगिन्दर सिंह के मकान पर चला आएगा, क्योंकि परमार्थी यह तय न कर सका था कि वह बस से सफ़र करेगा या रेल से। फिर भी, यह बात तो यकीनी तौर से तय हो गयी थी कि जोगिन्दर सिंह सोमवार को डाकखाने से छुट्टी लेकर, सारा दिन अपने मेहमान का इन्तज़ार करेगा।

~

नहा-धोकर और कपड़े बदलकर जोगिन्दर सिंह देर तक रसोई में अपनी बीवी के पास बैठा रहा। दोनों ने चाय देर से पी—इस ख़याल से कि शायद परमार्थी

आ जाए। लेकिन जब वह न आया तो उन्होंने केक वगैराह सँभालकर, अलमारी में रख दिए और खुद खाली चाय पीकर, मेहमान के इन्तज़ार में बैठ गए।

जोगिन्दर सिंह रसोई से उठकर अपने कमरे में चला गया। आईने के सामने खड़े होकर, जब उसने अपनी दाढ़ी के बालों में लोहे के छोटे-छोटे क्लिप अटकाने शुरू किए कि वे नीचे की ओर तह हो जायें तो बाहर दरवाज़े पर दस्तक हुई। दाढ़ी को वैसे ही अधूरी हालत में छोड़कर, उसने ड्योढ़ी का दरवाज़ा खोला। जैसा कि उसको मालूम था, सबसे पहले उसकी नज़र परमार्थी की घनी, काली दाढ़ी पर पड़ी, जो उसकी अपनी दाढ़ी से बीस गुना बड़ी थी, बल्कि उससे भी कुछ ज़्यादा।

परमार्थी के होंठों पर, जो बड़ी-बड़ी मूँछों के अन्दर छिपे हुए थे, मुस्कुराहट पैदा हुई। उसकी एक आँख जो ज़रा टेढ़ी थी, ज़्यादा टेढ़ी हो गयी। और बालों की लटों को एक तरफ़ झुकाकर, उसने अपना हाथ, जो किसी किसान का हाथ मालूम होता था, जोगिन्दर सिंह की ओर बढ़ा दिया।

जोगिन्दर सिंह ने जब उसके हाथ की मज़बूत गिरफ़्त महसूस की और उसको परमार्थी का चमड़े का वह थैला नज़र आया, जो किसी गर्भवती औरत के पेट की तरह फूला हुआ था तो वह बड़ा प्रभावित हुआ और सिर्फ़ इतना कह सका :

''परमार्थी जी, आपसे मिलकर मुझे बेहद खुशी हुई।''

~

परमार्थी को आए अब पन्द्रह दिन हो चुके थे। उसके आने के दूसरे दिन ही उसकी बीवी और बच्ची भी आ गयी थीं। ये दोनों परमार्थी के साथ ही गाँव से आयी थीं, पर दो दिन के लिए मज़ंग में, दूर के एक रिश्तेदार के यहाँ ठहर गयी थीं, और चूँकि परमार्थी ने उस रिश्तेदार के पास उनका अधिक देर तक ठहरना ठीक नहीं समझा था, इसलिए उन्हें अपने पास बुलवा लिया था। परमार्थी अपने साथ, सिवा उस फूले हुए बैग के, कुछ न लाया था। सर्दियों के दिन थे, इसलिए दोनों अफ़सानानिगार एक ही बिस्तर में सोये। जोगिन्दर सिंह का ख़याल था कि परमार्थी की बीवी बिस्तर ले आएगी, पर जब वह सिर्फ़ एक कम्बल लायी जो उन माँ-बेटी के लिए भी नाकाफ़ी था, तो जोगिन्दर सिंह ने पहले की तरह,

परमार्थी के पास एक ही लिहाफ़ में सोते रहने का फ़ैसला कर लिया और अपने इस फ़ैसले पर फ़ख्र भी महसूस किया।

पहले चार दिन बड़ी दिलचस्प बातों में बीते। परमार्थी से अपने अफ़सानों की तारीफ़ सुनकर जोगिन्दर सिंह बहुत खुश रहा। उसने अपना एक अफ़साना, जो अभी छपा न था, परमार्थी को सुनाया; परमार्थी ने उसकी बड़ी तारीफ़ की। दो अधूरे अफ़साने भी सुनाए जिनके बारे में परमार्थी ने अच्छी राय ज़ाहिर की। तरक्कीपसन्द अदब पर बहस-मुबाहिसा भी होता रहा। दूसरे अफ़सानानिगारों की आर्ट के नुक्स निकाले गए। नयी और पुरानी शायरी का मुकाबला किया गया। किस्सा मुख्तसर यह है कि ये चार दिन अच्छी तरह कटे और हरिन्दर परमार्थी की शख़्सियत से जोगिन्दर सिंह बहुत प्रभावित हुआ। उसकी बातचीत का ढंग, जिसमें एक ही समय में बचपना और बुढ़ापा था, जोगिन्दर को बहुत पसन्द आया। उसकी लम्बी दाढ़ी, जो उसकी अपनी दाढ़ी से बीस गुना अधिक बड़ी थी, उसके ख़यालों पर छा गयी और बालों की लम्बी-लम्बी लटें, जिनमें देहाती गीतों की रवानी थी, हर समय उसकी आँखों के सामने रहने लगी। डाकखाने में चिट्ठियों की देखभाल करने के दौरान भी, परमार्थी के सिर की वे काली-काली लम्बी लटें उसे न भूलतीं।

चार दिन में परमार्थी ने जोगिन्दर सिंह को मोह लिया। जोगिन्दर सिंह उसका भक्त हो गया। परमार्थी की टेढ़ी आँख में भी उसको खूबसूरती नज़र आने लगी, बल्कि एक बार तो जोगिन्दर सिंह ने सोचा कि अगर उसकी आँख में टेढ़ापन न होता तो उसके चेहरे पर यह 'महात्मापन' कभी न पैदा होता।

परमार्थी के मोटे-मोटे होंठ अब उसकी घनी मूँछों के पीछे हिलते तो जोगिन्दर ऐसा महसूस करता कि झाड़ियों में परिन्दे चहक रहे हैं। परमार्थी हौले-हौले बोलता था और बोलते-बोलते, जब वह अपनी दाढ़ी पर हाथ फेरता तो जोगिन्दर के दिल को बड़ी राहत मिलती। वह समझता था कि उसके अपने दिल पर प्यार से हाथ फेरा जा रहा है।

चार दिन तक जोगिन्दर ऐसी फ़िज़ा में रहा, जिसको अगर वह अपने किसी अफ़साने में भी बयान करना चाहता तो न कर सकता। लेकिन पाँचवें दिन, अचानक परमार्थी ने अपना चमड़े का थैला खोला और उसको अपने अफ़साने सुनाने शुरू किए। दस दिन तक लगातार वह उसको अफ़साने सुनाता रहा और इस बीच परमार्थी ने जोगिन्दर को कई किताबें सुना डालीं।

जोगिन्दर सिंह तंग आ गया। अब उसको अफ़सानों से नफ़रत पैदा हो गयी। परमार्थी का चमड़े का थैला, जिसका पेट बनिये की तोंद की तरह फूला हुआ था, उसके लिए एक स्थायी तकलीफ़ की चीज़ बन गया। रोज़ शाम को, दफ़्तर से लौटते हुए, उसे इस बात का खटका रहने लगा कि कमरे में दाखिल होते ही, परमार्थी से उसका सामना होगा, इधर-उधर की कुछ सरसरी बातें होंगी; वह चमड़े का थैला खुलेगा और उसको एक या दो, लम्बे अफ़साने सुना दिए जाएँगे।

~

जोगिन्दर सिंह तरक्कीपसन्द था। यह तरक्कीपसन्दगी अगर उसके अन्दर न होती तो वह साफ़ लफ़्ज़ों में परमार्थी से कह देता—''बस परमार्थी जी, बस! मुझमें अब आपके अफ़साने सुनने की सकत नहीं रही।'' पर वह सोचता—'नहीं-नहीं, मैं तरक्कीपसन्द हूँ। मुझे ऐसा नहीं कहना चाहिए। दरअसल यह मेरी कमज़ोरी है कि अब उनके अफ़साने मुझे अच्छे नहीं लगते। उनमें कोई-न-कोई सिफ़त ज़रूर होगी...इसलिए कि उनके पहले अफ़साने मुझे खूबियों से भरे दिखते थे।...मैं...मैं...मैं तरफ़दारी करने लगा हूँ।'

एक हफ़्ते से ज़्यादा वक्त तक जोगिन्दर सिंह के तरक्कीपसन्द दिमाग में यह कशमकश चलती रही और वह सोच-सोच कर, उस हद तक पहुँच गया, जहाँ सोच-विचार हो ही नहीं सकता। तरह-तरह के ख़याल उसके दिमाग में आते, पर वह सही तौर पर उनकी जाँच-पड़ताल न कर सकता। उसकी दिमागी अफ़रा-तफ़री धीरे-धीरे बढ़ती गयी और वह ऐसा महसूस करने लगा कि एक बहुत बड़ा घर है, जिसमें अनगिनत खिड़कियाँ हैं। उस मकान के अन्दर वह अकेला है। आँधी आ गयी है, कभी इस खिड़की के पट बजते हैं, कभी उस खिड़की के और उसकी समझ में नहीं आता, वह इतनी खिड़कियों को एकदम कैसे बन्द करे।

~

जब परमार्थी को उसके घर आए बीस दिन हो गए तो उसे बेचैनी महसूस होने लगी। परमार्थी अब शाम को नयी कहानी लिखकर उसे सुनाता तो जोगिन्दर को ऐसा लगता कि बहुत-सी मक्खियाँ, उसके कानों के पास भनभना रही हैं। वह किसी और ही सोच में डूबा होता।

जब एक दिन परमार्थी ने उसको अपनी ताज़ा कहानी सुनायी, जिसमें किसी औरत और मर्द के जिस्मानी रिश्तों की चर्चा थी तो यह सोचकर उसके दिल को धक्का-सा लगा कि पूरे इक्कीस दिन, अपनी बीवी के पास सोने के बदले, वह एक दढ़ियल के साथ, एक ही लिहाफ़ में सोता रहा है। इस ख़याल ने जोगिन्दर के दिल और दिमाग में पल भर के लिए हलचल-सी पैदा कर दी।

''यह कैसा मेहमान है, जो जोंक की तरह चिमट कर रह गया है। यहाँ से हिलने का नाम ही नहीं लेता...और...और...मैं उसकी बीवी को तो भूल ही गया था। और उनका बच्चा...सारा घर उठ कर चला आया है। ज़रा-सा भी ख़याल नहीं कि एक गरीब आदमी का कचूमर निकल जाएगा...मैं डाकखाने में नौकर हूँ; सिर्फ़ पचास रुपये महीना कमाता हूँ। आख़िर कब तक उनकी आवभगत करता रहूँगा। और फिर अफ़साने...उसके अफ़साने, जो कि खत्म होने में ही नहीं आते। मैं इन्सान हूँ, कोई लोहे का ट्रंक नहीं, जो हर रोज़ उसकी कहानियाँ सुनता रहूँ...और कैसा गज़ब कि इतने दिनों तक मैं अपनी बीवी के पास भी नहीं गया...सर्दियों की ये रातें बेकार हो रही हैं।''

इक्कीस दिनों के बाद जोगिन्दर सिंह परमार्थी को एक नयी रोशनी में देखने लगा। अब उसको परमार्थी की हर चीज़ में ऐब नज़र आने लगा। उसकी टेढ़ी आँख, जिसमें जोगिन्दर पहले खूबसूरती देखता था, अब सिर्फ़ एक टेढ़ी आँख थी। उसकी काली लटों में भी अब जोगिन्दर को वह कोमलता नहीं दिखती थी और उसकी दाढ़ी देखकर वह सोचता कि इतनी लम्बी दाढ़ी रखना बहुत बड़ी बेवकूफ़ी है।

जब परमार्थी को उसके यहाँ आए पच्चीस दिन हो गए तो उसकी दिमागी हालत अजीब-सी हो गयी। वह अपने आपको अजनबी समझने लगा। उसे ऐसा महसूस होने लगा जैसे वह कभी जोगिन्दर सिंह को जानता था, पर अब नहीं जानता। अपनी बीवी के बारे में वह सोचता—'जब परमार्थी चला जाएगा और सब ठीक हो जाएगा तो मेरी शादी नये सिरे से होगी...मेरी वह पुरानी ज़िन्दगी, जिसको टाट की तरह ये लोग इस्तेमाल कर रहे हैं, लौट आएगी...मैं फिर अपनी बीवी के साथ सो सकूँगा...और...'

इसके आगे, जब जोगिन्दर सिंह सोचता तो उसकी आँखों में आँसू आ जाते और उसके गले में कोई कड़वी-सी चीज़ फँस जाती। उसका जी चाहता कि दौड़ा-दौड़ा अन्दर जाए और अमृत कौर को, जो कभी उसकी बीवी हुआ

करती थी, अपने गले से लगा ले और रोना शुरू कर दे। पर ऐसा करने की उसमें हिम्मत नहीं थी, क्योंकि वह एक तरक्कीपसन्द अफ़सानानिगार था।

कभी-कभी जोगिन्दर सिंह के दिल में यह ख़याल, दूध के उबाल की तरह उठता कि तरक्कीपसन्दगी की यह रज़ाई, जो उसने ओढ़ रखी है, उतार फेंके और चिल्लाना शुरू कर दे—"परमार्थी, तरक्कीपसन्दगी की ऐसी की तैसी। तुम और तुम्हारे इकट्ठे किए हुए गीत बक़वास हैं। मुझे अपनी बीवी चाहिए...तुम्हारी सारी ख़्वाहिशें तो गीतों में जज़्ब हो चुकी हैं, मगर मैं अभी नौजवान हूँ...मेरी हालत पर रहम करो।...ज़रा सोचो तो—मैं, जो एक मिनट अपनी बीवी के बिना नहीं रह सकता, पच्चीस दिनों से तुम्हारे साथ, एक ही रज़ाई में सो रहा हूँ...क्या यह ज़ुल्म नहीं?"

जोगिन्दर सिंह बस खौल के रह जाता। परमार्थी उसकी हालत देखकर, हर शाम एक नया अफ़साना उसे सुना देता और उसके साथ रज़ाई में सो जाता।

जब एक महीना बीत गया तो जोगिन्दर सिंह के सब्र का बाँध टूट गया। मौका पाकर, बाथरूम में वह अपनी बीवी से मिला—धड़कते हुए दिल के साथ, इस डर के मारे कि परमार्थी की बीवी न आ जाए, उसने जल्दी से उसे यूँ चूमा जैसे डाकखाने में चिट्ठियों पर मोहर लगायी जाती है और कहा—"आज रात तुम जागती रहना। मैं परमार्थी से यह कहकर बाहर जा रहा हूँ कि रात के ढाई बजे वापस आऊँगा। लेकिन मैं जल्दी आ जाऊँगा, बारह बजे...पूरे बारह बजे। मैं हौले-हौले दस्तक दूँगा। तुम चुपके से दरवाज़ा खोल देना और फिर हम...ड्योढ़ी बिलकुल अलग-थलग है। लेकिन तुम एहतियात के तौर पर वह दरवाज़ा, जो बाथरूम की तरफ़ खुलता है, बन्द कर देना।"

बीवी को अच्छी तरह समझाकर, वह परमार्थी से मिला और उससे विदा लेकर चला गया। बारह बजने में चार सर्द घंटे बाकी थे, जिनमें से दो, जोगिन्दर सिंह ने अपनी साइकिल पर इधर-उधर घूमने में काटे। उसको सर्दी के तीखेपन का बिलकुल एहसास न हुआ, इसलिए कि बीवी से मिलने का ख़याल काफ़ी गर्म था।

दो घंटे साइकिल पर घूमने के बाद, वह अपने मकान के पास मैदान में बैठ गया और महसूस करने लगा कि वह रूमानी हो गया है। जब उसने सर्द रात की अँधियाली खामोशी का ख़याल किया तो उसे यह एक जानी-पहचानी चीज़ मालूम हुई। ऊपर, ठिठुरे हुए आसमान पर, तारे चमक रहे थे, जैसे पानी

की मोटी-मोटी बूँदें, जमकर, मोती बन गयी हों। कभी-कभी रेलवे इंजन की चीख खामोशी को छेड़ देती और जोगिन्दर सिंह का अफसानानिगार दिमाग यह सोचता कि खामोशी बर्फ़ का बहुत बड़ा ढेला है और सीटी की आवाज़ वह कील है जो उसकी छाती में धँस गयी है।

बहुत देर तक जोगिन्दर एक नये किस्म के रूमान को अपने दिल और दिमाग में फैलाता रहा और रात की अँधियाली खूबसूरतियों को गिनता रहा। अचानक इन ख़यालों से चौंककर, उसने घड़ी में वक्त देखा तो बारह बजने में दो मिनट बाकी थे। उठकर उसने घर का रुख किया और दरवाज़े पर हौले से दस्तक दी। पाँच सैकेंड बीत गए। दरवाज़ा नहीं खुला।

एक बार फिर उसने दस्तक दी।

~

दरवाज़ा खुला। जोगिन्दर सिंह ने हौले से कहा—"अम्बो!" और जब नज़रें उठाकर उसने देखा तो अमृत कौर की जगह परमार्थी खड़ा था। अँधेरे में जोगिन्दर सिंह को ऐसा मालूम हुआ कि परमार्थी की दाढ़ी इतनी लम्बी हो गयी है कि ज़मीन को छू रही है। फिर उसको परमार्थी की आवाज़ सुनायी दी—"तुम जल्दी आ गए...चलो अच्छा ही हुआ...! मैंने अभी-अभी एक कहानी खत्म की है...आओ सुनो।"

मिलावट

अलीमुहम्मद की मनियारी की दूकान थी अमृतसर में। छोटी ज़रूर थी किन्तु उसमें हर चीज़ मौजूद थी। उसने उसे इस तरीके से लगा रखा था जिससे वह ठसाठस भरी नहीं दिखाई देती थी।

अमृतसर में दूसरे दूकानदार ब्लैक करते थे, किन्तु अलीमुहम्मद उचित भाव पर अपना माल बेचा करता था। यही वजह थी कि लोग दूर-दूर से उसके पास आते थे और अपनी ज़रूरत की चीज़ें खरीदते थे।

वह धार्मिक वृत्ति का आदमी था। ज़्यादा मुनाफ़ा लेना उसके लिए पाप था। अकेली जान थी, उसके लिए उचित लाभ ही काफ़ी था। वह सारा दिन दूकान पर बैठता, ग्राहकों की भीड़ लगी रहती, उसको कभी-कभी दु:ख भी होता जब वह किसी ग्राहक को सनलाइट की एक टिकिया न दे सकता या कैलीफ़ोर्नियन तेल की बोतल, क्योंकि ये चीज़ें उसे कम संख्या में मिलती थीं।

ब्लैक न करने पर भी वह सुखी था। उसने दो हज़ार रुपये बचाकर रखे हुए थे। जवान था—एक दिन दूकान पर बैठे-बैठे उसने सोचा कि अब शादी कर लेनी चाहिए—बुरे-बुरे ख़याल दिमाग में आते हैं। शादी कर लूँ तो ज़िन्दगी में मज़ा आ जाएगा। बाल-बच्चे होंगे तो उनके पालन-पोषण की खातिर मैं और ज़्यादा कमाने की कोशिश करूँगा।

उसके माँ-बाप को मरे बहुत समय गुज़र चुका था। उसके भाई-बहिन कोई था नहीं। वह बिलकुल अकेला था। शुरू-शुरू में जब वह दस बरस का था, उसने अख़बार बेचने शुरू किए। उसके बाद खोंचा लगाया, कुल्फ़ियाँ बेचीं। जब उसके पास एक हज़ार रुपया हो गया तो उसने एक छोटी-सी दूकान किराये पर ले ली और मनियारी का सामान खरीदकर बैठ गया।

आदमी ईमानदार था। उसकी दूकान थोड़े ही समय में चल निकली—जहाँ तक आमदनी का सम्बन्ध था, वह उससे बेफ़िक्र था। किन्तु वह चाहता था कि अपना घर बसाये। उसकी बीवी हो, बच्चे हों और वह उनके लिए ज़्यादा-से-ज़्यादा कमाने की कोशिश करे, इसलिए कि उसकी ज़िन्दगी मशीन-जैसी बन गयी थी। सुबह दूकान खोलता, ग्राहक आते, उन्हें सौदा देता, शाम को दूकान बन्द करता और एक छोटी-सी कोठरी में जो उसने शरीफ़पुरा में ले रखी थी, सो जाता। गंजे का होटल था। उसमें वह खाना खाता था और वह भी केवल एक बार। प्रात:काल नाश्ता वह जमेलसिंह के बाड़े में शाझे हलवाई की दूकान पर करता। उसमें शादी की इच्छा ज़ोर पकड़ रही थी, किन्तु प्रश्न यह था कि इस मामले में उसकी मदद कौन करे। अमृतसर में उसका कोई दोस्त-यार भी न था जो उसके लिए कोशिश करता।

अलीमुहम्मद बहुत परेशान था। शरीफ़पुरा की कोठरी में रात को सोते समय वह कई बार रोया कि उसके माँ-बाप इतनी जल्दी क्यों मर गए। उन्हें और कुछ नहीं तो इस काम के लिए ज़रूर ज़िन्दा रहना चाहिए था कि वे उसकी शादी का बन्दोबस्त कर जाएँ।

उसकी समझ में नहीं आता कि वह शादी कैसे करे। वह बहुत देर तक सोचता रहा। उस दूकान में उसके पास तीन हज़ार रुपये जमा हो गए थे। उसने एक छोटे-से घर को, जो अच्छा-खासा था, किराये पर ले लिया, किन्तु रहता वह शरीफ़पुरे में ही था।

एक दिन उसने अख़बार में एक विज्ञापन देखा जिसमें यह लिखा था कि "शादी के इच्छुक हमसे बातचीत करें। बी.ए. पास, लेडी डॉक्टर, हर किस्म के रिश्ते सम्भव हैं। पत्र-व्यवहार कीजिए या खुद आकर मिलिए।"

इतवार को वह दूकान नहीं खोलता था। उस दिन वह उस पते पर गया और उसकी मुलाकात एक दाढ़ी वाले बुज़ुर्ग एजेंट से हुई। अलीमुहम्मद ने अपनी बात कही। एजेंट ने मेज़ की दराज़ खोलकर बीस-पच्चीस तस्वीरें निकालीं और उसको एक-एक करके दिखाईं कि वह उनमें से कोई पसन्द कर ले।

एक लड़की की तस्वीर अलीमुहम्मद को पसन्द आ गयी। छोटी उम्र की और सुन्दर थी। उसने विवाह कराने वाले एजेंट से कहा—"जनाब, यह लड़की मुझे बहुत पसन्द है।"

एजेंट मुस्कुराया—"तुमने एक हीरा चुन लिया है।"

अलीमुहम्मद को ऐसा लगा कि मानो वह लड़की उसकी बगल में है। उसने गिड़गिड़ाना शुरू कर दिया—"बस जनाब, अब आप बात पक्की कर दीजिए।" एजेंट गम्भीर हो गया—"देखो बेटे, यह लड़की जो तुमने चुनी है, बहुत खूबसूरत होने के अलावा एक बहुत बड़े खानदान से सम्बन्ध रखती है, लेकिन मैं तुमसे ज़्यादा फ़ीस नहीं माँगूँगा।"

"आपकी बड़ी कृपा है। मैं मोहताज लड़का हूँ। यदि आप मेरा यह काम कर दें तो आपको सारी उम्र अपना बाप समझूँगा।"

एजेंट के मूँछों-भरे होंठों पर फिर मुस्कुराहट आ गयी—"जीते रहो, मैं तुमसे सिर्फ़ तीन सौ रुपये फ़ीस के लूँगा।"

अलीमुहम्मद ने बड़ी कृतज्ञता के रुख में कहा—"जनाब का बहुत-बहुत शुक्रिया—मुझे मंज़ूर है।"

यह कहकर उसने जेब से तीन नोट सौ-सौ रुपये के निकाले और उस वृद्ध पुरुष को दे दिए।

तारीख भी निश्चित हो गई, निकाह हुआ, विदाई भी हुई। अलीमुहम्मद ने जो छोटा-सा मकान किराये पर ले रखा था अब सजा हुआ था। वह बड़े चाव से उसमें अपनी दुल्हन लेकर आया।

पहली रात का हाल मालूम नहीं कि उसका दिल किस प्रकार का था, किन्तु जब उसने दुल्हन का घूँघट अपने काँपते हाथों से उठाया तो उसको गश-सा आ गया।

बहुत ही भौंडी स्त्री थी—यह बात साफ़ है कि उस बूढ़े आदमी ने उसके साथ धोखा किया था। अलीमुहम्मद लड़खड़ाता कमरे से बाहर निकल गया और शरीफ़पुरे जाकर अपनी कोठरी में देर तक सोचता रहा। यह हुआ क्या है, उसकी समझ में कुछ भी न आया।

उसने अपनी दूकान खोली—दो हज़ार रुपये वह उसी रात को अपनी बीवी का मोल दे चुका था और तीन सौ रुपये उस बूढ़े एजेंट को जा चुके थे। अब उसके पास केवल सात सौ रुपये थे। वह इतना दुःखी हो गया था कि उसने सोचा, वह शहर ही छोड़ दे। वह सारी रात जागता रहा और सोचता रहा। आखिर उसने फ़ैसला कर ही लिया।

सुबह दस बजे उसने अपनी दूकान एक आदमी को पाँच हज़ार रुपये में

अर्थात् औने-पौने दाम में बेच दी और टिकट कटाकर लाहौर चला गया। लाहौर जाते हुए गाड़ी में किसी जेबकतरे ने बड़ी सफ़ाई से उसके तमाम रुपये निकाल लिये। वह बहुत परेशान हुआ, किन्तु उसने सोचा, 'शायद खुदा को यही मंज़ूर था।'

लाहौर पहुँचा तो उसकी दूसरी जेब में, जो कतरी नहीं गयी थी, सिर्फ़ दस रुपये ग्यारह आने थे। इससे उसने कुछ दिन गुज़ारा किया, किन्तु बाद में भुखमरी की नौबत आ गयी।

इस बीच उसने कहीं-न-कहीं नौकरी कर लेने की कोशिश की, किन्तु असफल रहा। वह इतना अधिक निराश हो गया कि उसने आत्महत्या का इरादा कर लिया, लेकिन उसमें इतनी हिम्मत नहीं थी। फिर भी वह एक रात को रेल की पटरी पर लेट गया। ट्रेन आ रही थी। किन्तु काँटा बदला और वह दूसरी लाइन पर चली गयी, क्योंकि उसे उधर ही जाना था।

उसने सोचा कि मौत भी धोखा दे जाती है। इसलिए उसने आत्महत्या का विचार छोड़ दिया और हल्दी-मिर्च पीसने वाली एक चक्की पर बीस रुपये महीने पर नौकरी कर ली।

यहाँ उसे पहले ही दिन मालूम हो गया कि दुनिया धोखा ही धोखा है। हल्दी में पीली मिट्टी की मिलावट की जाती थी और मिर्चों में लाल ईंटों की। दो वर्ष तक वह उस चक्की पर काम करता रहा। उसका मालिक कम-से-कम सात सौ रुपये महीने कमाता था। उस बीच अलीमुहम्मद ने पाँच सौ रुपये कमाकर रख लिये थे। एक दिन उसने सोचा, 'जब सारी दुनिया में धोखा ही धोखा है तो वह भी क्यों न धोखा दे।'

इसलिए उसने एक अलग चक्की खड़ी कर दी और उसने हल्दी और मिर्चों में मिलावट का काम शुरू कर दिया। उसकी आमदनी काफ़ी अच्छी थी। उसको शादी का कई बार ख़याल आया, किन्तु जब उसकी आँखों के सामने उस पहली रात का नक्शा आया तो वह काँप-सा गया।

अलीमुहम्मद खुश था। उसने धोखाधड़ी पूरी तरह सीख ली थी। उसको अब उसके तमाम गुर मालूम हो गए थे। एक मन लाल मिर्च में कितनी ईंटें पीसनी चाहिए, हल्दी में कितनी पीली मिट्टी डालनी चाहिए और फिर वज़न का हिसाब, यह उसको अब अच्छी तरह मालूम था।

लेकिन एक दिन उसकी चक्की पर छापा पड़ा। हल्दी और मिर्चों के नमूने बोतलों में डालकर मुँह बन्द किए गए और जब कैमिकल एग्ज़ामिनर की रिपोर्ट

आयी कि उसमें मिलावट है तो उसे गिरफ़्तार कर लिया गया।

उसका लाहौर में कौन था जो उसकी ज़मानत देता। कई दिन हवालात में बन्द रहा। आख़िर मुकदमा अदालत में पेश हुआ और उसको तीन रुपये जुर्माना और एक महीने की सख्त सज़ा हुई। जुर्माना उसने अदा कर दिया, किन्तु एक महीने की कड़ी सज़ा उसे भुगतनी ही पड़ी। यह एक महीना उसकी ज़िन्दगी में बहुत कड़ा और कठिन था। इस बीच वह अक्सर सोचा ही करता था कि उसने बेईमानी क्यों की, जबकि उसने अपनी ज़िन्दगी का यह उसूल बनाया था कि वह कभी धोखाधड़ी नहीं करेगा।

फिर वह सोचता कि उसे अपनी ज़िन्दगी खत्म कर लेनी चाहिए, इसलिए कि वह इधर का रहा न उधर का, क्योंकि चरित्र ठीक नहीं। अच्छा यही है कि वह मर जाए ताकि फिर वह कोई बुराई न कर सके।

जब वह जेल से बाहर निकला तो यह मज़बूत इरादा कर चुका था कि वह आत्महत्या करेगा ताकि सारा झंझट ही खत्म हो। इसलिए उसने सात दिन मज़दूरी की और दो-तीन रुपये अपना पेट काट-काटकर जमा किए। इसके बाद उसने सोचा, 'कौन-सा ज़हर कारआमद हो सकता है।' उसने केवल एक ही ज़हर का नाम सुना था जो बड़ा खतरनाक होता है, और वह था संखिया। किन्तु यह संखिया कहाँ से मिलता?

उसने बहुत कोशिश की। आखिर उसे एक दूकान से संखिया मिल गया। उसने संखिया की नमाज़ पढ़ी और खुदा से अपने गुनाहों की क्षमा माँगी कि वह हल्दी और मिर्चों में मिलावट करता रहा। फिर रात को उसने संखिया खाया और फुटपाथ पर सो गया।

उसने सुना था कि संखिया खानेवालों के मुँह से झाग निकलते हैं, बदन अकड़ता है और बड़ा दुःख होता है। किन्तु उसे कुछ भी न हुआ। सारी रात वह अपनी मृत्यु की प्रतीक्षा करता रहा, किन्तु वह न आयी।

सुबह उठकर वह उसी दूकानदार के पास गया जिससे उसने संखिया खरीदा था, और उससे पूछा—"भाई साहब, यह आपने मुझे कैसा संखिया दिया है कि मैं अभी तक नहीं मरा?"

दूकानदार ने आह भरकर बड़ी दुःख भरी आवाज़ में कहा—"क्या कहूँ मेरे भाई, आजकल हर चीज़ नकली होती है या उसमें मिलावट होती है।"

सरकंडों के पीछे

न जाने कौन-सा शहर था? जहाँ तक मैं समझता हूँ, आपको मालूम करने और मुझे बताने की कोई ज़रूरत नहीं। बस इतना ही कह देना काफ़ी है कि दुनिया की वह जगह जो इस कहानी से संबद्ध है, पेशावर थी। वह औरत सरहद के करीब रहती थी। सरकंडे की घनी बाड़ के पीछे कच्ची मिट्टी का बना झोपड़ीनुमा मकान था उसका। चूँकि यह बाड़ से कुछ फ़ासले पर था इसलिए सरकंडों के पीछे छिप-सा गया था कि बाहर कच्ची सड़क से गुज़रने वाला भी उसे नहीं देख सकता था।

सरकंडे बिलकुल सूखे हुए थे। मगर वह कुछ इस तरह ज़मीन में गड़े हुए थे, पता नहीं उस औरत ने खुद वहाँ लगाए थे या पहले से ही वहाँ मौजूद थे। बहरहाल कहना यह है कि वह अपनी तरह का परदा किए हुए थे।

मकान कह लीजिए या, मिट्टी का झोपड़ा। सिर्फ़ छोटी-छोटी तीन कोठरियाँ थीं, मगर साफ-सुथरी। सामान ज़्यादा नहीं था। पिछले कमरे में एक बहुत बड़ा निवाड़ी पलंग था। उसके साथ एक ताकचा, जिसमें सरसों के तेल का दीया रात भर जलता रहता था। मगर यह ताकचा भी साफ़-सुथरा रहता और वह दीया भी।

अब मैं उस औरत का नाम बता दूँ, जो छोटे से मकान में सरकंडों के पीछे छिपी रहती थी, अपनी जवान बेटी के साथ रहती थी। कुछ लोग कहते हैं कि वह उसकी बेटी नहीं थी। एक अनाथ लड़की थी जिसको उसने बचपन से पाला था। कुछ कहते हैं कि वह उसकी नाजायज़ लड़की थी। कुछ ऐसे भी हैं, जिनका ख़याल है कि वह उसकी सगी बेटी थी। हकीकत जो कुछ भी है, उसके बारे में यकीन से कुछ कहा नहीं जा सकता। यह कहानी पढ़ने के बाद खुद ही कोई-न-कोई राय कायम कर लीजिएगा।

देखिए मैं उस औरत का नाम बताना भूल गया। बात असल में यह है कि उसका नाम कोई अहमियत नहीं रखता। उसका नाम आप कुछ भी समझ लीजिए; सकीना, महताब, गुलशन या कोई और। आख़िर नाम में क्या रखा है। लेकिन आपकी सहूलियत की खातिर मैं उसे सरदार कहूँगा।

यह सरदार अधेड़ उम्र की औरत थी। किसी ज़माने में यकीनन खूबसूरत रही होगी। उसके सुर्ख़ सफ़ेद गालों पर किस कदर झुर्रियाँ पड़ी थीं, मगर फिर भी वह अपनी उम्र से कई बरस छोटी लगती थी। मगर हमें उसके गालों से कोई लेना-देना नहीं।

उसकी बेटी (मालूम नहीं उसकी बेटी थी या नहीं) शबाब का बड़ा दिलकश नमूना थी, उसकी शख़्सियत में ऐसी कोई चीज़ नहीं थी, जिससे यह नतीजा निकाला जा सके कि वह छिनाल थी। लेकिन यह हक़ीक़त है कि उसकी माँ उससे पेशा कराती थी और ख़ूब दौलत कमा रही थी। उस लड़की को जिसका नाम फिर आपकी सहूलियत की ख़ातिर नवाब रखे देता हूँ, इस पेशे से नफ़रत नहीं थी। असल में उस लड़की ने आबादी से दूर एक ऐसे मुकाम पर परवरिश पाई थी कि उसे सही और सभ्य ज़िन्दगी का पता नहीं था।

जब सरदार ने उसे पहली मर्तबा बिस्तर पर, इस निवाड़ी पलंग पर लिटाया था, तो ग़ालिबन उसने यही समझा था कि तमाम लड़कियों की जवानी का आगाज़ कुछ इसी तरह होता है। चुनांचे वह अपनी इस ज़िन्दगी की अभ्यस्त हो गयी थी और मर्द जो दूर-दूर से चलकर उसके पास आते थे और उसके साथ इस बड़े निवाड़ी पलंग पर लेटते थे, उसने समझा था कि यही उसकी ज़िन्दगी का मकसद है।

यों तो वह हर लिहाज़ से एक छिनाल औरत थी। उन मानों में जिनमें हमारी शरीफ़ और इज़्ज़तदार औरतें ऐसी औरतों को देखती हैं। मगर सच पूछिए तो उसको इस बात का कतई एहसास नहीं था कि वह गुनाह की ज़िन्दगी बसर कर रही है। वह इसके बारे में ग़ौर कैसे कर सकती थी। जबकि उसको मौक़ा ही नहीं मिला था।

उसके जिस्म में आकर्षण था। वह हर मर्द को जो उसके पास हफ़्ते-डेढ़ हफ़्ते लम्बा सफ़र तय करके आता था, अपने-आप को सुपुर्द कर देती थी। इसलिए कि वह समझती थी कि हर औरत का यही काम है। वह मर्द की हर ऐश व हर आराम का ख़याल रखती है और उसकी कोई नन्ही-सी तकलीफ़ भी बर्दाश्त नहीं कर पाती।

उसको शहर के लोगों के तौर-तरीकों का ज्ञान नहीं था। वह यह कतई नहीं जानती थी कि जो मर्द उसके पास मोटरों में आते हैं, सुबह-सवेरे अपने दाँत ब्रुश से साफ़ करने के आदी हैं और आँख खोलकर सबसे पहले बिस्तर में चाय की एक प्याली पीते हैं। फिर शौच के लिए जाते हैं। मगर उसने आहिस्ता-आहिस्ता मर्दों की आदतों से कुछ नज़दीकी बना ली थी। पर उसे बड़ी उलझन होती थी कि सब मर्द एक तरह के नहीं होते। कोई सुबह-सवेरे उठकर सिगरेट माँगता था, कोई चाय और कुछ ऐसे भी होते थे जो उठने का नाम ही नहीं लेते थे। कुछ सारी रात जागते रहते और सुबह मोटर पर सवार होकर भाग जाते थे।

सरदार बेफ़िक्र थी। उसको अपनी बेटी या जो कुछ भी वह थी, पर पूरा यकीन था कि वह अपने ग्राहकों को सँभाल सकती है। इसलिए वह अफ़ीम की गोली खाकर खाट पर सोयी रहती थी। कभी-कभार जब उसकी ज़रूरत पड़ती, मिसाल के तौर पर जब किसी ग्राहक की तबीयत ज़्यादा शराब पीने के कारण खराब हो जाती थी तो वह नींद के आलम में उठकर नवाब को हिदायत दे देती कि उसको अचार खिला दो या उसे नमक मिला गर्म पानी पिलाकर थपकियाँ देकर सुला दे।

सरदार इस मामले में बड़ी सजग थी कि ज्यों ही कोई ग्राहक आता, वह उससे नवाब की फ़ीस पहले ही वसूल कर लेती और अपने मखमली अंदाज़ में दुआयें देकर कि तुम आराम से झूले-झूलो, अफ़ीम की एक गोली डिबिया से निकालकर मुँह में डालकर सो जाती। जो रुपया आता, उसकी मालकिन सरदार थी, लेकिन जो तोहफ़े वसूल होते वह नवाब के पास ही रहते थे। क्योंकि उसके पास आने वाले मर्द दौलतमंद होते, इसलिए वह बढ़िया से बढ़िया कपड़े पहनती और किस्म-किस्म के फल-मिठाइयाँ खाती थी।

वह खुश थी। मिट्टी के लिपे-पुते मकान में जो सिर्फ़ तीन कोठरियों का बना था। अपने ख़याल से वह बड़ी दिलचस्प और बड़ी ख़ुशगवार ज़िन्दगी बसर कर रही थी? एक फ़ौजी अफ़सर ने उसे एक ग्रामोफ़ोन और बहुत सारे रिकॉर्ड ला दिए थे। फ़ुर्सत के वक्त वह उनको बजा-बजाकर फ़िल्मी गाने सुनती और उनकी नकल उतारने की कोशिश किया करती थी।

उसके गले में कोई रस नहीं था, मगर शायद वह उससे बेख़बर थी। सच पूछिए तो उसको किसी बात की कोई ख़बर नहीं थी और न इस बात की ख़्वाहिश ही थी कि वह किसी चीज़ से बेख़बर है। जिस रास्ते पर वह डाल दी गयी थी उसको उसने क़बूल कर लिया था, बड़ी बेख़बरी के आलम में।

सरकंडों के उस पार दुनिया कैसी है, इस बारे में वह कुछ नहीं जानती थी। सिवा इसके कि एक कच्ची सड़क है, जिस पर हर दूसरे-तीसरे दिन एक मोटर धुआँ उड़ाते हुए आती है और रुक जाती है। हॉर्न बजता है। उसकी माँ या जो कोई भी वह थी, खटिया से उठती है और सरकंडों के पास जाकर मोटरवाले से कहती है कि मोटर ज़रा दूर खड़ी करके अन्दर आ जाये। वह अन्दर आ जाता है और निवाड़ी पलंग पर उसके साथ बैठकर मीठी-मीठी बातों में मशगूल हो जाता है।

उसके यहाँ आने-जाने वालों की तादाद ज़्यादा नहीं थी। पाँच-छह होंगे। लेकिन ये पाँच-छह नियमित ग्राहक थे और सरदार ने कुछ ऐसा इन्तज़ाम कर रखा था कि उनका आपस में सामना या टकराव न हो।

सरदार बड़ी होशियार औरत थी। ग्राहक के लिए खास दिन मुकर्रर कर दिया करती थी और ऐसे सलीके से कि किसी को शिकायत का मौक़ा ही न मिले।

इसके अलावा ज़रूरत के वक्त वह इसका भी इन्तज़ाम करती रहती थी कि नवाब माँ न बन जाये। जिस हालत में नवाब अपनी ज़िन्दगी गुज़ार रही थी, उसमें उसका माँ बन जाना लाज़िमी था। मगर सरदार दो-ढाई साल से बड़ी कामयाबी के साथ इस खतरे से निबट रही थी।

सरकंडों के पीछे यह सिलसिला दो-ढाई बरस से बड़े हमवार तरीके पर चल रहा था। पुलिसवालों को इसका बिलकुल इल्म नहीं था। सिर्फ़ वही लोग जानते थे, जो वहाँ आते थे या फिर सरदार और उसकी बेटी नवाब या जो कुछ भी वह थी।

सरकंडों के पीछे एक दिन मिट्टी के इस मकान में क्रांति पैदा हो गयी। एक बहुत बड़ी मोटर ज़ो गालिबन डोज थी, वहाँ आकर रुकी। हॉर्न बजा। सरदार बाहर आयी तो उसने देखा कोई अजनबी है, उसने उससे कोई बात न की। अजनबी ने भी उससे कुछ न कहा। मोटर दूर खड़ी करके वह उतरा और सीधा उसके घर में घुस गया, जैसे बरसों का आने-जाने वाला हो।

सरदार बहुत सिटपिटाई। लेकिन दरवाज़े की दहलीज़ पर नवाब ने उस अजनबी का बड़ी प्यारी मुस्कुराहट से स्वागत किया और उसे उस कमरे में ले गयी जिसमें निवाड़ी पलंग था। दोनों उस पर साथ-साथ ही बैठे थे कि सरदार आ गयी। उसने देखा कि अजनबी किसी दौलतमन्द घराने का आदमी है। खुशशक्ल, सेहतमन्द है। उसने अन्दर कोठरी में दाखिल होकर सलाम किया। और पूछा, "आपको इधर का रास्ता किसने बताया?"

अजनबी मुस्कुरा दिया। नवाब के गोश्त भरे गालों में अँगुली खुबो कर बोला, ''इसने?''

नवाब तड़प कर एक तरफ़ हट गयी। एक अदा के साथ।

''हाय! मैं तो कभी तुमसे मिली भी नहीं।''

अजनबी की मुस्कुराहट उसके होंठों पर और ज़्यादा फ़ैल गयी, ''हम तो कई बार तुमसे मिल चुके हैं।''

नवाब ने पूछा, ''कहाँ? कब?'' हैरत के आलम में उसका छोटा-सा मुँह इस तरह खुला कि उसके चेहरे की दिलकशी में और वृद्धि हो गयी।

अजनबी ने उसका गुदगुदा हाथ पकड़ लिया और सरदार की तरफ़ देखते हुए कहा, ''तुम यह बात अभी नहीं समझ सकतीं, अपनी माँ से पूछो।''

नवाब ने बड़े भोलेपन के साथ अपनी माँ से पूछा कि यह शख़्स उससे कब और कहाँ मिला था? सरदार सारा मुआमला समझ गयी। वे लोग जो उसके यहाँ आते थे, उनमें से किसी ने उससे नवाब का ज़िक्र कर दिया होगा। चुनांचे उसने नवाब से कहा, ''मैं बताऊँगी तुम्हें?''

और यह कहकर वह चली गयी। खटिया पर बैठकर उसने डिबिया से अफ़ीम की गोली निकाली और लेट गयी। उसे तसल्ली थी कि आदमी अच्छा है। गड़बड़ नहीं करेगा।

यकीन से इसके बारे में कुछ नहीं कहा जा सकता है, लेकिन कहना यही है कि अजनबी जिसका नाम हिम्मत खान था, वह ज़िला हज़ारा का बहुत बड़ा रईस था। नवाब के अल्हड़पन से वह इस कदर प्रभावित हुआ कि उसने बिछुड़ने के वक्त सरदार से कहा कि आइन्दा नवाब के पास और कोई न आया करे। सरदार होशियार औरत थी। उसने हिम्मत खान से कहा, ''खान साहेब यह कैसे हो सकता है? क्या आप इतना रुपया दे सकेंगे?''

हिम्मत खान ने सरदार की बात सुनकर जेब में हाथ डाला और सौ-सौ के नोटों की एक गड्डी निकाली और नवाब के कदमों में फेंक दी। फिर उसने अपनी हीरे की अँगूठी निकाली और नवाब की उँगुली में पहना दी और तेज़ी से सरकंडों के उस पार चला गया।

नवाब ने नोटों की तरफ़ नज़र उठाकर भी न देखा। बस देर तक अपनी सजी हुई उँगुली को देखती रही। जिस पर काफ़ी बड़े हीरे से रंग-रंग की किरणें निकल रही थीं। मोटर स्टार्ट हुई और धूल उड़ाती हुई चली गयी। इसके बाद

वह चौंकी सरकंडे के पास आयी। मगर अब गर्दो-गुब्बार के सिवा सड़क पर कुछ भी नहीं था।

सरदार नोटों की गड्डी उठाकर गिन चुकी थी। एक नोट और होता तो पूरे दो हज़ार थे। मगर उसको इसका अफ़सोस नहीं था। सारे नोट उसने अपनी घेरेदार सलवार की पेटी में बड़ी सफ़ाई से डाल लिये और नवाब को छोड़कर अपनी खटिया की तरफ़ बढ़ी। डिबिया से अफ़ीम की एक बड़ी गोली निकालकर उसने मुँह में डाल ली और देर तक सोती रही।

नवाब बहुत खुश थी। बार-बार उँगुली को देखती, जिसमें हीरे की अँगूठी पड़ी थी। तीन-चार रोज़ गुज़र गये। इस बीच उसका एक पुराना ग्राहक आया जिससे सरदार ने कह दिया कि पुलिस का ख़तरा है। इसलिए उसने यह धंधा बन्द कर दिया है। वह ग्राहक जो ख़ासा दौलतमन्द था, वापस चला गया। सरदार को हिम्मत खान ने बहुत प्रभावित किया था। उसने अफ़ीम की पिनक में सोचा अगर आमदनी उतनी रहे जितनी पहले थी और आदमी एक हो तो अच्छा है इसलिए उसने फ़ैसला कर लिया कि बाकियों को भी यह कह देगी कि पुलिस वाले उनके पीछे हैं और वह नहीं चाहती कि उनकी इज़्ज़त ख़तरे में पड़े।

हिम्मत खान एक हफ़्ते के बाद हाज़िर हुआ। इस दौरान सरदार दो ग्राहकों को मना कर चुकी थी कि वह अब इधर का रुख न करें।

वह उसी शान के साथ आया। जिस शान से पहले रोज़ आया था। आते ही उसने नवाब को अपनी छाती के साथ भींच लिया। सरदार ने कोई बात न की। नवाब उसे—बल्कि यों कहिए कि हिम्मत खान उसे उसकी उस कोठरी में ले गया, जिसमें निवाड़ी पलंग था। इस बार सरदार अन्दर न आयी और अफ़ीम की गोली खाकर ऊँघती रही।

हिम्मत खान को नवाब का अल्हड़पन और भी ज़्यादा पसन्द आया। वह पेशेवर रंडियों के चरित्रों से यकीनन नावाकिफ़ थी। उसमें वह घरेलूपन भी नहीं था जो आम घरेलू औरतों में होता है। उसमें कोई ऐसी बात थी जो खुद अपनी थी। दूसरों से बिलकुल अलग। वह बिस्तर में उसके साथ इस तरह लेटती थी, जैसे बच्चा अपनी माँ के साथ लेटता है। उसकी छातियों पर हाथ फेरता है। उसकी नाक के नथुनों में अँगुलियाँ डालता है। उसके बाल नोचता है और आहिस्ता-आहिस्ता सो जाता है।

हिम्मत खान के लिए यह एक नया तज़ुर्बा था। उसके लिए औरत की यह किस्म बिलकुल निराली थी। दिलचस्प और आनन्ददायक थी।

वह अब हफ़्ते में दो बार आने लगा। नवाब उसके लिए एक बेपनाह आकर्षण बन गयी थी।

सरदार खुश थी कि उसे हफ़्ते में जमा करने के लिए काफ़ी नोट मिल जाते हैं। अपने अधेड़पन के बावजूद औकात भर सोचती थी कि हिम्मत खान डरा-डरा क्यों रहता है। अगर कच्ची सड़क पर सरकंडों के उस तरफ़ कोई लॉरी या ट्रक गुज़रता है तो वह सहम जाता है। क्यों उससे अलग होकर बाहर जाता है और छिप-छिपकर देखता है कि कौन था।

एक रात बारह बजे के करीब सड़क पर से कोई लॉरी गुज़री। हिम्मत खान और नवाब एक-दूसरे के साथ गुँथे हुए सो रहे थे कि एकदम हिम्मत खान बड़े ज़ोर से काँपा। उठकर बैठ गया। नवाब की नींद बड़ी हल्की थी। वह काँपा तो वह सिर से पैर तक हिल गयी। जैसे उसके अन्दर ज़लज़ला आ गया हो। चीख कर उसने पूछा, ''क्या हुआ?''

हिम्मत खान अब किसी तरह सँभल चुका था। उसने खुद को और ज़्यादा सँभाल कर उससे कहा, ''कोई बात नहीं, मैं शायद ख़्वाब में डर गया था।''

लॉरी की आवाज़ दूर से रात की ख़ामोशी में अब तक आ रही थी।

नवाब ने उससे कहा, ''नहीं खान, कोई और बात है। जब भी कोई मोटर-लॉरी सड़क से गुज़रती है तो तुम्हारी यही हालत होती है।''

हिम्मत खान की यह शायद दुःखती रग थी, जिस पर नवाब ने हाथ रख दिया था। उसने अपनी मर्दाना ज़बान कायम रखने के लिए बड़े तेज़ लहज़े में कहा, ''बकती हो तुम, मोटर-लॉरियों से डरने की क्या वजह हो सकती है?''

नवाब का दिल बहुत नाज़ुक था। हिम्मत खान के तेज़ लहज़े से उसके दिल को ठेस लगी और उसने बिलख-बिलखकर रोना शुरू कर दिया। हिम्मत खान ने जब उसको चुप कराया तो वह अपनी ज़िन्दगी के एक खुशनुमे पल से रू-ब-रू हुआ और उसका जिस्म, नवाब के जिस्म के और करीब हो गया।

हिम्मत खान अच्छी कद-काठी का आदमी था। उसका जिस्म गठा हुआ था। खूबसूरत था। उसकी बाँहों में पहली बार नवाब ने बड़ी प्यारी हरारत महसूस की थी। उसको जिस्मानी स्वाद, का ककहरा उसी ने सिखाया था। वह उससे मुहब्बत करने लगी थी। यों कहिए कि वह जो मुहब्बत होती है, उसके मानी अब उसके सामने खुल रहे थे। वह अगर एक हफ़्ता गायब रहता तो नवाब ग्रामोफ़ोन पर दर्दीले गीतों के रिकॉर्ड लगाकर खुद उनके साथ गाती। आहें भरती

थी, लेकिन उसे इस बात की बड़ी उलझन थी कि हिम्मत खान मोटर लॉरियों की आमद रफ़्त से क्यों घबराता है।

महीनों गुज़र गए। नवाब की सुपुर्दगी बढ़ती गयी, मगर साथ उलझन भी बढ़ती गयी और अब हिम्मत खान चन्द घंटों के लिए आता और अफ़रा-तफ़री के आलम में वापस चला जाता। नवाब महसूस कर सकती थी कि यह सब किसी मजबूरी की वजह से है, वर्ना हिम्मत खान का जी चाहता है कि वह ज़्यादा देर ठहरे।

उसने कई मर्तबा इस बारे में पूछा, मगर वह गोल कर गया। एक दिन सुबह-सवेरे उसकी डोज सरकंडों के पास आकर रुकी। नवाब सो रही थी। हॉर्न बजा तो चौंककर उठी। आँखें मलती-मलती बाहर आयी। उस वक्त हिम्मत खान अपनी मोटर दूर खड़ी करके मकान के पास पहुँच चुका था। नवाब दौड़कर उससे लिपट गयी।

वह उसे उठाकर अन्दर कमरे में ले गया, जिसमें निवाड़ी पलंग था।

देर तक दोनों बातें करते रहे। प्यार-मुहब्बत की बातें। पता नहीं नवाब के दिल में क्या आयी कि उसने अपनी ज़िन्दगी की पहली फ़रमाइश कर डाली, ''खान मुझे सोने के कड़े ला दो।''

हिम्मत खान ने उसकी गोश्त भरी सुर्ख़ व सफ़ेद कलाइयों को कई बार चूमा। फिर कहा—''कल ही आ जायेंगे। तुम्हारे लिये तो मेरी जान हाज़िर है।''

नवाब ने अदा के साथ अपने मखमली और अल्हड़ अन्दाज़ में कहा, ''खान साहेब जाने दीजिए। जान तो मुझे ही देनी पड़ेगी।''

हिम्मत खान यह सुनकर कई बार उसके करीब हुआ और बड़ा सुखद वक्त गुज़ार कर चला गया और वादा कर गया कि वह दूसरे दिन आएगा और सोने के कड़े उसके नरम हाथों में खुद पहनाएगा।

नवाब खुश थी। उस रात वह देर तक मुस्सरत भरे रिकॉर्ड बजा-बजाकर छोटी-सी कोठरी में नाचती रही, जिसमें निवाड़ी पलंग था। सरदार भी खुश थी। उस रात उसने फिर अपनी डिबिया से अफ़ीम की बड़ी गोली निकाली थी और खाकर सो गयी थी।

दूसरे दिन नवाब ज़्यादा खुश थी कि सोने के कड़े आने वाले हैं। और हिम्मत खान उसको पहनाने वाला है। वह सारा दिन इन्तज़ार में रही। मगर वह न आया। उसने सोचा, 'शायद मोटर ख़राब हो गयी हो। शायद रात को ही आ

जाये।' वह सारी रात जागती रही और हिम्मत खान न आया। उसके दिल को जो बहुत नाज़ुक था, बहुत ठेस पहुँची। उसने अपनी माँ को या जो कुछ भी वह थी, बार-बार कहा, "देखो खान नहीं आया। वह वादा करके फिर गया है।" लेकिन फिर वह सोचती और फिर कहती, "ऐसा न हो, कुछ हो गया हो।" और वह सहम जाती।

कई बातें उसके दिमाग में आयी थीं। मोटर का हादसा। अचानक बीमारी। किसी डाकू का हमला। लेकिन बार-बार उसे लॉरियों और मोटरों की आवाज़ का ख़याल आता था, जिनको सुनकर खान हमेशा बौखला जाता था।

एक हफ़्ता गुज़र गया। इस दौरान उसका कोई पुराना ग्राहक भी न आया, इसलिए कि सरदार उन सबको मना कर चुकी थी। तीन-चार मोटरें और लॉरियाँ अलबत्ता उस सड़क से धूल उड़ाती हुई ज़रूर गुज़रीं। नवाब का जी चाहता कि दौड़ती हुई उसके पीछे जाये और उसमें आग लगा दे। उसको लगता कि यही वे चीज़ें हैं जो हिम्मत खान के यहाँ आने में रुकावट हैं।

यह बात उसकी अक्ल से दूर थी कि हिम्मत खान जैसा तन्दुरुस्त आदमी उनकी आवाज़ सुनकर क्यों सहम जाता है। इस हकीकत को उसके दिमाग़ की पैदा हुई कोई दलील झुठला नहीं सकती थी और जब ऐसा होता तो वह बेहद संजीदा और ग़मग़ीन हो जाती। ग्रामाफ़ोन पर दर्दीले रिकॉर्ड लगाकर सुनती और उसकी आँखों में आँसू आ जाते।

एक महीने के बाद दोपहर को जब नवाब और सरदार खाना खाकर फ़ारिग हुईं और कुछ देर आराम करने की बात सोच ही रही थीं कि बाहर सड़क पर हॉर्न की आवाज़ सुनाई दी। दोनों आवाज़ सुनकर चौंकीं क्योंकि यह हिम्मत खान की 'डोज' की आवाज़ नहीं थी। सरदार बाहर निकली, देखें कौन है। अगर पुराना आदमी है तो ऐसे ही टरका दें। जब वह सरकंडों के पास पहुँची तो उसने देखा कि नई मोटर में हिम्मत खान बैठा है। पिछली सीट पर खुशपोश और खूबसूरत औरत है।

हिम्मत खान ने मोटर कुछ दूर खड़ी की और बाहर निकला। उसके साथ ही पिछली सीट से वह औरत। दोनों उनके मकान की तरफ़ बढ़े। सरदार ने सोचा कि यह क्या माजरा है। औरत के लिए तो हिम्मत खान इतनी दूर से चलकर आता है, फिर जो इतनी खूबसूरत औरत है, जवान है, कीमती कपड़ों में है, उसके साथ क्यों आयी है?

सरदार अभी सोच ही रही थी कि हिम्मत खान उस औरत के साथ जिसने बेशकीमती ज़ेवर पहन रखे थे, अन्दर दाख़िल हुआ। सरदार उनके पीछे-पीछे चली। उसकी तरफ़ उन दोनों में से किसी ने ध्यान ही न दिया था।

जब वह अन्दर गयी तो हिम्मत खान, नवाब और औरत तीनों निवाड़ी पलंग पर बैठे थे और खामोशी छाई थी। अजीब किस्म की खामोशी। ज़ेवरों से लदी औरत किसी कदर व्यस्त नज़र आती थी कि उसकी एक टाँग बड़े ज़ोर से हिल रही थी।

सरदार दहलीज़ के पास खड़ी हो गयी। उसके कदमों की आहट सुनकर हिम्मत खान ने उसकी तरफ़ देखा तो उसे सलाम किया। हिम्मत खान ने कोई जवाब न दिया। वह सख़्त बौखलाया हुआ था।

उस औरत की टाँग हिलना बन्द हुई और वह सरदार से मुखातिब हुई, ''हम आए हैं, खाने-पीने का बन्दोबस्त करो।''

''जो तुम कहो, अभी तैयार हो जाता है।''

उस औरत ने कहा, ''तो चलो बावर्चीख़ाने में चूल्हा सुलगाओ। बड़ी पतीली है, घर में?''

''है।'' सरदार ने अपना वज़नी सिर हिलाया।

वह औरत पलंग पर से उठी और ग्रामोफ़ोन देखने लगी।

सरदार ने अफ़सोस भरे लहज़े में कहा, ''गोश्त...वगैरह तो यहाँ नहीं मिलेगा।''

उस औरत ने रिकॉर्ड पर सूई रखी, ''मिल जायेगा, तुम से जो कहा है, वह करो—और देखो आग काफ़ी तेज़ हो।''

सरदार यह हुक्म लेकर चली गयी। अब वह खुशपोश औरत मुस्कुराकर नवाब से मुख़ातिब हुई, ''नवाब! हम तुम्हारे लिए सोने के कड़े ले आये हैं।''

यह कहकर उसने अपना वेनिटी बैग खोला और उसमें बारीक सुर्ख कागज़ में लिपटे हुए कड़े निकाले, जो काफ़ी वज़नी और खूबसूरत थे।

नवाब अपने साथ बैठे हुए खामोश हिम्मत खान को देख रही थी। उसने कड़ों को एक नज़र देखा और फिर डरी और सहमी आँखों में हिम्मत खान से पूछा, ''खान, यह औरत कौन है?''

वह औरत कड़ों से खेलती हुई बोली, ''मैं कौन हूँ? मैं हिम्मत खान की बहिन हूँ। मेरा नाम लियाकत है।''

नवाब कुछ न समझी, मगर वह उस औरत की आँखों से ख़ौफ़ खा रही थी। जो यक़ीनन खूबसूरत, लेकिन बड़े ख़ौफ़नाक तौर पर खुली थीं, उनमें से आग बरस रही थी। आगे बढ़कर उसने सिमटी सहमी नवाब की कलाइयाँ पकड़ीं और उनमें कड़े डालने लगी। फिर उसने उसकी कलाइयाँ छोड़ दीं और हिम्मत खान से मुखातिब हुई, ''तुम जाओ हिम्मत खान। मैं इसे अच्छी तरह सजा-सँवारकर तुम्हारी ख़िदमत में पेश करना चाहती हूँ।''

हिम्मत खान भयभीत था। जब वह नहीं उठा तो वह औरत, जिसने अपना नाम लियाकत बताया था, तेज़ी से बोली, ''जाओ—सुना नहीं तुमने?''

हिम्मत खान नवाब की तरफ़ देखता हुआ बाहर चला गया। उसकी समझ में नहीं आता था कि कहाँ जाये? एक तरफ़ टाट लगा बावर्चीख़ाना था।

वह औरत जो उसके साथ आयी थी, उसके साथ उसके पुराने ताल्लुकात थे। सिर्फ़ इस बिना पर कि बहुत देर हुई, वह उसके पति की मौत पर जो हिम्मत खान का लंगोटिया यार था, मातम करने गया। इत्तफ़ाक से यह मातमपुर्सी दोनों के शारीरिक सम्बन्धों में बदल गयी। पति की मौत के दूसरे ही दिन वह घर में था और उस औरत ने उसे इस तरह अपने आप को सौंप दिया था जैसे वह उसका शौहर हो।

बहुत देर तक वह सड़क पर खड़ा रहा। आख़िर उससे रहा न गया। अन्दर उस कमरे की तरफ़ गया जहाँ निवाड़ी पलंग था, लेकिन दरवाज़ा बन्द पाया, हौले से दस्तक दी।

चन्द लम्हात बाद ही दरवाज़ा खुला। फ़र्श पर पहले उसे खून ही खून नज़र आया। वह काँप गया। फिर उसने लियाकत को देखा जो दरवाज़े के पट के साथ खड़ी थी। उसने हिम्मत खान से कहा, ''मैंने तुम्हारी नवाब को सजा-सँवार दिया है।''

हिम्मत खान ने अपने खुश्क गले को थूक से तर करके किसी तरह पूछा, ''कहाँ है?''

लियाकत ने कहा, कुछ तो इस पलंग पर है, लेकिन बेहतर हिस्सा बावर्चीख़ाने में है।

हिम्मत खान पर एक दहशत सवार हो गयी। उसने देखा, फ़र्श पर गोश्त के छोटे-छोटे टुकड़े भी हैं और तेज़ छुरी भी। बावर्चीख़ाने में नवाब का गोश्त पक रहा था।

टिटवाल का कुत्ता

दोनों तरफ़ के सिपाही अपने-अपने मोर्चे पर जमे हुए थे। दिन में इधर और उधर से दस-बारह गोलियाँ चल जातीं, जिनकी आवाज़ के साथ कोई इन्सानी चीख बुलन्द नहीं होती थी। मौसम बहुत खुशनुमा था। हवा जंगली फूलों की महक में बसी हुई थी। पहाड़ियों की ऊँचाइयों और ढलानों पर लड़ाई से बेखबर कुदरत, अपने रोज़ के कामकाज में व्यस्त थी। चिड़ियाँ उसी तरह चहचहाती थीं। फूल उसी तरह खिल रहे थे और धीमी गति से उड़ने वाली मधुमक्खियाँ, उसी पुराने ढंग से फूलों पर ऊँघ-ऊँघ कर रस चूसती थीं।

जब गोलियाँ चलने पर पहाड़ियों में आवाज़ गूँजती तो चहचहाती हुई चिड़ियाँ, चौंककर उड़ने लगतीं, मानो किसी का हाथ साज़ के गलत तार से जा टकराया हो और उनके कानों को ठेस पहुँची हो। सितम्बर का अन्त, अक्टूबर की शुरुआत से बड़े गुलाबी ढंग से गले मिल रहा था। ऐसा लगता था कि जाड़े और गर्मी में सुलह-सफ़ाई हो रही है। नीले-नीले आसमान पर धुनी हुई रुई जैसे, पतले-पतले और हल्के-हल्के बादल यों तैरते थे, जैसे अपने सफ़ेद बजरों में नदी की सैर कर रहे हैं।

पहाड़ी मोर्चों पर दोनों ओर से सिपाही कई दिनों से बड़ी ऊब महसूस कर रहे थे कि कोई निर्णयात्मक बात क्यों नहीं होती। ऊबकर उनका जी चाहता कि मौका-बेमौका एक-दूसरे को शे'र सुनाएँ। कोई न सुने तो ऐसे ही गुनगुनाते रहें। वे पथरीली ज़मीन पर औंधे या सीधे लेटे रहते और जब हुक्म मिलता, एक-दो फ़ायर कर देते।

दोनों मोर्चे बड़े सुरक्षित स्थान पर थे। गोलियाँ पूरे ज़ोर से आतीं, और पत्थरों की ढाल से टकराकर, वहीं चित्त हो जातीं। दोनों पहाड़ियों की ऊँचाई,

जिन पर ये मोर्चे थे, लगभग एक ही जैसी थी। बीच में छोटी-सी, हरी-भरी घाटी थी, जिसके सीने पर एक नाला, मोटे साँप की तरह लोटता रहता था।

हवाई जहाज़ों का कोई खतरा नहीं था। तोपें न इनके पास थीं, न उनके पास, इसलिए दोनों तरफ़ बेखटके आग लगायी जाती थी। उससे धुएँ के बादल उठते और हवाओं में घुल-मिल जाते। रात को चूँकि बिलकुल खामोशी थी, इसलिए कभी-कभी दोनों मोर्चों के सिपाहियों को, किसी बात पर लगाए हुए, एक-दूसरे के ठहाके सुनाई दे जाते थे। कभी कोई लहर में आकर गाने लगता तो दूसरी आवाज़ गूँजती ऐसा लगता मानो पहाड़ियाँ सबक दोहरा रही हों।

~

चाय का दौर खत्म हो चुका था। पत्थरों के चूल्हे में चीड़ के हल्के-हल्के कोयले करीब-करीब ठंडे हो चुके थे। आसमान साफ़ था। मौसम में खुनकी थी। हवा में फूलों की महक नहीं थी, जैसे रात को उन्होंने अपने इत्रदान बन्द कर लिये थे। अलबत्ता, चीड़ के पसीने, यानी बिरोज़े की बू थी। पर यह भी कुछ ऐसी नागवार नहीं थी। सब कम्बल ओढ़े सो रहे थे, पर कुछ इस तरह कि हल्के-से इशारे पर उठकर लड़ने-मरने के लिए तैयार हो सकते थे। जमादार हरनाम सिंह खुद पहरे पर था। उसकी रासकोप घड़ी में दो बजे तो उसने गण्डासिंह को जगाया और पहरे पर खड़ा कर दिया। उसका जी चाहता था कि सो जाये, पर जब लेटा तो आँखों से नींद को इतना दूर पाया जितने कि आसमान में सितारे थे। जमादार हरनाम सिंह चित लेटा उनकी तरफ़ देखता रहा...और फिर गुनगुनाने लगा :

''जुत्ती लेनी आ सितारेयाँ वाली...
सितारेयाँ वाली...
वे हरनाम सिंहा, ओ यारा, भावें तेरी महीं बिक जाये''

और हरनाम सिंह को आसमान पर हर तरफ़ सितारों वाले जूते बिखरे नज़र आये जो झिलमिल-झिलमिल कर रहे थे।

''जुत्ती ले देआँ सितारेयाँ वाली...
सितारेयाँ वाली...
नी हरनाम कौर, ओ नारे, भावें मेरी महीं बिक जाये''

यह गाकर वह मुस्कुराया; फिर यह सोचकर नींद नहीं आयेगी, उसने उठकर और सबको जगा दिया। नार के ज़िक्र ने उसके दिमाग में हलचल पैदा कर दी थी। वह चाहता था कि ऊटपटाँग बातें हों, जिससे इस गीत की हरनामकौरी कैफ़ियत पैदा हो जाये। चुनांचे बातें शुरू हुईं, पर उखड़ी-उखड़ी रहीं। बन्तासिंह, जो उन सब में कम-उम्र था और जिसकी आवाज़ सबसे अच्छी थी, एक तरफ़ हटकर बैठ गया। बाकी अपनी ज़ाहिरा तौर पर मज़ेदार बातें करते और जम्हाइयाँ लेते रहे। थोड़ी देर के बाद बन्तासिंह ने एकदम सोजभरी आवाज़ में 'हीर' गाना शुरू कर दिया...

''हीर आख्या जोगिया झूठ बोले, कौन रुठड़े यार मनाउँदा ई
ऐसा कोई न मिलेया मैं ढूँढ़ थक्की जेहड़ा गयाँ नूँ मोड़ ल्याउँदा ई
इक बाज़ तों काँग ने कूँज खोही वेक्खाँ चुप है कि कुर्लाउँदा ई
दुक्खाँ वालेयाँ नूँ गल्लाँ सुख दियाँ नी किस्से जोड़ जहान सुनाउँदा ई''

फिर कुछ रुककर उसने हीर की इन बातों का जवाब, राँझे की ज़बान में गाया...

''जेहड़े बाज़ तो काग ने कूँज खोही सब शुक्र कर वाज़ फनाह होया
ऐवें हाल है एस फ़कीर दा नी, धन माल गया ते तबाह होया
करें सिदक ते कम मालूम होवे तेरा रब्ब रसूल गवाह होया
दुनिया छड्डु उदासियाँ पहन लइयाँ सैयद वारिसों हुन वारिस शाह होया''

बन्तासिंह ने जिस तरह एकदम गाना शुरू किया था, उसी तरह वह एकदम खामोश हो गया।

ऐसा लगता था कि खाकी पहाड़ियों ने भी उदासियाँ पहन ली हैं। जमादार हरनाम सिंह ने थोड़ी देर के बाद किसी अनदेखी चीज़ को मोटी-सी गाली दी और लेट गया। सहसा रात के आख़िरी पहर की उदास-उदास फ़िज़ा में एक कुत्ते के भौंकने की आवाज़ गूँजी। सब चौंक पड़े; आवाज़ करीब से आयी थी। सूबेदार हरनाम सिंह ने उठकर कहा—''यह कहाँ से आ गया, भौंकू?''

कुत्ता फिर भौंका। अब उसकी आवाज़ और भी नज़दीक से आयी थी। कुछ पलों के बाद, दूर झाड़ियों में आहट हुई। बन्तासिंह उठा और उसकी तरफ़ बढ़ा। जब वापस आया तो उसके साथ एक आवारा-सा कुत्ता था, जिसकी दुम हिल रही थी। वह मुस्कुराया, ''जमादार साहब! मैं 'हू कम्ज़ इधर' बोला तो कहने लगा—'मैं हूँ चपड़ झुनझुन'।''

सब हँसने लगे। जमादार हरनाम सिंह ने कुत्ते को पुचकारा, ''इधर आ चपड़ झुनझुन।''

कुत्ता दुम हिलाता, हरनाम सिंह के पास चला गया और यह समझकर कि शायद खाने की कोई चीज़ फेंकी गयी है, ज़मीन के पत्थर सूँघने लगा। जमादार हरनाम सिंह ने थैला खोलकर एक बिस्कुट निकाला और उसकी तरफ़ फेंका। कुत्ते ने उसे सूँघकर मुँह खोला, लेकिन हरनाम सिंह ने लपककर उसे उठा लिया, ''ठहर कहीं पाकिस्तानी तो नहीं।''

सब हँसने लगे। सरदार बन्तासिंह ने आगे बढ़कर कुत्ते की पीठ पर हाथ फेरा और जमादार हरनाम सिंह से कहा—नहीं जमादार साहब, चपड़ झुनझुन हिन्दुस्तानी है।

जमादार हरनाम सिंह हँसा और कुत्ते से मुखातिब हुआ, ''निशानी दिखा ओये।''

कुत्ता दुम हिलाने लगा। हरनाम सिंह ज़रा खुलकर हँसा, ''यह कोई निशानी नहीं। दुम तो सारे कुत्ते हिलाते हैं।''

बन्तासिंह ने कुत्ते की काँपती दुम पकड़ ली, ''शरणार्थी है बेचारा।''

जमादार हरनाम सिंह ने बिस्कुट फेंका, जो कुत्ते ने झट दबोच लिया। एक जवान ने अपने बूट की एड़ी से ज़मीन खोदते हुए कहा—''अब कुत्तों को भी या तो हिन्दुस्तानी होना पड़ेगा या पाकिस्तानी।''

जमादार ने अपने थैले से एक और बिस्कुट निकाला और फेंका, ''पाकिस्तानियों की तरह पाकिस्तानी कुत्ते भी गोली से उड़ा दिये जायेंगे।''

एक ने ज़ोर से नारा लगाया—''हिन्दुस्तान ज़िन्दाबाद।''

कुत्ता, जो बिस्कुट उठाने के लिए आगे बढ़ा था, डरकर पीछे हट गया। उसकी दुम टाँगों के अन्दर घुस गयी। जमादार हरनाम सिंह हँसा, ''अपने नारे से क्यों डरता है। चपड़ झुनझुन...खा...ले, एक और ले।'' उसने थैले से एक और बिस्कुट निकाल कर उसे दिया।

बातों-बातों में सुबह हो गयी। सूरज निकलने का इरादा ही कर रहा था कि चारों ओर उजाला हो गया। जिस तरह बटन दबाने से एकदम बिजली की रोशनी होती है, उसी तरह सूरज की किरणें देखते-ही-देखते, उस पहाड़ी इलाके में फैल गयीं, जिसका नाम टिटवाल था।

इस इलाके में काफ़ी देर से लड़ाई चल रही थी। एक-एक पहाड़ी के लिए दर्जनों जवानों की जानें जाती थीं, फिर भी कब्ज़ा गैर-यकीनी होता था। आज यह पहाड़ी उनके पास है, कल दुश्मन के पास, परसों फिर उनके कब्ज़े में। इसके दूसरे दिन वह फिर दूसरों के पास चली जाती थी।

जमादार हरनाम सिंह ने दूरबीन लगाकर आस-पास का जायज़ा लिया। सामने पहाड़ों में धुआँ उठ रहा था। इसका मतलब यह था कि चाय वगैरह तैयार हो रही है। इधर भी नाश्ते की फ़िक्र हो रही थी। आग सुलगाई जा रही थी। उधरवालों को भी निश्चय ही उधर से धुआँ उठता दिख रहा था।

नाश्ते पर सब जवानों ने थोड़ा-थोड़ा कुत्ते को दिया, जो उसने खूब पेट भरके खाया। सब उसमें दिलचस्पी ले रहे थे, जैसे वे उसको अपना दोस्त बनाना चाहते हों। उसके आने से काफ़ी चहल-पहल हो गयी थी। हर आदमी उसको थोड़ी-थोड़ी देर बाद पुचकारकर 'चपड़ झुनझुन' के नाम से पुकारता और उसे प्यार करता।

शाम के करीब, दूसरी तरफ़, पाकिस्तानी मोर्चे में, सूबेदार हिम्मत खाँ अपनी बड़ी-बड़ी मूँछों को, जिनके साथ बेशुमार कहानियाँ जुड़ी हुई थीं, मरोड़े दे-देकर, टिटवाल के नक्शे को बड़े ध्यान से देख रहा था। उसके साथ ही वायरलैस ऑपरेटर बैठा था और सूबेदार हिम्मत खाँ के लिए प्लाटून कमाण्डर से निर्देश प्राप्त कर रहा था। कुछ दूर, एक पत्थर से टेक लगाए और अपनी बन्दूक लिये, बशीर धीमे-धीमे गुनगुना रहा था...

''चन्न कित्थे गँवाई आयी रात वे...
चन्न कित्थे गँवाई आयी...''

बशीर ने मज़े में आकर आवाज़ ज़रा ऊँची की तो सूबेदार हिम्मत खाँ की कड़कदार आवाज़ बुलन्द हुई—''ओये, कहाँ रहा है तू रात-भर?''

बशीर ने सवालिया नज़रों से हिम्मत खाँ को देखना शुरू किया, जो बशीर की बजाय किसी और से मुखातिब था, ''बता ओये।''

बशीर ने देखा—कुछ फ़ासले पर वह आवारा कुत्ता बैठा था, जो कुछ दिन हुए उनके मोर्चे में बिन बुलाए मेहमान की तरह आया था और वहीं टिक गया था। बशीर मुस्कुराया और कुत्ते को सम्बोधित कर बोला—

''चन्न कित्थे गँवाई आयी रात वे...
चन्न कित्थे गँवाई आयी...''

कुत्ते ने ज़ोर से दुम हिलाना शुरू किया, जिससे पथरीली ज़मीन पर झाड़ू-सी फिरने लगी।

सूबेदार हिम्मत खाँ ने एक कंकड़ उठाकर कुत्ते की तरफ़ फेंका, "साले को दुम हिलाने के सिवा और कुछ नहीं आता!"

बशीर ने एकदम कुत्ते की तरफ़ गौर से देखा, "इसकी गर्दन में क्या है?" यह कहकर वह उठा, पर इससे पहले एक और जवान ने कुत्ते को पकड़कर, उसकी गर्दन में बँधी हुई रस्सी उतारी। उसमें गत्ते का एक टुकड़ा पिरोया हुआ था, जिस पर कुछ लिखा था। सूबेदार हिम्मत खाँ ने यह टुकड़ा लिया और अपने जवानों से कहा—"लण्डे हैं। जानता है तुममें से कोई पढ़ना?"

बशीर ने आगे बढ़कर गत्ते का टुकड़ा लिया, "हाँ...कुछ-कुछ पढ़ लेता हूँ।" और उसने बड़ी मुश्किल से अक्षर जोड़-जोड़कर यह पढ़ा—"चप...चपड़ झुन...झुन...चपड़ झुनझुन...यह क्या हुआ?"

सूबेदार हिम्मत खाँ ने अपनी बड़ी-बड़ी ऐतिहासिक मूँछों को ज़बरदस्त मरोड़ दिया, "कोडवर्ड होगा कोई।" फिर उसने बशीर से पूछा—"कुछ और लिखा है बशीरे?"

बशीर ने, जो अक्षर जोड़ने में लगा था, जवाब दिया—"जी हाँ...यह... यह...हिन...हिन्द...हिन्दुस्तानी...यह हिन्दुस्तानी कुत्ता है।"

सूबेदार हिम्मत खाँ ने सोचना शुरू किया, "मतलब क्या हुआ इसका? क्या पढ़ा था तुमने—चपड़... ?"

बशीर ने जवाब दिया—"चपड़ झुनझुन।"

एक जवान ने बहुत बुद्धिमान बनते हुए कहा, "जो बात है, इसी में है।"

सूबेदार हिम्मत खाँ को यह बात माकूल लगी, "हाँ, कुछ ऐसा ही लगता है।"

बशीर ने गत्ते पर लिखी हुई पूरी इबारत पढ़ी—"चपड़ झुनझुन...यह हिन्दुस्तानी कुत्ता है।"

सूबेदार हिम्मत खाँ ने वायरलैस सेट लिया और कानों पर हैडफ़ोन लगाकर प्लाटून कमाण्डर से खुद उस कुत्ते के बारे में बातचीत की। वह कैसे आया था, किस तरह उनके पास कई दिन पड़ा रहा, फिर एकाएक गायब हो गया और रात-भर गायब रहा। अब आया है तो उसके गले में एक रस्सी नज़र आयी, जिसमें गत्ते का एक टुकड़ा था। उस पर जो इबारत लिखी थी, वह उसने

तीन-चार बार दोहराकर प्लाटून कमाण्डर को सुनाई, पर कोई नतीजा हासिल न हुआ।

बशीर अलग कुत्ते के पास बैठकर उसे कभी पुचकारकर, कभी डरा-धमकाकर पूछता रहा कि वह रात को कहाँ गायब रहा था और उसके गले में वह रस्सी और गत्ते का टुकड़ा किसने बाँधा था, पर कोई मनचाहा जवाब न मिला। वह जो सवाल करता, उसके जवाब में कुत्ता अपनी दुम हिला देता। आख़िर गुस्से में आकर बशीर ने उसे पकड़ लिया और ज़ोर का झटका दिया। कुत्ता तकलीफ़ के कारण 'चाऊँ-चाऊँ' करने लगा।

वायरलैस से निपटकर सूबेदार हिम्मत खाँ ने कुछ देर नक्शे को गौर से देखा फिर निर्णयात्मक भाव से उठा और सिगरेट की डिबिया का ढकना खोलकर बशीर को दिया, "बशीरे, लिख इस पर गुरमुखी में...उन कीड़े-मकोड़ों में..."

बशीर ने सिगरेट की डिबिया का गत्ता लिया और पूछा—"क्या लिखूँ सूबेदार साहब?"

सूबेदार हिम्मत खाँ ने मूँछों को मरोड़े देकर सोचना शुरू किया, "लिख दे...बस, लिख दे।" यह कहकर उसने जेब से पेंसिल निकालकर बशीर को दी, "क्या लिखना चाहिए?" उसने जैसे खुद से पूछा।

बशीर पेंसिल की नोक को होंठ से लगाकर सोचने लगा, फिर एकदम सवालिया अन्दाज़ में बोला—"सपड़ सुनसुन... ?" लेकिन फ़ौरन ही सन्तुष्ट होकर उसने निर्णय-भरे लहज़े में कहा—"चपड़ झुनझुन का जवाब सपड़ सुनसुन ही हो सकता है...क्या याद करेंगे अपनी माँ के सिखड़े।"

बशीर ने पेंसिल सिगरेट की डिबिया पर जमाई, "सपड़ सुनसुन!"

"सोला आने! लिख...सप...सपड़...सुनसुन।" यह कहकर सूबेदार हिम्मत खाँ ने ज़ोर का ठहाका लगाया, "और आगे लिख, 'यह...पाकिस्तानी कुत्ता है'।"

सूबेदार हिम्मत खाँ ने गत्ता बशीर के हाथ से ले लिया। पेंसिल से उसमें एक छेद किया और रस्सी में पिरोकर कुत्ते की तरफ़ बढ़ा, "ले जा यह अपनी औलाद के पास।"

यह सुनकर सब जवान खूब हँसे। सूबेदार हिम्मत खाँ ने कुत्ते के गले में

रस्सी बाँध दी। वह इस बीच अपनी दुम हिलाता रहा। इसके बाद सूबेदार ने उसे कुछ खाने को दिया और नसीहत करने के अन्दाज़ में कहा—"देखो दोस्त, गद्दारी मत करना...याद रखो, गद्दारी की सज़ा मौत होती है।"

कुत्ता दुम हिलाता रहा। जब वह अच्छी तरह खा चुका तो सूबेदार हिम्मत खाँ ने रस्सी से पकड़कर उसका रुख पहाड़ी की इकलौती पगडण्डी की तरफ़ फेरा और कहा, "जाओ, हमारा खत दुश्मनों तक पहुँचा दो...मगर देखो, वापस आ जाना...यह तुम्हारे अफ़सर का हुक्म है, समझे?"

कुत्ते ने अपनी दुम हिलाई और आहिस्ता-आहिस्ता पगडण्डी पर, जो बलखाती हुई, नीचे पहाड़ी के दामन में जाती थी, चलने लगा। सूबेदार हिम्मत खाँ ने अपनी बन्दूक उठाई और हवा में फ़ायर किया।

फ़ायर और उसकी गूँज दूसरी तरफ़ हिन्दुस्तानियों के मोर्चे में सुनी गयी। इसका मतलब उनकी समझ में न आया। जमादार हरनाम सिंह पता नहीं किस बात पर चिड़चिड़ा हो रहा था, यह आवाज़ सुनकर और भी चिड़चिड़ा हो गया। उसने फ़ायर का हुक्म दे दिया। आधे घंटे तक दोनों मोर्चों से गोलियों की बेकार बारिश होती रही। जब इस शगल से उकता गया तो जमादार हरनाम सिंह ने फ़ायर बन्द करा दिया और दाढ़ी में कंघी करनी शुरू कर दी। इससे छुट्टी पाकर उसने जाली के अन्दर सारे बाल बड़े सलीके से जमाए और बन्तासिंह से पूछा—"ओये बन्तासिंह! चपड़ झुनझुन कहाँ गया?"

बन्तासिंह ने चीड़ की सूखी लकड़ी से बिरोज़े को अपने नाखूनों से अलग करते हुए कहा—"पता नहीं।"

जमादार हरनाम सिंह ने कहा—"कुत्ते को घी हज़म नहीं हुआ?"

बन्तासिंह इस मुहावरे का मतलब नहीं समझा, "हमने तो उसे घी की कोई चीज़ नहीं खिलाई थी।"

यह सुनकर जमादार हरनाम सिंह बड़े ज़ोर से हँसा, "ओये अनपढ़! तेरे साथ तो बात करना, पचानवे का घाटा है।"

तभी वह सिपाही, जो पहरे पर था और दूरबीन लगाए, इधर-उधर देख रहा था, एकदम चिल्लाया—"वह...वह आ रहा है।"

सब चौंक पड़े। जमादार हरनाम सिंह ने पूछा—"कौन?"

पहरे के सिपाही ने कहा—"क्या नाम था उसका—चपड़ झुनझुन!"

"चपड़ झुनझुन ?" यह कहकर जमादार हरनाम सिंह उठा—"क्या कर रहा है वो ?"

पहरे के सिपाही ने जवाब दिया, "आ रहा है।"

जमादार हरनाम सिंह ने दूरबीन उसके हाथ से ली और देखना शुरू किया, "इधर ही आ रहा है।...रस्सी बँधी हुई है गले में...लेकिन यह तो उधर से आ रहा है, दुश्मन के मोर्चे से।" कहकर उसने कुत्ते की माँ को बहुत बड़ी गाली दी। इसके बाद उसने बन्दूक उठाई और निशाना बाँधकर फ़ायर किया। निशाना चूक गया। गोली कुत्ते के कुछ फ़ासले पर पत्थरों की किर्चें उड़ाती, ज़मीन में दफ़न हो गयी। कुत्ता सहम-कर रुक गया।

दूसरे मोर्चे पर सूबेदार हिम्मत खाँ ने दूरबीन में से देखा कि कुत्ता पगडण्डी पर खड़ा है। एक और फ़ायर हुआ तो वह दुम दबाकर उल्टी तरफ़ भागा—सूबेदार हिम्मत खाँ के मोर्चे की तरफ़। सूबेदार ने ज़ोर से पुकारा—"बहादुर, डरा नहीं करते...चल वापस।" और उसने डराने के लिए एक फ़ायर किया। कुत्ता रुक गया। उधर से जमादार हरनाम सिंह ने बन्दूक चलाई। गोली कुत्ते के कान के पास से सनसनाती हुई गुज़र गयी। उसने उछलकर ज़ोर-ज़ोर से दोनों कान फटफटाने शुरू किए। उधर से सूबेदार हिम्मत खाँ ने दूसरा फ़ायर किया। गोली उसके अगले पंजों के पास पत्थरों में धँस गयी। बौखलाकर कभी वह इधर दौड़ा, कभी उधर। उसकी इस बौखलाहट से हिम्मत खाँ और हरनाम सिंह, दोनों बहुत खुश हुए और खूब ठहाके लगाते रहे। कुत्ते ने जमादार हरनाम सिंह के मोर्चे की तरफ़ भागना शुरू किया। उसने यह देखा तो बड़े ताव में आकर मोटी-सी गाली दी और अच्छी तरह निशाना बाँधकर फ़ायर किया। गोली कुत्ते की टाँग में लगी। आसमान को चीरती हुई एक चीख बुलन्द हुई। कुत्ते ने अपना रुख बदला। लँगड़ा-लँगड़ाकर सूबेदार हिम्मत खाँ के मोर्चे की तरफ़ दौड़ने लगा तो उधर से भी फ़ायर हुआ, पर वह सिर्फ़ डराने के लिए किया गया था। हिम्मत खाँ फ़ायर करते ही चिल्लाया—"बहादुर...बहादुर परवाह नहीं किया करते ज़ख़्मों की। खेल जाओ अपनी जान पर...जाओ...जाओ।"

कुत्ता फ़ायर से घबराकर मुड़ा। उसकी एक टाँग बिलकुल बेकार हो गयी थी। बाकी तीन टाँगों की मदद से उसने खुद को चन्द कदम दूसरी ओर घसीटा

था कि जमादार हरनाम सिंह ने निशाना ताककर गोली चलाई, जिसने उसे वहीं ढेर कर दिया।

सूबेदार हिम्मत खाँ ने अफ़सोस के साथ कहा—"च...च...च...! शहीद हो गया बेचारा।"

"वैसी ही मौत मरा, जो कुत्ते की होती है," जमादार हरनाम सिंह ने बन्दूक की गर्म-गर्म नाली अपने हाथ में लेते हुए कहा।

मंज़ूर

अस्पताल में दाखिल करवाते वक्त उसकी हालत बहुत खराब थी। पहली रात उसे ऑक्सीजन पर रखा गया। जो नर्स ड्यूटी पर थी, उसका ख़याल था कि मरीज़ सुबह से पहले मर जायेगा। उसकी नब्ज़ की रफ़्तार ग़ैर यकीनी थी। कभी ज़ोर-ज़ोर से फड़फड़ाती और कभी लम्बे अन्तराल के बाद चलती थी।

पसीने में उसका बदन सराबोर था। एक लम्हे के लिए भी उसे चैन नहीं मिलता था। कभी इस करवट लेटता तो कभी उस करवट। जब घबराहट बहुत ज़्यादा बढ़ जाती तो उठकर बैठ जाता और लम्बी-लम्बी साँस लेने लगता। रंग उसका हल्दी की गाँठ की तरह ज़र्द था। आँखें अन्दर धँसी हुई थीं।

उसने रात बड़ी ही मुश्किल से काटी। ऑक्सीजन बराबर दी जा रही थी। सुबह हुई तो उसे किसी कदर होश आया और वह निढाल होकर सो गया।

उसके दो-तीन अज़ीज़ आये। कुछ देर बैठे रहे और चले गये। डॉक्टरों ने उन्हें बता दिया कि मरीज़ को दिल का रोग है, जिसे 'कोरोनरी थ्रोमबोसीस' कहते हैं, यह बहुत खतरनाक होता है।

जब वह उठा तो उसे टीके लगा दिये गये। उसके दिल में बदस्तूर मीठा-मीठा दर्द हो रहा था। कन्धों के पुट्ठे अकड़े हुए थे, जैसे रात भर उन्हें कोई काटता रहा हो। जिस्म की बोटी-बोटी दु:ख रही थी। मगर बदहाली के बावजूद वह बहुत ज़्यादा तकलीफ़ महसूस नहीं कर रहा था। वैसे उसको यकीन था कि उसकी मौत आ गयी है। आज नहीं तो कल ज़रूर मर जायेगा।

उसकी उम्र बत्तीस बरस के करीब थी। इन बरसों में उसने कोई राहत नहीं देखी थी, जो उस वक्त उसे याद आती। उसके माँ-बाप उसे बचपन में ही

छोड़ गये थे। पता नहीं उसकी परवरिश किस ख़ास शख़्स ने की थी। बस वैसे ही इधर-उधर ठोकरें खाता इस उम्र तक पहुँच गया था और अब एक कारखाने में नौकर होकर दो सौ पच्चीस रुपये माहवार पर निहायत इन्तहा दर्जे की दयनीय ज़िन्दगी गुज़ार रहा था।

दिल में टीसें न उठतीं तो वह अपनी तन्दुरुस्ती और बीमारी में कोई साफ़ फ़र्क महसूस न करता क्योंकि सेहत उसकी कभी भी अच्छी नहीं थी। कोई-न-कोई रोग उसे ज़रूर लगा रहता था।

शाम तक उसे चार टीके लग चुके थे। ऑक्सीजन हटा ली गयी थी। दिल का दर्द किसी कदर कम था।

वह बहुत बड़े वार्ड में था। उसकी तरह कई और मरीज़ लोहे की चारपाइयों पर लेटे थे। नर्सें अपने काम में मशगूल थीं। उसके दाहिने हाथ पर नौ-दस बरस का लड़का कम्बल में लेटा हुआ उसकी तरफ़ देख रहा था। उसका चेहरा तमतमा रहा था।

''अस्सलामालेकुम,'' लड़के ने बड़े प्यार से कहा।

नये मरीज़ ने प्यार भरे लहज़े में मुतासर होकर कहा, ''वालेकुम अस्लाम।''

लड़के ने कम्बल में करवट बदली, ''भाईजान, अब आपकी तबियत कैसी है?''

नये मरीज़ ने कहा, ''अल्लाह का शुक्र है।''

लड़के का चेहरा और तमतमा उठा, ''आप बहुत जल्दी ठीक हो जायेंगे। आपका नाम क्या है?''

''मेरा नाम?'' नये मरीज़ ने मुस्कुराकर लड़के की तरफ़ बिरादराना शफ़कत से कहा, ''मेरा नाम अख़्तर है।''

''मेरा नाम मंज़ूर है,'' यह कहकर उसने एकदम करवट बदली और उस नर्स को पुकारा जो उधर से गुज़र रही थी, ''आपा...आपाजान!''

नर्स रुक गयी। मंज़ूर ने माथे पर हाथ रखकर उसे सलाम किया। नर्स करीब आयी और उसे प्यार करके चली गयी।

थोड़ी देर के बाद असिस्टैंट हाऊस सर्जन आया। मंज़ूर ने उसको भी सलाम किया, ''डॉक्टर जी! अस्सलामालेकुम।''

डॉक्टर सलाम का जवाब देकर उसके पास बैठ गया और देर तक उसका

हाथ अपने हाथ में लेकर बातें करता रहा जो अस्पताल के बारे में थीं। मंज़ूर को अपने वार्ड के हर मरीज़ के बारे में दिलचस्पी थी। उसको मालूम था कि किसकी हालत अच्छी है और किसकी ख़राब। कौन आया है, कौन गया है। सब नर्सें उसकी बहनें थीं।

सब डॉक्टर उसके दोस्त और मरीज़ों में कोई चाचा था, कोई मामू और कोई भाई।

सब उसे प्यार करते थे। उसकी शक्ल-सूरत मामूली थी, लेकिन उसमें कुछ अद्वितीय था। हर वक्त उसके चेहरे पर तमतमाहट खेलती रहती जो उसकी मासूमियत पर हाले (हाल) का काम देती थी। वह हर वक्त खुश रहता था। बहुत ज़्यादा बातूनी था। मगर अख़्तर को, हालाँकि वह दिल का मरीज़ था और उस मर्ज़ के कारण बहुत चिड़चिड़ा हो गया था, उसकी यह आदत खलती नहीं थी।

चूँकि उसका बिस्तर अख़्तर के पास था, इसलिए थोड़े-थोड़े अर्से के बाद उससे गुफ्तग़ू शुरू कर देता था, जो छोटे-छोटे मासूम जुमलों पर होती थी।

''भाईजान, आपके भाई-बहन हैं ?''

''मैं माँ-बाप का इकलौता बेटा हूँ।''

''आपके दिल में अब दर्द तो नहीं होता ?''

''मुझे मालूम नहीं दिल का दर्द कैसा होता है ?''

''आप बिलकुल ठीक हो जायेंगे। दूध ज़्यादा पिया करें। मैं बड़े डॉक्टर साहब से कहूँगा, वह आपको मक्खन भी दिया करेंगे।''

बड़ा डॉक्टर भी उससे बहुत प्यार करता था। सुबह जब राउण्ड पर आता तो कुर्सी माँगकर उसके पास थोड़ी देर ज़रूर बैठता और उसके साथ इधर-उधर की बातें करता रहता।

उसका बाप दर्ज़ी था। दोपहर को पन्द्रह-बीस मिनट के लिए आता, सख़्त अफ़रा-तफ़री के आलम में। उसके लिए फल वग़ैरह लाता और जल्दी-जल्दी खिलाकर और उसके सिर पर मुहब्बत भरा हाथ फेरकर चला जाता। शाम को उसकी माँ आती और थोड़ी देर तक उससे बातें करती रहती।

अख़्तर ने उसी वक्त उससे दिली रिश्ता कायम कर लिया था, जब उसने उसे सलाम किया था। उससे बातें करने के बाद यह रिश्ता और भी अधिक मज़बूत हो गया। दूसरे दिन रात की ख़ामोशी में जब उसे सोचने का मौक़ा मिला तो उसे महसूस हुआ कि उसे जो फ़ायदा हुआ है, मंज़ूर की ही बदौलत है।

डॉक्टर जवाब दे चुके थे। वह सिर्फ़ चन्द घड़ियों का मेहमान था, मंज़ूर ने उसे बताया था कि जब वह बिस्तर पर लिटाया गया था तो उसकी नब्ज़ करीब-करीब गायब थी। उसने दिल-ही-दिल में कई मर्तबा दुआ माँगी कि खुदा उस पर रहम करे। यह उसकी दुआ का नतीजा था कि वह मरते-मरते बच गया। लेकिन उसे यक़ीन था कि वह ज़्यादा दिन तक ज़िन्दा नहीं रहेगा। इसलिए कि उसका मर्ज़ बहुत खतरनाक था। बहरहाल उसके दिल में यह ख़्वाहिश ज़रूर पैदा हो गयी थी कि वह कुछ दिन ज़िन्दा रहे ताकि मंज़ूर से उसका रिश्ता फ़ौरन न टूट जाये।

दो-तीन रोज़ गुज़र गये। मंज़ूर हस्बेमामूल सारा दिन चहकता रहता था। कभी नर्सों से तो कभी जमादारों से। ये भी उसके दोस्त थे। अख़्तर को तो महसूस होता था कि बदबूदार वार्ड का हर ज़र्रा उसका दोस्त है। वह जिस नर्स की तरफ़ देखता था, वह फ़ौरन उसकी दोस्त बन जाती थी।

दो-तीन रोज़ गुज़रने के बाद अख़्तर को पता चला कि मंज़ूर का निचला धड़ मफ़्लूज (फ़ालिज) है तो उसे सख़्त सदमा पहुँचा। लेकिन उसे हैरत भी होती थी कि इतने बड़े नुकसान के बावजूद वह खुश क्यों कर रहता है। बात जब उसके मुँह से बुलबुलों की तरह निकलती थी तो कौन कह सकता था, उसका निचला धड़ गोश्त-पोश्त का बेजान लोथड़ा है।

अख़्तर ने उसके फ़ालिज के मुताल्लिक उससे कोई बात नहीं की। इसलिए कि उससे ऐसी बात पूछनी बहुत बड़ी हिमाकत होती, जिससे वह कतई बेख़बर मालूम होता था। लेकिन उसे किसी और ज़रिये से पता चल गया था कि मंज़ूर एक दिन जब खेलकूदकर वापस आया तो उसने ठंडे पानी से स्नान कर लिया था, जिसके कारण उसके शरीर के निचले हिस्से को फ़ालिज मार गया।

माँ-बाप का इकलौता बेटा था। उन्हें बहुत दुःख हुआ। शुरू-शुरू में हकीमों का इलाज करवाया लेकिन कोई फ़ायदा नहीं हुआ। फिर टोने-टोटकों का सहारा लिया, लेकिन बेकार। आख़िर किसी के कहने पर उसे अस्पताल में दाखिल करा दिया ताकि बाकायदा इलाज होता रहे।

डॉक्टर मायूस थे। उन्हें मालूम था कि मंज़ूर के जिस्म का यह मंसूख हिस्सा कभी दुरुस्त नहीं होगा। लेकिन फिर भी उसके माँ-बाप का दिल रखने के लिए वे इलाज कर रहे थे। उन्हें हैरत थी कि वह इतने दिन ज़िन्दा कैसे रहा है ? इसलिए कि उस पर फ़ालिज का हमला बहुत शदीद था।

फ़ालिज ने उसके जिस्म का निचला हिस्सा बिलकुल नाकारा करके— उसके जिस्म के बहुत सारे नाज़ुक हिस्से निचोड़ कर रख दिये थे। वे उस पर तरस खाते थे और उससे प्यार करते थे। उसने खुश रहने का गुण अपनी इस शदीद हालत से सीखा था। उसके मासूम दिमाग ने यह तरीका खुद ईज़ाद कर दिया था ताकि दु:ख दब जाये।

अख़्तर पर फिर एक दौरा पड़ा जो पहले दौरे से ज़्यादा तकलीफ़देह और खतरनाक था, लेकिन उसने सब्र-हौसले से काम लिया और मंज़ूर की मिसाल सामने रखकर दर्द से ग़ाफ़िल रहने की कोशिश की, जिसमें उसे कामयाबी मिली। डॉक्टरों को इस मर्तबा तो सौ-फ़ीसदी यक़ीन था कि दुनिया की कोई ताकत उसे नहीं बचा सकती और जब रात की ड्यूटी पर तैनात नर्स ने सुबह-सवेरे दूसरी नर्सों के सुपुर्द किया तो उसकी गिरती हुई नब्ज़ सँभल चुकी थी, वह ज़िन्दा था।

मौत से कुश्ती लड़ते-लड़ते निढाल होकर जब वह सोने लगा तो उसने अधखुली आँखों से मंज़ूर की तरफ़ देखा। जो सो रहा था। उसका चेहरा दहक रहा था।

जब उठा तो मंज़ूर चहक रहा था। उसके मुताल्लिक एक नर्स से कह रहा था, ''आपा, अख़्तर भाई को जगा दो, दवा का वक्त हो गया है।''

''सोने दो, उसे आराम की ज़रूरत है।''

''नहीं, वह बिलकुल ठीक है, आप उन्हें दवा दीजिए।''

''अच्छा दे दूँगी।''

मंज़ूर ने जब अख़्तर की तरफ़ देखा तो उसकी आँखें खुली हुई थीं। खुश होकर उसने बुलन्द आवाज़ में कहा, ''अस्सलामालेकुम।''

''वालेकुम अस्सलाम,'' अख़्तर ने जज़्बात से कहा।

''भाईजान, आप बहुत सोए।''

''हाँ—शायद।''

''नर्स आपके लिए दवा ला रही है।''

अख़्तर ने महसूस किया कि मंज़ूर की बातें उसके कमज़ोर दिल को राहत पहुँचा रही हैं। थोड़ी देर के बाद वह खुद ही उसकी तरह चहकने-चहकारने लगा। उसने मंज़ूर से पूछा, ''इस मर्तबा भी तुमने मेरे लिए दुआ माँगी थी?''

मंज़ूर ने जवाब दिया, ''नहीं।''

''क्यों?''

''मैं रोज़-रोज़ दुआ नहीं माँगा करता। एक दफ़ा माँग ली, काफ़ी थी। मुझे मालूम था आप ठीक हो जायेंगे,'' उसके लहज़े में यक़ीन था।

अख़्तर ने ज़रा छेड़ने के लिए कहा, ''तुम दूसरों से कहते रहते हो ठीक हो जाओगे, खुद क्यों नहीं ठीक हो-हवाकर घर चले जाते।''

मंज़ूर ने थोड़ी देर सोचा फिर बोला, ''मैं भी ठीक हो जाऊँगा। बड़े डॉक्टर जी कहते थे, तुम एक महीने तक चलने-फिरने लगोगे। देखिए न, अब मैं नीचे और ऊपर खिसक सकता हूँ।''

उसने कम्बल में ऊपर-नीचे खिसकने की नाकाम कोशिश की। अख़्तर ने फ़ौरन कहा, ''वाह मंज़ूर मियाँ, वाह, एक महीना क्या है, यों गुज़र जायेगा।''

मंज़ूर ने चुटकी बजाई और खुश होकर हँसने लगा।

एक महीने से ज़्यादा वक्त गुज़र गया। इस दौरान अख़्तर पर दिल के दो-तीन दौरे पड़े। जो ज़्यादा शदीद नहीं थे। अब उसकी हालत बेहतर थी। नक़ाहत दूर हो रही थी। शरीर में पहले जैसा तनाव भी नहीं था। दिल की रफ़्तार ठीक थी।

डॉक्टरों का ख़याल था कि अब वह खतरे से बाहर है।

अख़्तर दिल ही दिल में हँसता था। उसे मालूम था कि उसे बचाने वाला कौन है। वह कोई इंजेक्शन नहीं था, कोई दवा नहीं थी, वह मंज़ूर था। मफ़्लूज मंज़ूर, जिसका निचला धड़ बिलकुल बेकार हो चुका था और जिसे यह ग़लतफ़हमी थी कि उसके गोश्त-पोश्त के बेजान टुकड़े में ज़िन्दगी के आसार नज़र आने लगे हैं।

अख़्तर और मंज़ूर की दोस्ती बढ़ गयी थी। मंज़ूर की जान उसकी नज़र में मसीहा का रुतबा रखती थी। मंज़ूर ने उसको दोबारा ज़िन्दगी दी थी और उसके दिलो-दिमाग़ से वह तमाम काले बादल हटा दिये थे, जिनके साये में इतनी देर तक घुटी-घुटी ज़िन्दगी बसर कर रहा था, वह बदल गया था, उसे ज़िन्दा रहने में दिलचस्पी हो गयी थी। वह चाहता था कि बिलकुल ठीक होकर अस्पताल से निकले और एक नयी सेहतमन्द ज़िन्दगी बसर करना शुरू कर दे।

उसे बड़ी उलझन होती थी जब वह देखता था कि मंज़ूर वैसे का वैसा है। उसके जिस्म के बेहिस्स हिस्से पर रोज़ मालिश होती थी। बिजली लगाई जाती थी, टीके दिये जाते थे। दवाइयाँ पिलाई जाती थीं, लेकिन कोई तब्दीली

नज़र नहीं आ रही थी। ज्यों-ज्यों वक्त गुज़रता था, उसकी खुश रहने वाली तबियत शगुफ़्तातर हो रही थी। यह बात अख़्तर के लिए हैरत और उलझन का बायस थी।

एक दिन बड़े डॉक्टर ने मंज़ूर के बाप से कहा कि अब वह उसे घर ले जाएँ क्योंकि उसका इलाज नहीं हो सकता। मंज़ूर को सिर्फ़ इतना पता चला कि अब उसका इलाज अस्पताल की बजाय घर में होगा और वह बहुत जल्द तन्दुरुस्त हो जायेगा।

मगर उसे सख़्त सदमा पहुँचा। वह घर जाना नहीं चाहता था। जब अख़्तर ने उससे पूछा, ''वह अस्पताल में क्यों रहना चाहता है?'' तो उसकी आँखों में आँसू आ गये, ''वहाँ मैं अकेला रहूँगा, अब्बा दुकान पर चले जाएँगे। माँ पड़ोसन के यहाँ कपड़े सीती है। मैं वहाँ किससे खेला करूँगा, किससे बातें करूँगा।''

अख़्तर ने बड़े प्यार से कहा, ''तुम अच्छे हो जाओगे मंज़ूर मियाँ, चन्द दिनों की बात है। फिर अपने दोस्तों के साथ खेला करना, स्कूल जाया करना।''

''नहीं, नहीं,'' मंज़ूर ने अपना हमेशा तमतमाने वाला चेहरा ढाँप कर रोना शुरू कर दिया। अख़्तर को बहुत दुःख हुआ। देर तक वह उसे पुचकारता रहा। आख़िर उसकी आवाज़ गले में रुँध गयी उसने करवट बदल ली।

शाम को हाऊस सर्जन ने अख़्तर को बताया कि बड़े डॉक्टर साहब ने उसकी रिलीज़ का हुक्म दे दिया है। वह सुबह घर जा सकता है। मंज़ूर ने सुना तो बहुत खुश हुआ। उससे इतनी बातें कीं कि थक गया। हर नर्स को, हर स्टूडेंट को, हर जमादार को उसने बताया कि अख़्तर भाईजान जा रहे हैं।

रात को भी वह अख़्तर से खुशी से भरी नन्ही-नन्ही मासूम बातें करता रहा। आख़िर सो गया। अख़्तर जागता रहा और सोचता रहा कि मंज़ूर कब तक ठीक होगा। क्या दुनिया में कोई ऐसी दवा मौजूद नहीं है जो इस प्यारे बच्चे को तन्दुरुस्त कर दे। उसकी सेहत के लिए सच्चे दिल से दुआएँ माँगीं लेकिन उसे यकीन था कि यह कबूल नहीं होंगी। इसलिए कि उसका दिल मंज़ूर जैसा पाकदिल कैसे हो सकता है। मंज़ूर और उसकी जुदाई के बारे में सोचते हुए उसे बहुत दुःख होता। उसे यकीन नहीं आ रहा था कि सुबह वह उसे छोड़कर चला जायेगा। अपनी नई ज़िन्दगी की तामीर करने के लिए मसरूफ़ हो जाएगा। उसे दिलो-दिमाग़ से निकाल देगा। क्या अच्छा होता वह मंज़ूर

की, 'अस्सलामालेकुम' सुनने से पहले ही मर जाता। यह नई ज़िन्दगी तो उसी ने उसे अदा की थी, उसे किस मुँह से उठाकर अस्पताल से बाहर ले जायेगा।

सोचते-सोचते अख़्तर सो गया, सुबह देर से उठा। नर्स वार्ड में इधर-उधर तेज़ी से चल रही थी। करवट बदलकर उसने मंज़ूर की चारपाई की तरफ़ देखा। उस पर उसकी जगह एक बूढ़ा हड्डियों का ढाँचा लेटा हुआ था। एक लम्हे के लिए अख़्तर पर सन्नाटा छा गया। एक नर्स पास से गुज़र रही थी। उसने चिल्लाकर पूछा, "मंज़ूर कहाँ है ?"

नर्स ने थोड़ी देर ख़ामोश रहने के बाद बड़े अफ़सोसनाक लहज़े में जवाब दिया, "बेचारा! सुबह साढ़े पाँच बजे मर गया।"

यह सुनकर अख़्तर को इस कदर सदमा लगा कि उसका दिल बैठने लगा। उसका ख़याल था कि वह आख़िरी दौरा है, लेकिन उसका ख़याल ग़लत साबित हुआ। वह ठीक-ठाक था। थोड़ी देर बाद उसे अस्पताल से रुख़सत होना पड़ा, क्योंकि उसकी जगह लेनेवाला नया मरीज़ दाखिल कर लिया गया था।

दूदा पहलवान

वह स्कूल के दिनों में सबसे सुन्दर माना जाता था। उस पर बड़े-बड़े अमर्दपरस्तों के बीच बड़ी खूँखार लड़ाइयाँ हुईं। एक-दो इसी सिलसिले में मारे भी गये।

वह वाकई सुन्दर था। बड़े मालदार घराने की आँखों का नूर था। इसलिए उसको किसी चीज़ की कमी नहीं थी। मगर जिस मैदान में वह कूद पड़ा था उसको एक संरक्षक की ज़रूरत थी जो वक्त पर उसके काम आ सके। शहर में यूँ तो सैकड़ों बदमाश और गुण्डे मौजूद थे—जो सुन्दर और खूबसूरत सलाहो के एक इशारे पर मरने को तैयार थे। मगर दूदा पहलवान में एक निराली बात थी। वह बहुत गरीब था। वह बहुत बदमिज़ाज और अक्खड़ तबियत का था। मगर इसके बावजूद उसमें ऐसा बाँकापन था कि सलाहो ने इसे देखते ही पसन्द कर लिया और उनकी दोस्ती हो गयी।

सलाहो को दूदा पहलवान की दोस्ती से बहुत फ़ायदे हुए। शहर के दूसरे गुण्डे जो सलाहो के रास्ते में रुकावटें पैदा करने का कारण बन सकते थे दूदा की वजह से खामोश रहे। स्कूल से निकलकर सलाहो कॉलेज में दाखिल हुआ तो उसने और पर-पुर्ज़े निकाले और थोड़े ही समय में उसकी सरगर्मियों ने नया रुख अपना लिया। इसके बाद खुदा का करना ऐसा हुआ कि सलाहो का बाप मर गया। अब वह अपनी तमाम जायदाद का अकेला मालिक था। पहले तो उसने नकदी पर ही हाथ साफ़ किया फिर मकान गिरवी रखने शुरू कर दिये। फिर वे मकान बिक गये। हीरा मण्डी की तमाम वेश्याएँ सलाहो के नाम से परिचित थीं। मालूम नहीं इसमें कहाँ तक सच्चाई है लेकिन लोग कहते हैं कि हीरा मण्डी में बूढ़ी नायिकाएँ अपनी जवान बेटियों को सलाहो की निगाहों से छुपा-छुपाकर

रखती थीं कि कहीं ऐसा न हो कि वे उसके दुश्मन के चक्कर में फँस जायें। लेकिन इन सावधानियों के बावजूद जैसा कि सुनने में आया है कि कई कुँवारी वैश्याएँ उसके इश्क में गिरफ़्तार हुईं और उल्टे रास्ते पर चलकर अपनी ज़िन्दगी के सुनहरे दिन उसकी वासना की नज़र कर बैठीं।

सलाहो खुल कर खेल रहा था। दूदा को मालूम था कि यह खेल देर तक जारी नहीं रहेगा। वह उम्र में सलाहो से दोगुना बड़ा था। उसने हीरा मण्डी में बड़े-बड़े सेठों की खाक उड़ती देखी थी। वह जानता था कि हीरा मण्डी एक ऐसा अंधा कुआँ है जिसको दुनिया-भर के सेठ मिलकर भी अपनी दौलत से नहीं भर सकते। मगर वह उसको कोई नसीहत नहीं देता था। शायद इसलिए कि वह संसार का जानने वाला होने के कारण अच्छी तरह समझता था कि जो भूत उसके हसीन व जमील बाबू के सिर पर सवार है उसे कोई टोना-टोटका उतार नहीं सकता।

दूदा पहलवान हर वक्त सलाहो के साथ होता था। शुरू-शुरू में जब सलाहो ने हीरा मण्डी का रुख किया तो उसका ख़याल था कि दूदा भी उसके ऐश में शामिल होगा। मगर आहिस्ता-आहिस्ता उसे मालूम हुआ, उसको इस किस्म के ऐश से कोई दिलचस्पी नहीं थी, जिसमें वह दिन-रात डूबा रहता था। वह गाना सुनता था, शराब पीता था। वेश्याओं से अश्लील मज़ाक भी करता था। मगर उससे आगे कभी नहीं गया था। उसका बाबू रातभर अन्दर किसी माशूक को बगल में दबाए पड़ा रहता था और वह बाहर किसी पहरेदार की तरह जागता रहता।

लोग समझते थे कि दूदा ने अपना घर भर लिया है। दौलत की जो लूट मची है उसमें यक़ीनन उसने अपने हाथ रँगे हैं। इसमें कोई शक नहीं कि जब सलाहो इश्क की दाद देने निकलता था तो हज़ारों के नोट दूदा के ही पास होते थे। मगर यह सिर्फ़ उसी को मालूम था कि पहलवान ने इसमें से एक पाई भी कभी इधर-उधर नहीं की। उसको सिर्फ़ सलाहो से दिलचस्पी थी जिसको वह अपना मालिक समझता था और यह लोग भी जानते थे कि दूदा किस हद तक उसका गुलाम था। सलाहो उसे डाँट-डपट लेता था। कभी-कभी शराब पीकर उसे नशे में मारपीट भी लेता था। मगर वह खामोश रहता। हसीन व जमील सलाहो उसका देवता था। वह उसके हुज़ूर में कोई गुस्ताखी नहीं कर सकता था।

एक दिन संयोग से दूदा बीमार था। सलाहो जो रात को सामान्य रूप से ऐश करने के लिए हीरा मण्डी पहुँचा, वहाँ किसी वेश्या के कोठे पर गाना सुनने के दौरान उसकी झड़प एक तमाशबीन से हो गयी और हाथापाई में उसके माथे पर हल्की-सी खराश आ गयी। दूदा को जब इसका पता चला तो उसने दीवार के साथ टक्करें मार-मारकर अपना सारा सिर ज़ख्मी कर लिया। खुदा को अनगिनत गालियाँ दीं। बहुत भला-बुरा कहा। उसको इतना अफ़सोस हुआ कि दस-पन्द्रह दिन तक सलाहो के सामने उसका सिर झुका रहा। एक शब्द भी उसके मुँह से नहीं निकला। उसको यह महसूस होता था कि उससे कोई बहुत बड़ा पाप हो गया है। चुनांचे, लोगों का कहना है कि वह बहुत देर तक नमाज़ पढ़-पढ़कर अपने दिल का बोझ हल्का करता रहा।

सलाहो की वह इस तरह खिदमत करता था जिस तरह पुराने किस्से-कहानियों के वफ़ादार नौकर करते हैं। वह उसके जूते पॉलिश करता था। उसके हर आराम और ऐश का ख़याल रखता था जैसे वह उसके पेट से पैदा हुआ हो।

कभी-कभी सलाहो नाराज़ हो जाता। यह वक्त दूदा पहलवान के लिए बड़ी परीक्षा का वक्त होता था। दुनिया से बेज़ार हो जाता। फ़कीरों के पास जाकर गण्डे-तावीज़ लेता। खुद को तरह-तरह के शारीरिक कष्ट पहुँचाता। आख़िर जब सलाहो मौज में आकर उसे बुलाता तो उसे महसूस होता जैसे उसे दोनों जहान मिल गये। दूदा को अपनी ताकत पर नाज़ नहीं था। उसे यह भी घमण्ड नहीं था कि वह छुरी मारने की कला में बेजोड़ है। उसे अपनी ईमानदारी और भलमनसाहत पर भी कोई गर्व नहीं था। लेकिन वह अपनी इस बात पर बहुत मान करता था कि लँगोट का पक्का है। वह अपने दोस्तों-यारों को बड़े गर्व से सुनाया करता था कि उसकी जवानी में सैकड़ों मर्द और औरतें आयीं। चलित्तरों के बड़े-बड़े मन्त्र उस पर फूँके, मगर वह...शाबाश है उसके उस्ताद को, लँगोट का पक्का रहा।

उन लोगों को जो दूदा पहलवान के लँगोटिये थे, अच्छी तरह मालूम था कि उसका दामन औरत की तमाम वासनाओं से पाक है। कई बार कोशिश की गयी कि वह गुमराह हो जाये मगर नाकामी ही प्राप्त हुई। वह अपनी बात पर दृढ़ रहा।

खुद सलाहो ने कई बार इम्तहान लिया। अजमेर के उर्स पर आने के लिए मेरठ की एक बदनाम वेश्या अनवरी को इस बात पर तैयार किया कि वह दूदा

पहलवान पर डोरे डाले। उसने अपने तमाम गुर इस्तेमाल कर डाले मगर दूदा पर कोई असर न हुआ। उर्स खत्म होने पर जब वह लाहौर रवाना हुए तो उसने गाड़ी में सलाहो से कहा, ''बाऊ, बस अब मेरा कोई और इम्तहान न लेना। यह साली अनवरी बहुत आगे बढ़ गयी थी। तुम्हारा ख़याल था वरना गला घोट देता हरामज़ादी का।''

उसके बाद सलाहो ने उसका कोई इम्तहान न लिया। दूदा के ये धमकी-भरे शब्द ही काफ़ी थे जो उसने बड़े गम्भीर लहज़े में कहे थे।

सलाहो ऐश-व-इशरत में पहले की तरह गर्क था। इसलिए कि अभी तीन-चार मकान बाकी थे। हीरा मण्डी की तमाम वेश्याएँ एक-एक करके उसके पहलू में आ चुकी थीं। अब उसने छोटे जामों का दौर शुरू कर दिया था। इस दौरान जाने कहाँ से एक वेश्या अल्मास पैदा हुई जो सारी हीरा मण्डी पर छा गयी। देखा किसी ने भी नहीं था मगर इसके बावजूद उसके हुस्न के चर्चे आम थे : हाथ लगाए मैली होती है। पानी पीती है तो उसके गोरे हलक में साफ़ नज़र आता है। हिरनी की-सी आँखें जिनमें खुदा ने अपने हाथ से सुरमा लगाया है। बदन ऐसा मुलायम है कि निगाहें फिसल-फिसल जाती हैं। सलाहो जहाँ भी जाता था इस परी चेहरा हूर के हुस्न व तेज की बातें सुनता था।

दूदा पहलवान ने फ़ौरन पता लगा लिया और अपने बाबू को बताया कि वह अल्मास कश्मीर से आयी है। वाकई खूबसूरत है। अधेड़ उम्र की माँ उसके साथ है जो उस पर कड़ी निगरानी रखती है। इसलिए कि वह लाखों के ख्वाब देखती है।

जब अल्मास का मुजरा शुरू हुआ तो उसके कोठे पर वही महानुभाव जाते थे जिनका लाखों का कारोबार था। सलाहो के पास अब इतनी दौलत नहीं थी कि वह इतने तगड़े दौलतमंद ऐयाशों का मुकाबला खम ठोककर कर सके। आठ-दस मुजरों में ही उसकी हजामत हो जाती। चुनांचे वह इस ख़याल के मुताबिक खामोश रहा और पेच-व-ताब खाता रहा। दूदा पहलवान अपने बाबू की यह बेचारगी देखता तो उसे बहुत दुख होता। मगर वह क्या कर सकता था? उसके पास था ही क्या। एक सिर्फ़ उसकी जान थी मगर वह इस मामले में क्या काम दे सकती थी। बहुत सोच-विचार के बाद आख़िर दूदा ने एक तरकीब सोची जो यह थी कि सलाहो अल्मास की माँ इकबाल से सम्बन्ध पैदा करे और

उस पर ज़ाहिर करे कि वह उसके इश्क में गिरफ़्तार हो गया है। इस तरह जब मौका मिले तो अल्मास को अपने कब्ज़े में कर ले।

सलाहो को यह तरकीब पसन्द आयी। चुनांचे उस पर अमल करना शुरू हो गया। इकबाल बहुत खुश हुई कि इस ढलती उम्र में उसे सलाहो जैसा जवान चाहने वाला मिल गया। यह सिलसिला देर तक जारी रहा। इस दौरान सैकड़ों बार अल्मास सलाहो के सामने आयी। कभी-कभी उसके पास बैठकर बात भी करती रही और उसके हुस्न से काफ़ी प्रभावित हुई। उसको हैरत थी कि वह उसकी माँ में क्यों दिलचस्पी ले रहा है। जबकि वह उसकी आँखों के सामने मौजूद है। लेकिन उसकी यह हैरत बहुत देर तक कायम न रही जब उसको सलाहो की हरकतों से मालूम हो गया कि वह चाल चल रहा है। यह बात साफ़ होते ही उसे खुशी हुई। अन्दरूनी तौर पर इकबाल ने जवानी के एहसास को ठेस पहुँच रही थी।

बातों-बातों में एक दिन सलाहो का ज़िक्र आया तो अल्मास ने उसकी खूबसूरती की तारीफ़ ज़रा चटखारे के साथ बयान की जो उसकी माँ को बहुत नागवार मालूम हुई। चुनांचे उन दोनों में खूब खिच-खिच हुई। अल्मास ने अपनी माँ को साफ़ कह दिया कि सलाहो उसे बेवकूफ़ बना रहा है। इकबाल को बहुत दुःख हुआ। यहाँ अब बेटी का सवाल नहीं था बल्कि रकीब और मौत का चुनाव था। दूसरे दिन जब सलाहो आया तो उसने सबसे पहले उससे पूछा, ''आप किसे पसन्द करते हैं? मुझे या मेरी बेटी अल्मास को?''

सलाहो अजब परेशानी में फँस गया। सवाल बड़ा टेढ़ा था। थोड़ी देर सोचने के बाद अन्त में उसे यही कहना पड़ा, ''तुम्हें, मैं तो सिर्फ़ तुम्हें पसन्द करता हूँ।'' और फिर उसे इकबाल को और भी यक़ीन दिलाने के लिए और बहुत-सी बातें गढ़नी पड़ीं। इकबाल यूँ तो बड़ी चालाक थी मगर उसको किसी हद तक यक़ीन आ ही गया। शायद इसलिए कि वह अपनी उम्र के एक ऐसे मोड़ पर पहुँच चुकी थी जहाँ से उसे कुछ छोटी बातों को भी सच्चा समझना ही पड़ता था।

जब यह बात अल्मास तक पहुँची तो वह बहुत जिज़बिज़ (क्रोधित) हुई। ज्यों ही उसे मौका मिला उसने सलाहो को पकड़ लिया और उससे सच उगलवाने की कोशिश की। सलाहो ज़्यादा देर तक अपनी जिरह बरदाश्त न कर

सका। आख़िर उसे मानना ही पड़ा कि उसे इकबाल में कोई दिलचस्पी नहीं। असल में तो अल्मास का हसूल ही उसकी नज़र के सामने था।

यह कबूलवाने पर अल्मास की तसल्ली हो गयी। मगर वह आत्मीयता, वह लगाव जो उसके दिल-व-दिमाग में सलाहो के बारे में पैदा हुआ था गायब हो गया। और उसने ठेठ वेश्या बनकर अपनी माँ को समझाया कि बचपना छोड़ दो और उससे मेरे दाम वसूल करो। तुम्हें वह क्या देगा। अपनी लड़की की अक्ल वाली बात इकबाल की समझ में आ गयी और वह सलाहो को दूसरी नज़र से देखने लगी।

सलाहो भी समझ गया कि उसका वार खाली गया है। अब इसके सिवाय और कोई चारा नहीं था कि वह नीलामी में अल्मास की सबसे बढ़कर बोली दे। दूदा पहलवान ने इधर-उधर से कुरेद कर मालूम किया कि अल्मास की नथनी उतर सकती है, अगर सलाहो 25 हज़ार रुपये उसकी माँ के कदमों में ढेर कर दे।

सलाहो अब पूरी तरह जकड़ा जा चुका था। 'जान जाये पर वचन न जाये' वाला मामला था। उसने दो मकान बेचे और 25 हज़ार रुपये लेकर इकबाल के पास पहुँचा। उसका ख़याल था कि वह इतनी रकम पैदा नहीं कर सकेगा। जब वह ले आया तो वह बौखला-सी गयी। अल्मास से सलाह की तो उसने कहा, "इतनी जल्दी कोई फ़ैसला नहीं करना चाहिए। पहले उससे कहो कि हमारे साथ कलियर शरीफ़ के उर्स पर चले।" सलाहो को जाना पड़ा। नतीजा यह हुआ कि पूरे पन्द्रह हज़ार रुपये मुजरों में लुट गये। उसकी उन तमाशबीनों पर जो उर्स में शामिल हुए थे, धाक तो बैठ गयी मगर उसके पच्चीस हज़ार रुपयों को दीमक लग गयी। वापस आये तो बाकी का रुपया आहिस्ता-आहिस्ता अल्मास की फरमाइशों की नज़र हो गया। दूदा अन्दर-ही-अन्दर से उबल रहा था। उसका जी चाहता था कि इकबाल और अल्मास दोनों के सिर उड़ा दे। मगर उसे अपने बाबू का ख़याल था। उसके दिल में बहुत-सी बातें थीं जो वह सलाहो को बताना चाहता था। मगर बता नहीं सकता था। इससे उसे और भी झुँझलाहट होती थी। सलाहो बहुत बुरी तरह अल्मास पर लट्टू था। पच्चीस हज़ार रुपये ठिकाने लग चुके थे। अब दस हज़ार रुपये उस मकान को गिरवी रखकर उजाड़ रहा था जिसमें उसकी नेकचलन माँ रहती थी। यह रुपया कब तक उसका साथ देता। इकबाल और अल्मास

दोनों जोंक की तरह चिपटी हुई थीं। आख़िर वह दिन भी आ गया जब उस पर नालिश हुई और अदालत ने कुर्की का हुक्म दे दिया।''

सलाहो बहुत परेशान हुआ। उसे कोई सूरत नज़र नहीं आती थी। कोई ऐसा आदमी नहीं था जो उसे कर्ज़ देता। ले-देकर एक मकान था सो वह गिरवी था और कुर्की आयी हुई थी। और वे सिर्फ़ दूदा पहलवान की वजह से रुके हुए थे जिसने उनको यक़ीन दिलाया था कि वह बहुत जल्द रुपयों का बन्दोबस्त कर देगा।

सलाहो बहुत हँसा था कि दूदा कहाँ से रुपयों का बन्दोबस्त करेगा। सौ-दो सौ रुपयों की बात होती तो उसे यकीन आ जाता। मगर सवाल पूरे दस हज़ार रुपयों का था। चुनांचे उसने पहलवान का खूब मज़ाक उड़ाया कि वह उसे बचकानी तसल्लियाँ दे रहा है। पहलवान ने यह लान-तान खामोशी से बरदाश्त की और चला गया। दूसरे दिन आया तो उसका सिंगरफ जैसा चेहरा ज़र्द था। ऐसा मालूम होता था कि वह रोगी शय्या से उठकर आया है। सिर न्योढ़ाकर उसने अपने डब में से रूमाल निकाला जिसमें सौ-सौ के कई नोट थे और सलाहो से कहा, ''ले लो...ले आया हूँ।''

सलाहो ने नोट गिने पूरे दस हज़ार थे। टुकुर-टुकुर पहलवान का मुँह देखने लगा, ''ये रुपया कहाँ से पैदा किया तुमने?''

''दूदा ने उदास लहज़े में जवाब दिया, ''हो गया, पैदा कहीं से...''

सलाहो कुर्की को भूल गया। इतने सारे नोट देखे तो उसके कदम फिर अल्मास के कोठे की तरफ़ उठने लगे। मगर पहलवान ने उसे रोका।

''नहीं बाऊ...अल्मास के पास न जाओ। यह रुपया कुर्कीवालों को दे दो।''

सलाहो ने बिगड़े हुए बच्चे की तरह कहा, ''क्यों?...मैं जाऊँगा अल्मास के पास।''

दूदा ने कड़े लहज़े में कहा, ''तू नहीं जायेगा...।''

सलाहो तैश में आ गया, ''तू कौन होता है मुझे रोकने वाला?''

दूदा की आवाज़ नर्म हो गयी, ''मैं तेरा गुलाम हूँ, बाऊ...पर अब अल्मास के पास जाने का कोई फ़ायदा नहीं।''

''क्यों?''

दूदा की आवाज़ में लर्ज़िश-सी पैदा हो गयी ''न पूछो, बाऊ, यह रुपया मुझे उसी ने दिया है।''

सलाहो करीब-करीब चीख उठा, ''यह रुपया अल्मास ने दिया है... तुम्हें दिया है।''

''हाँ, बाऊ! उसी ने दिया है। मुझ पर बहुत देर से मरती थी साली, पर मैं उसके हाथ नहीं आता था। तुझ पर तकलीफ़ का वक्त आ गया तो मेरे मन ने कहा, दूदा छोड़ अपनी कसम को। तेरा बाऊ तुझसे कुर्बानी माँगता है। सो मैं कल रात उसके पास गया और...और उससे सौदा कर लिया।''

दूदा की आँखों से टप-टप आँसू गिरने लगे।

दो कौमें

मुख्तार को शारदा का पहला दीदार झिरियों से हुआ था। वह ऊपर कोठे पर कटी हुई पतंग लेने गया, तो उसे झिर्रियों में से एक झलक दिखाई दी। सामने वाले मकान की ऊपरी मंज़िल की खिड़की खुली थी। एक लड़की डोंगा हाथ में लिये नहा रही थी। मुख्तार को बड़ा विस्मय हुआ कि लड़की कहाँ से आ गयी क्योंकि सामने वाले मकान में कोई लड़की नहीं थी। जो थी, ब्याही जा चुकी थी। सिर्फ़ रूपकौर थी, उसका पिलपिला पति कालूमल था। उसके तीन बच्चे थे और बस।

मुख्तार ने पतंग उठायी और ठिठककर रह गया। लड़की बहुत खूबसूरत थी। उसके नंगे बदन पर सुनहरे रोयें थे। उनमें फँसी हुई पानी की नन्ही-नन्ही बूँदें चमक रही थीं। उसका रंग हल्का साँवला था। साँवला भी नहीं, ताँबे के रंग जैसा। पानी की नन्ही-नन्ही बुँदियाँ ऐसी लगती थीं जैसे उसका बदन पिघलकर बूँद-बूँद गिर रहा था।

मुख्तार ने झिरी के सुराखों के साथ अपनी आँखें जमा दीं। और उस लड़की को जो डोंगा हाथ में लिये नहा रही थी, दिलचस्पी और गौर से देखना शुरू कर दिया। उसकी उम्र अधिक-से-अधिक सोलह वर्ष की थी। गीले सीने पर उसकी छोटी-छोटी गोल छातियाँ, जिन पर पानी की बूँदें फिसल रही थीं, बड़ी दिलफरेब थीं। उसे देखकर मुख्तार के दिलो-दिमाग में वासना पैदा नहीं हुई। एक जवान, खूबसूरत और बिलकुल नंगी लड़की, उसकी निगाहों के सामने थी। होना यह चाहिए था कि मुख्तार के अन्दर कामोत्तेजना भड़क उठती, पर वह बड़ी तल्लीनता से उसे देख रहा था, जैसे किसी चित्रकार का चित्र देख रहा हो।

लड़की के निचले होंठ के अन्तिम कोने पर बड़ा-सा तिल था—बेहद गंभीर, बेहद संजीदा, जैसे वह अपने वजूद से बेखबर है, पर दूसरा उसके वजूद से वाकिफ़ है—सिर्फ़ इस हद तक कि उसे वहाँ होना चाहिए था।

वहाँ पर सुनहरे रोयें पानी की बूँदों के साथ लिपटे हुए चमक रहे थे। उसके सिर के बाल सुनहरे नहीं, धूसर थे, जिन्होंने शायद सुनहरे होने से इनकार कर दिया था। शरीर सुडौल और गदराया हुआ था, लेकिन उसे देखने से उत्तेजना पैदा नहीं होती थी। मुख्तार देर तक झिरी के साथ आँखें जमाए रहा।

लड़की ने बदन पर साबुन मला। मुख्तार तक उसकी खुशबू पहुँची। सलोने, ताँबे जैसे रंगवाले बदन पर सफ़ेद झाग बड़े सुहाने मालूम होते थे। फिर जब ये झाग पानी के प्रवाह से फिसले तो मुख्तार ने महसूस किया, जैसे उस लड़की ने अपना बुलबुलों वाला लिबास बड़े इत्मीनान से उतार कर एक तरफ़ रख दिया है।

नहाने से निबटकर लड़की ने तौलिये से अपना बदन पोंछा। बड़ी शान्ति और निश्चिन्तता से धीरे-धीरे कपड़े पहने। खिड़की के डंडे पर दोनों हाथ रखे और सामने देखा। एकदम उसकी आँखें लाज की झील में डूब गयीं। उसने खिड़की बन्द कर दी। मुख्तार हठात् हँस पड़ा। लड़की ने फ़ौरन खिड़की के पट खोले और बड़े गुस्से में झिरी की ओर देखा। मुख्तार ने कहा, "मैं बिलकुल कसूरवार नहीं। आप खिड़की खोलकर क्यों नहा रही थीं?"

लड़की ने कुछ नहीं कहा। गुस्से-भरी निगाहों से झिरी को देखा और खिड़की बन्द कर ली।

चौथे दिन रूपकौर आयी। उसके साथ वही लड़की थी। मुख्तार की माँ और बहन दोनों सिलाई और क्रोशिये के काम में माहिर थीं। गली की ज़्यादातर लड़कियाँ उनसे यह काम सीखने के लिए आया करती थीं। रूपकौर भी उस लड़की को इसी मतलब से लाई थी क्योंकि उसे क्रोशिये के काम का बहुत शौक था। मुख्तार अपने कमरे से निकलकर सहन में आया तो उसने रूपकौर को प्रणाम किया। लड़की पर उसकी निगाह पड़ी तो वह सिमट-सी गयी। वह मुस्कुरा कर वहाँ से चला गया। लड़की रोज़ाना वहाँ आने लगी। मुख्तार को देखती तो सिमट जाती। धीरे-धीरे उसकी यह प्रतिक्रिया दूर हुई और उसके दिमाग से यह ख़याल कुछ कम हुआ कि मुख्तार ने उसे नहाते हुए देखा था।

मुख़्तार को मालूम हुआ कि उसका नाम शारदा है। रूपकौर के चाचा की लड़की है। अनाथ है। चेचो की मलिया में एक गरीब रिश्तेदार के साथ रहती थी। रूपकौर ने उसे अपने पास बुला लिया। इंट्रेंस पास है। बड़ी बुद्धिमान है क्योंकि उसने क्रोशिये का मुश्किल-से-मुश्किल काम चुटकियों में सीख लिया था।

~

दिन गुज़रते गये। इस दौरान मुख़्तार ने महसूस किया कि वह शारदा की मुहब्बत में गिरफ़्तार हो गया है। यह सब कुछ धीरे-धीरे हुआ। जब मुख़्तार ने उसे पहली बार झिरी में से देखा था तो उस समय उसके सामने एक दृश्य था—बड़ा मनमोहक दृश्य, लेकिन अब शारदा धीरे-धीरे उसके दिल में बैठ गयी थी। मुख़्तार ने कई बार सोचा था कि यह प्रेम का मामला बहुत गलत है, इसलिए कि शारदा हिन्दू है। मुसलमान कैसे एक हिन्दू लड़की से मुहब्बत करने की हिम्मत कर सकता है। मुख़्तार ने अपने-आपको बहुत समझाया पर वह अपनी प्रेम की भावना को मिटा न सका।

शारदा अब उससे बातें करने लगी थी, मगर खुलकर नहीं। उसके दिमाग में मुख़्तार को देखते ही ऐसा एहसास जाग जाता था कि वह नंगी नहा रही थी और मुख़्तार झिरी में से उसे देख रहा था।

एक दिन घर में कोई नहीं था। मुख़्तार की माँ और बहन दोनों किसी रिश्तेदार के चालीसवें पर गयी हुई थीं। शारदा नित्य की तरह अपना थैला उठाए सुबह दस बजे आयी। मुख़्तार सहन में चारपाई पर लेटा अखबार पढ़ रहा था। शारदा ने उससे पूछा, ''बहन जी कहाँ हैं?''

मुख़्तार के हाथ काँपने लगे, ''वह...कहीं बाहर गयी हैं।''

शारदा ने पूछा—''माता जी?''

मुख़्तार उठकर बैठ गया, ''वह उनके साथ गयी हैं।''

''अच्छा!'' कहकर शारदा ने तनिक घबराई हुई निगाहों से मुख़्तार को देखा और नमस्ते करके चलने लगी। मुख़्तार ने उसे रोका, ''ठहरो शारदा!''

शारदा को जैसे बिजली के करंट ने छू लिया। चौंककर रुक गयी, ''जी?''

मुख़्तार चारपाई से उठा, ''बैठ जाओ, वे लोग अभी आ जायेंगी।''

''जी नहीं, मैं जाती हूँ,'' कहकर भी शारदा खड़ी रही।

मुख़्तार ने बड़ी हिम्मत से काम लिया। आगे बढ़ा। उसकी एक कलाई पकड़ी और खींचकर उसके होंठों को चूम लिया। यह सब कुछ इतनी जल्दी हुआ कि मुख़्तार और शारदा दोनों को एक क्षण के लिए बिलकुल पता न चला कि हुआ क्या है। उसके बाद दोनों काँपने लगे। मुख़्तार ने केवल इतना कहा, ''मुझे माफ़ कर देना।''

शारदा खामोश खड़ी रही। उसका ताँबे जैसा रंग सुर्ख हो गया। होंठों में हल्की-सी कँपकँपाहट थी, जैसे वे छेड़े जाने पर शिकायत कर रहे हैं। मुख़्तार अपनी हरकत और उसके परिणामों को भूल गया। उसने एक बार फिर शारदा को अपनी ओर खींचा और सीने के साथ भींच लिया। शारदा ने प्रतिरोध न किया। वह केवल विस्मय-मूर्ति बनी हुई-सी एक प्रश्न बन गयी थी—एक ऐसा प्रश्न, जो स्वयं से किया गया हो। वह शायद स्वयं से पूछ रही थी—यह क्या हुआ है ? यह क्या हो रहा है ? क्या उसे होना चाहिए था ? क्या ऐसा किसी और से भी हुआ है ?

मुख़्तार ने उसे चारपाई पर बिठा लिया और पूछा, ''तुम बोलती क्यों नहीं हो शारदा ?''

शारदा के दुपट्टे के पीछे उसका सीना धड़क रहा था। उसने कोई जवाब न दिया। मुख़्तार को उसकी यह चुप्पी बहुत चिन्ताजनक महसूस हुई, ''बोलो शारदा, अगर तुम्हें मेरी यह हरकत बुरी लगी है तो कह दो—खुदा की कसम, मैं माफ़ी माँग लूँगा। तुम्हारी तरफ़ निगाह उठाकर भी न देखूँगा। मैंने कभी ऐसी हिम्मत न की होती, लेकिन न जाने मुझे क्या हो गया है। दरअसल...दरअसल मुझे तुमसे मुहब्बत है।''

शारदा के होंठ हिले, जैसे उन्होंने शब्द 'मुहब्बत' कहने की कोशिश की हो। मुख़्तार ने बड़ी गर्मजोशी से कहना शुरू किया, ''मुझे मालूम नहीं, तुम मुहब्बत का मतलब समझती हो कि नहीं—मैं खुद इसके बारे में ज़्यादा जानकारी नहीं रखता। सिर्फ़ इतना जानता हूँ कि तुम्हें चाहता हूँ। तुम्हारी सारी हस्ती को अपनी इस मुट्ठी में ले लेना चाहता हूँ। अगर तुम चाहो तो मैं अपनी सारी ज़िन्दगी तुम्हारे हवाले कर दूँगा। शारदा, तुम बोलती क्यों नहीं हो ?''

शारदा की आँखें स्वप्निल हो गयीं। मुख़्तार ने फिर बोलना शुरू कर दिया, ''मैंने उस दिन झिरी में से तुम्हें देखा। नहीं—तुम खुद दिखाई दीं। यह ऐसा दृश्य था जो मैं कयामत तक नहीं भूल सकता। तुम शर्माती क्यों हो, मेरी निगाहों ने तुम्हारी खूबसूरती चुराई तो नहीं—मेरी आँखों में सिर्फ़ उस दृश्य की तस्वीर है। तुम उसे ज़िन्दा कर दो तो मैं तुम्हारे पाँव चूम लूँगा,'' यह कहकर मुख़्तार ने शारदा का एक पाँव चूम लिया।

वह काँप गयी। चारपाई से एकदम उठकर उसने काँपती आवाज़ में कहा, ''यह आप क्या कर रहे हैं? हमारे धर्म में...।''

मुख़्तार खुशी से उछल पड़ा, ''धर्म-कर्म को छोड़ो। प्रेम के धर्म में सब ठीक है।'' यह कहकर उसने शारदा को चूमना चाहा, पर वह तड़पकर एक ओर हटी और बड़े शर्मीले अंदाज़ में मुस्कुराती हुई भाग गयी। मुख़्तार ने चाहा, वह उड़कर ममटी पर पहुँच जाये। सहन में कूदे और नाचना शुरू कर दे।

मुख़्तार की माँ और बहन आ गयीं तो शारदा आयी। मुख़्तार को देखकर उसने फ़ौरन निगाहें नीची कर लीं। मुख़्तार वहाँ से खिसक गया कि भेद न खुल जाये।

दूसरे दिन वह कोठे पर चढ़ा। झिरी से झाँककर देखा कि शारदा खिड़की के पास खड़ी बालों को कंघी कर रही है। मुख़्तार ने उसे आवाज़ दी, ''शारदा!''

शारदा चौंकी। कंघी उसके हाथ से छूटकर नीचे गली में जा गिरी। मुख़्तार हँसा। शारदा के होंठों पर भी मुस्कुराहट पैदा हुई। मुख़्तार ने उससे कहा, ''कितनी डरपोक हो तुम—हौले से आवाज़ दी और तुम्हारी कंघी छूट गयी।''

शारदा ने कहा, ''अब लाकर दीजिए नई कंघी मुझे...यह तो मोरी में जा गिरी है।''

मुख़्तार ने जवाब दिया, ''अभी लाऊँ।''

शारदा ने फ़ौरन कहा, ''नहीं, नहीं, मैंने मज़ाक किया है।''

''मैंने भी मज़ाक किया था। तुम्हें छोड़कर मैं लेने जाता...कभी नहीं।''

शारदा मुस्कुराई, ''मैं बाल कैसे बनाऊँ?''

मुख़्तार ने झिर्री के सुराखों में अपनी अँगुलियाँ डालीं, ''ये मेरी अँगुलियाँ ले लो।''

शारदा हँसी। मुख़्तार का जी चाहा कि वह अपनी सारी उम्र इस हँसी की छाया में गुज़ार दे, ''शारदा, खुदा की कसम, तुम हँसती हो, तो मेरा रोआँ-रोआँ

प्रफुल्लित हो जाता है। तुम क्यों इतनी प्यारी हो? यह कमबख़्त झिर्री...यह मिट्टी के ज़लील पर्दे...जी चाहता है, इन्हें तोड़-फोड़ दूँ।''

शारदा फिर हँसी। मुख्तार ने कहा, ''यह हँसी कोई और न देखे, कोई और न सुने। मैं इसके गिर्द अपने होंठों की दीवारें खड़ी कर दूँगा।''

शारदा ने कहा, ''आप बातें बड़ी अच्छी करते हैं।''

''तो मुझे इनाम दो। मुहब्बत की एक हल्की-सी निगाह इन झिर्रियों से मेरी तरफ़ फेंक दो। मैं उसे अपनी पलकों में उठाकर अपनी आँखों में छुपा लूँगा।'' मुख्तार ने शारदा के पीछे दूर एक छाया-सी देखी और फ़ौरन झिर्री से हट गया। थोड़ी देर बाद वापस आया, तो खिड़की खाली थी। शारदा जा चुकी थी।

धीरे-धीरे मुख्तार और शारदा दोनों घी-शक्कर हो गये। तनहाई का मौका मिलता तो देर तक प्यार-मुहब्बत की बातें करते रहते। एक दिन रूपकौर और उसका पति कालूमल कहीं बाहर गये हुए थे। मुख्तार गली में से गुज़र रहा था कि उसको एक कंकड़ लगा। उसने ऊपर देखा। शारदा थी। उसने हाथ के इशारे से उसे बुलाया।

मुख्तार उसके पास पहुँच गया। पूरा एकांत था। खूब घुल-मिलकर बातें हुईं। मुख्तार ने उससे कहा, ''उस दिन मुझसे गुस्ताखी हुई थी और मैंने माफ़ी माँग ली थी। आज फिर गुस्ताखी करने का इरादा रखता हूँ, पर माफ़ी नहीं माँगूँगा।'' और अपने होंठ शारदा के कँपकँपाते होंठों पर रख दिये।

शारदा ने शर्मीली शरारत से कहा, ''अब माफ़ी माँगिये।''

''जी नहीं। अब ये होंठ आपके नहीं, मेरे हैं। क्या मैं झूठ कहता हूँ?''

शारदा ने निगाहें नीची करके कहा, ''ये होंठ क्या, मैं भी आपकी हूँ।''

मुख्तार एकदम संजीदा हो गया, ''देखो शारदा! हम इस समय एक ज्वालामुखी पहाड़ पर खड़े हैं। तुम सोच लो, समझ लो, मैं तुम्हें यकीन दिलाता हूँ। खुदा की कसम खाकर कहता हूँ कि तुम्हारे सिवा मेरी ज़िन्दगी में और कोई औरत नहीं आयेगी। मैं कसम खाता हूँ कि ज़िन्दगी-भर तुम्हारा रहूँगा। मेरी मुहब्बत साबित-कदम रहेगी—क्या तुम इसका प्रण करती हो?''

शारदा ने अपनी निगाहें उठाकर मुख्तार की ओर देखा, ''मेरा प्रेम सच्चा है।''

मुख्तार ने उसे सीने के साथ भींच लिया और कहा, ''ज़िन्दा रहो। सिर्फ़

मेरे लिए, मेरी मुहब्बत के लिए। खुदा की कसम, शारदा, तुम्हारा प्यार मुझे न मिलता तो मैं निश्चय ही आत्महत्या कर लेता। तुम मेरे आलिंगन में हो तो मुझे ऐसा महसूस होता है कि सारी दुनिया की खुशियों से मेरी झोली भरी हुई है। मैं बहुत खुशकिस्मत हूँ।''

शारदा ने अपना सिर मुख्तार के कन्धों पर गिरा दिया, ''आप बातें करना जानते हैं। मुझसे अपने दिल की बात नहीं कही जाती।''

देर तक दोनों एक-दूसरे में खोए रहे। जब मुख्तार वहाँ से गया तो उसकी आत्मा एक नए सुहाने आनन्द से ओतप्रोत थी। सारी रात वह सोचता रहा। दूसरे दिन कलकत्ता चला गया, जहाँ उसका कारोबार था। आठ दिन के बाद वापस आया।

शारदा रोज़ की तरह क्रोशिये का काम सीखने निश्चित समय पर आयी। उसकी नज़रों ने उससे कई बातें कीं—कहाँ गायब रहे इतने दिन? मुझसे कुछ न कहा और कलकत्ता चले गये? मुहब्बत के बड़े दावे करते थे?...मैं नहीं बोलूँगी तुमसे...मेरी ओर क्या देखते हो? क्या कहना चाहते हो मुझसे?

मुख्तार बहुत कुछ कहना चाहता था, पर तनहाई नहीं थी। वह उससे काफ़ी लम्बी बातचीत करना चाहता था। दो दिन बीत गये। अवसर न मिला। नज़रों ही नज़रों में गूँगी बातें होती रहीं। आख़िर तीसरे दिन शारदा ने उसे बुलाया। मुख्तार बहुत खुश हुआ। रूपकौर और उसका पति कालूमल घर में नहीं थे।

शारदा सीढ़ियों में मिली। मुख्तार ने उसे वहीं सीने के साथ लगाना चाहा। वह तड़पकर ऊपर चली गयी। नाराज़ थी। मुख्तार ने उससे कहा, ''देखो मेरी जान, मेरे पास बैठो। मैं तुमसे बहुत ज़रूरी बातें करना चाहता हूँ, ऐसी बातें, जिनका हमारी ज़िन्दगी से बड़ा गहरा सम्बन्ध है।''

शारदा उसके पास पलंग पर बैठ गयी, ''तुम बात टालो नहीं...बताओ, मुझे बताए बिना कलकत्ता क्यों गये?...सच, मैं बहुत रोयी।''

मुख्तार ने बढ़कर उसकी आँखें चूम लीं, ''उस दिन जब मैं गया तो सारी रात सोचता रहा। जो कुछ उस दिन हुआ, उसके बाद यह सोच-विचार ज़रूरी था। हमारी हैसियत मियाँ-बीवी की थी। मैंने गलती की। तुमने कुछ न सोचा। हमने एक ही छलाँग में कई मंज़िलें तय कर लीं। और यह सोचा ही नहीं कि

हमें जाना किस तरफ़ है...समझ रही हो न शारदा?''

शारदा ने आँखें झुका लीं, ''जी हाँ।''

''मैं कलकत्ता इसलिए गया था कि अब्बा जी से मशविरा करूँ। तुम्हें सुनकर खुशी होगी कि मैंने उन्हें राज़ी कर लिया है।'' मुख्तार की आँखें खुशी से चमक उठीं। शारदा के दोनों हाथों को अपने हाथों में लेकर उसने कहा, ''मेरे दिल का सारा बोझ हल्का हो गया है। मैं अब तुमसे शादी कर सकता हूँ।''

शारदा ने हौले से कहा, ''शादी?''

मुख्तार ने बड़े इत्मीनान से कहा, ''हाँ-हाँ! इसके अलावा और हो ही क्या सकता है...मुझे मालूम है कि तुम्हारे घरवाले बड़ा हँगामा मचाएँगे, लेकिन मैंने उसका इंतज़ाम कर लिया है। हम दोनों यहाँ से गायब हो जायेंगे। सीधे कलकत्ता चलेंगे। बाकी काम अब्बाजी के सुपुर्द है। जिस रोज़ वहाँ पहुँचेंगे, उसी रोज़ मौलवी बुलाकर तुम्हें मुसलमान बना देंगे। शादी भी उसी वक्त हो जायेगी।''

शारदा के होंठ जैसे किसी ने सी दिये। मुख्तार ने उसकी तरफ़ देखा, ''खामोश क्यों हो गयीं?''

शारदा न बोली। मुख्तार को बड़ी उलझन हुई, ''बताओ शारदा, क्या बात है?''

शारदा ने मुश्किल से इतना कहा, ''तुम हिन्दू हो जाओ।''

''मैं हिन्दू हो जाऊँ?'' मुख्तार के लहज़े में हैरानी थी। वह हँसा, ''मैं हिन्दू कैसे हो सकता हूँ?''

''मैं मुसलमान कैसे हो सकती हूँ?'' शारदा की आवाज़ मद्धिम थी।

''तुम मुसलमान क्यों नहीं हो सकतीं? मेरा मतलब है कि तुम मुझसे मुहब्बत करती हो। इसके अलावा इस्लाम सबसे अच्छा मज़हब है। हिन्दू मज़हब भी कोई मज़हब है! गाय का पेशाब पीते हैं। बुत पूजते हैं। मेरा मतलब है कि ठीक है अपनी जगह यह मज़हब भी..., मगर इस्लाम का मुकाबला नहीं कर सकता।'' मुख्तार के खयालात परेशान थे, ''तुम मुसलमान हो जाओगी तो बस...मेरा मतलब है, सब ठीक हो जायेगा।''

शारदा का ताँबे जैसा रंग ज़र्द पड़ गया, ''आप जाइए, वे लोग आने वाले हैं।'' यह कहकर वह पलंग से उठी।

मुख़्तार स्तब्ध रह गया, ''लेकिन शारदा... ?''

''नहीं, नहीं...आप जाइए, आप...जल्दी जाइए। वे आ जायेंगे,'' शारदा के लहज़े में बेपरवाही की सरदी थी।

मुख़्तार ने अपने ख़ुश्क गले से ये शब्द निकाले, ''हम दोनों एक-दूसरे से मुहब्बत करते हैं शारदा, तुम नाराज़ क्यों हो गयीं?''

''जाओ! चले जाओ। हमारा हिन्दू मज़हब बुरा है। तुम मुसलमान बहुत अच्छे हो!'' शारदा के लहज़े में नफ़रत थी। वह दूसरे कमरे में चली गयी और दरवाज़ा बन्द कर लिया। मुख़्तार अपना इस्लाम सीने में दबाये वहाँ से चला आया।

शाहदोले का चूहा

सलीमा की शादी 21 वर्ष की उम्र में हुई थी। पाँच बरस हो गये लेकिन उसके औलाद न हुई। उसकी माँ और सास को बहुत फ़िक्र थी। माँ को ज़्यादा फ़िक्र थी, इसलिए कि वह सोचती, कहीं सलीमा का पति नजीब दूसरी शादी न कर ले। कई डॉक्टरों से राय-मशविरा भी किया गया, लेकिन कोई बात न बनी।

सलीमा को खुद ही बहुत फ़िक्र थी। शादी के बाद बहुत कम लड़कियाँ ऐसी होती हैं जिन्हें संतान की इच्छा न हो। उसने अपनी माँ से कई बार मशविरा किया। माँ की हिदायतों पर भी अमल किया, लेकिन नतीजा कुछ न निकला।

एक दिन उसकी एक सहेली जो बाँझ करार दे दी गयी थी, उसके पास आयी। सलीमा को बड़ा आश्चर्य हुआ, क्योंकि उसकी गोद में एक गुलगूथना-सा लड़का था। सलीमा ने उससे उसी आश्चर्य के भाव में पूछा—"फातमा, तुम्हारे यह लड़का कैसे पैदा हुआ?"

फातमा उससे पाँच साल बड़ी थी। उसने मुस्कुराकर कहा—"यह शाहदोले साहब की कृपा है। मुझसे एक स्त्री ने कहा कि यदि तुम संतान चाहती हो तो गुजरात जाकर शाहदोले साहब की मज़ार पर मिन्नत करो और कहो कि प्रभु! मेरे जो पहला बच्चा होगा उसे चढ़ावे के रूप में आपकी खानकाह[1] पर चढ़ाऊँगी।"

उसने सलीमा को यह भी बतलाया कि जब शाहदोले साहब की मज़ार पर ऐसी मिन्नत की जाये तो पहला बच्चा ऐसा पैदा होता है, जिसका सिर बहुत ही छोटा होता है। फातमा की यह बात सलीमा को पसन्द न आयी और जब इसने नजीब से कहा कि पहला बच्चा उसकी खानकाह में छोड़ आना पड़ता है तो उसको दु:ख हुआ।

उसने सोचा, 'कौन ऐसी माँ है जो अपने बच्चे से हमेशा के लिए अलग हो जाये। उसका सिर छोटा हो, नाक चपटी हो, आँखें भैंगी हों लेकिन माँ उसे घूरे पर नहीं फेंक सकती।' कुछ भी सही, उसे संतान चाहिए थी इसलिए वह अपने से ज़्यादा उम्रवाली सहेली की बात मान गयी। वह गुजरात की रहनेवाली थी, जहाँ शाहदोले की मज़ार थी। उसने अपने पति से कहा—"फातमा मजबूर कर रही है कि मेरे साथ चलो, इसलिए आप मुझे इजाज़त दें कि उसके साथ चली जाऊँ?" उसके पति को क्या आपत्ति हो सकती थी, उसने कहा, "जाओ—लेकिन जल्दी लौट आना।"

वह फातमा के साथ गुजरात चली गयी।

शाहदोले की मज़ार जैसा कि उसका विचार था, किसी कीमती पत्थर की इमारत नहीं थी। अच्छी-खासी जगह थी, जो सलीमा को पसन्द आयी। लेकिन जब उसने एक ओर भीड़ में शाहदोले के चूहे देखे, जिनकी नाक से रीठ बह रहा था। वह सिहर-सी गयी।

उसके सामने एक जवान लड़की थी जो अपने पूरे यौवन पर थी, लेकिन वह ऐसा व्यवहार करती थी कि गम्भीर से गम्भीर आदमी को भी हँसी आ सकती थी। सलीमा उसको देखकर एक क्षण के लिए हँसी लेकिन तुरन्त ही उसकी आँखों में आँसू आ गये। सोचने लगी कि उस लड़की का क्या होगा। वहाँ के मालिक उसे किसी के हाथ बेच देंगे, जो बँदरिया बनाकर उसे जगह-जगह घुमाएँगे। वह बेचारी उनकी रोज़ी का सहारा बन जायेगी।

उसका सिर बहुत छोटा था। लेकिन उसने सोचा कि यदि सिर छोटा है तो आदमी का भाग्य तो छोटा नहीं है। वह तो पागलों के साथ भी लगा है।

शाहदोले की इस चुहिया का शरीर बहुत सुन्दर था। उसके सब अंग जहाँ के तहाँ दुरुस्त थे। लेकिन ऐसा लगता था कि उसकी बौद्धिक चेतना को जान-बूझकर खत्म कर दिया गया है। वह इस प्रकार चलती-फिरती और हँसती थी जैसे कोई कूक-भरा खिलौना हो। सलीमा ने अनुभव किया, वह इसी अर्थ के लिए बनायी गयी है।

लेकिन इन सब अनुभवों के होने पर भी उसने अपनी सहेली फातमा के कहने पर शाहदोले साहब की मज़ार पर मन्नत माँगी कि यदि उसके बच्चा हुआ तो वह उसे उनकी भेंट कर देगी।

डॉक्टरी इलाज सलीमा ने जारी रखा। दो महीने बाद बच्चे की पैदाइश के आसार हो गये। वह बहुत खुश हुई। निश्चित समय पर उसके लड़का हुआ था जो बहुत ही सुन्दर था। गर्भ के बीच में चूँकि चन्द्रग्रहण हुआ था इसलिए उसके दाहिने गाल पर एक छोटा-सा तिल था, जो बुरा नहीं लगता था।

फातमा आयी तो उसने कहा, ''बच्चे को तुरन्त शाहदोले साहब की भेंट कर देना चाहिए।'' सलीमा स्वयं यह मान चुकी थी। कई दिनों तक वह टाल-मटोल करती रही। उसकी ममता मानती नहीं थी कि वह अपनी आँखों के तारे बेटे को वहाँ फेंक आये।

उससे कहा गया कि शाहदोले साहब से जो संतान माँगता है उसके पहले बच्चे का सिर छोटा होता है। लेकिन उसके लड़के का सिर तो काफ़ी बड़ा था और फातमा ने उससे कहा—''यह कोई ऐसी बात नहीं, जिसका तुम बहाना बना सको। तुम्हारा बच्चा शाहदोले साहब की सम्पत्ति है। तुम्हारा इस पर कोई हक नहीं। अगर तुम अपने वायदे से फिर गयीं तो याद रखो, तुम पर ऐसा शाप पड़ेगा कि तुम ज़िन्दगी-भर याद रखोगी।''

दुःखी दिल से सलीमा को अपना गुलगूथना-सा बेटा, जिसके दाहिने गाल पर तिल था, गुजरात जाकर, शाहदोले साहब की मज़ार पर उनके सेवकों को देना पड़ा।

वह इतनी रोई, उसको इतना दुःख हुआ कि बीमार हो गयी। एक बरस तक ज़िन्दगी और मौत के बीच उलझी रही। वह अपने बच्चे को भुला ही नहीं पाती थी। खासतौर पर उसको बच्चे के दाहिने गाल का काला तिल बार-बार याद आता था, जिसे वह अक्सर चूमा करती थी, क्योंकि वह जहाँ भी था, बहुत अच्छा लगता था।

उस बीच में एक क्षण को भी उसने अपने बच्चे को अलग नहीं किया। वह विचित्र-विचित्र स्वप्न देखती। शाहदोला चूहे के रूप में परेशान-सा प्रकट होता। उसके मांस को अपने तेज़ दाँतों से कुतरता वह चीख उठती और अपने पति से कहती—''मुझे बचाओ। देखो, चूहा मेरा मांस खा रहा है।''

कभी उसका बेचैन दिमाग यह सोचता कि उसका बच्चा चूहों के बिल के अन्दर दाखिल हो रहा है। वह उसकी पूँछ खींच रही है। लेकिन बिल के अन्दर जो बड़े-बड़े चूहे हैं उन्होंने उसकी थूथनी पकड़ ली है। इसलिए वह उसे बाहर नहीं निकाल सकती।

कभी उसकी नज़रों के सामने वह लड़की आती जो पूरी जवान थी और जिसको उसने शाहदोले साहब की मज़ार के बगल में देखा था। सलीमा हँसना शुरू कर देती, लेकिन थोड़ी देर बाद रोने लगती। वह इतना रोती कि उसके पति नजीब की समझ में न आता कि वह उसके आँसू कैसे सुखाए।

सलीमा को हर जगह चूहे नज़र आते थे। बिस्तर पर, रसोईघर में, गुसलखाने में, सोफ़े पर, दिल में, कानों में। कभी-कभी तो वह यह अनुभव करती कि वह खुद चुहिया है। उसकी नाक बह रही है। वह शाहदोले की मज़ार के निवासियों में अपना छोटा—बहुत ही छोटा सिर अपने कमज़ोर कन्धों पर उठाए ऐसा व्यवहार कर रही है कि देखनेवाले हँस-हँसकर लोट-पोट हो रहे हैं। उसकी दयनीय स्थिति थी।

उसको सारी सृष्टि में काले तिल ही तिल नज़र आते, मानो कि वह एक बहुत बड़ा गाल है, जिस पर सूरज टुकड़े-टुकड़े होकर जगह-जगह जम गया है। बुखार हल्का हुआ तो सलीमा की तबियत कुछ सँभली। नजीब को कुछ संतोष हुआ। वह जानता था कि सलीमा की बीमारी का क्या कारण है। वह बहुत गम्भीर प्रकृति का आदमी था। उसे अपनी पहली संतान के चढ़ावे में चले जाने का कोई दु:ख न था। जो कुछ किया गया था वह उसे बिलकुल ठीक मानता था। वह तो यह सोचता था कि उसके जो बेटा हुआ था, वह उसका नहीं था बल्कि शाहदोले साहब का था।

जब सलीमा का बुखार उतर गया और दिलो-दिमाग का तूफ़ान ठंडा पड़ गया तो नजीब ने उससे कहा, "मेरी जान, अपने बच्चे को भूल जाओ, वह सदके का था।"

सलीमा ने बड़े दु:ख भरे स्वर में कहा, "मैं नहीं मानती। सारी उम्र मैं अपनी ममता पर लानत भेजती रहूँगी कि मैंने इतना बड़ा पाप क्यों किया कि अपनी आँखों का तारा बेटा मज़ार के नौकरों के हवाले कर दिया। ये नौकर माँ तो नहीं हो सकते।"

एक दिन वह गायब हो गयी। सीधी गुजरात पहुँची, सात-आठ रोज़ तक वहाँ रही। अपने बच्चे के बारे में पूछताछ की, लेकिन कोई पता-ठिकाना न मिला। निराश होकर वापस आ गयी थी, और अपने पति से कहा—"मैं अब उसे याद नहीं करूँगी।"

याद तो वह करती रही, लेकिन दिल ही दिल में। उसके दाहिने गाल का तिल उसके दिल का धब्बा बनकर रह गया था। एक बरस के बाद उसके लड़की हुई, उसकी शक्ल उसके पहलौठी के लड़के से बहुत मिलती-जुलती थी। उसके दाहिने गाल पर दाग नहीं था। उसका नाम उसने मुजीबा रखा, क्योंकि अपने बेटे का नाम उसने मुजीब सोचा था। जब वह दो महीने की हुई तो उसने उसको गोद में उठाया और सुरमेदानी से थोड़ा सुरमा निकालकर उसके दाहिने गाल पर एक बड़ा-सा तिल बना दिया और मुजीब को याद करके रोने लगी। उसके आँसू गालों पर टपके तो उसने तुरन्त ही दुपट्टे से पोंछे और हँसने लगी। वह कोशिश करना चाहती थी कि अपना दुःख भूल जाये।

इसके बाद सलीमा के दो लड़के पैदा हुए। उसका पति अब बहुत प्रसन्न था।

एक बार सलीमा को किसी सहेली की शादी के मौके पर गुजरात जाना पड़ा तो उसने फिर एक बार अपने मुजीब के बारे में पूछताछ की, लेकिन सफलता न मिली। उसने सोचा कि शायद वह मर गया है, इसलिए उसने बृहस्पतिवार को उसकी अन्त्येष्टि-क्रिया अच्छी तरह कराई।

अड़ोस-पड़ोस की सब स्त्रियाँ आश्चर्य में थीं कि किसके बारे में यह इतना झंझट किया गया है। किसी-किसी ने सलीमा से पूछा भी, लेकिन उसने किसी को कुछ जवाब न दिया।

शाम को उसने अपनी दस बरस की लड़की मुजीबा का हाथ पकड़ा। अन्दर कमरे में ले गयी। सुरमे से उसके दाहिने गाल पर बड़ा-सा तिल बनाया और देर तक चूमती रही।

वह मुजीबा को ही अपना खोया हुआ बेटा मानती थी। अब उसने मुजीब के बारे में सोचना छोड़ दिया। उसके लिए अन्त्येष्टि-क्रिया कराने के बाद उसके दिल का बोझ हल्का हो गया था। उसने अपने दिल की दुनिया में कब्र भी बनाई थी, जिस पर वह अपने विचारों की दुनिया में फूल भी चढ़ाया करती थी।

उसके तीन बच्चे स्कूल में पढ़ते थे। उनको हर रोज़ प्रातः सलीमा तैयार करती। उनके लिए नाश्ता बनवाती। हर एक को नहलाती-सँवारती। जब वे चले जाते तो एक क्षण के लिए उसे अपने मुजीब का ख़याल आता। यद्यपि वह

उसकी अन्त्येष्टि-क्रिया कर चुकी थी और उसके दिल का बोझ हल्का हो गया था, फिर भी उसको कभी-कभी ऐसा लगता कि मुजीब के दाहिने गाल का काला तिल उसके दिमाग में मौजूद है।

एक दिन उसके तीनों बच्चे भागे-भागे आये और उससे कहने लगे—"अम्मी, हम तमाशा देखना चाहते हैं।"

उसने बड़े प्रेम से पूछा—"क्या तमाशा?"

उसकी लड़की ने जो सबसे बड़ी थी, कहा—"अम्मीजान, एक आदमी है, वह तमाशा दिखाता है।"

सलीमा ने कहा—"जाओ, उसको बुला लाओ। घर के अन्दर न आये, बाहर तमाशा करे।"

बच्चे भागे हुए गये और उस आदमी को बुला लाए और तमाशा देखते रहे। जब यह खत्म हो गया तो मुजीबा अपनी माँ के पास गयी ताकि पैसे दे दे। माँ ने अपने पर्स से चवन्नी निकाली और बाहर बरामदे में गयी। बाहर दरवाज़े के पास पहुँची तो शाहदोले का एक चूहा खड़ा विचित्र मुद्रा में अपना सिर हिला रहा था। सलीमा को हँसी आ गयी!

दस-बारह बच्चे उसके आस-पास जमा थे। इतना शोर मचा था कि कान पर पड़ी आवाज़ सुनाई नहीं देती थी। सलीमा चवन्नी हाथ में लिये आगे बढ़ी और उसने शाहदोले के उस चूहे को वह चवन्नी देनी चाही तो उसका हाथ एकदम पीछे हट गया, मानो बिजली का करंट छू गया हो। उस चूहे के दाहिने गाल पर काला तिल था। सलीमा ने ध्यान से उसकी ओर देखा। उसकी नाक बह रही थी। मुजीबा ने जो उसके पास खड़ी थी, अपनी माँ से कहा—"यह...यह चूहा अम्मीजान, इसकी शक्ल मुझसे क्यों मिलती है, मैं भी क्या चुहिया हूँ?"

सलीमा ने उस शाहदोले के चूहे का हाथ पकड़ा और अन्दर ले गयी। दरवाज़ा बन्द करके उसको चूमा। उसकी बलाएँ लीं। वह उसका मुजीब था। लेकिन वह ऐसा विचित्र व्यवहार करता था कि सलीमा के दु:ख-भरे दिल में हँसी आते-आते रह जाती थी।

उसने मुजीब से कहा—"बेटे, मैं तुम्हारी माँ हूँ।"

शाहदोले का चूहा बहुत ज़ोर से हँसा। अपनी नाक आस्तीन से पोंछकर

उसने अपनी माँ के सामने हाथ फैलाया—"एक पैसा?" माँ ने अपना पर्स खोला लेकिन उसकी आँखें अपने आँसुओं की नहर पहले ही खोल चुकी थीं। उसने सौ रुपये का नोट निकाला और बाहर जाकर उस आदमी को दिया जो उसको तमाशा बनाए हुए था। उसने इनकार कर दिया कि इतनी कम कीमत पर अपनी रोज़ी के साधन को नहीं बेच सकता। अन्त में सलीमा ने उसे पाँच-सौ रुपयों पर राज़ी कर लिया। रकम देकर जब वह अन्दर आयी तो मुजीब गायब था। मुजीबा ने उसको बताया कि वह पिछवाड़े से बाहर निकल गया है। सलीमा की कोख पुकारती रही कि मुजीब वापस आ जाओ, लेकिन वह ऐसा गया कि फिर वापस न आया।

मंतर

नन्हा राम, नन्हा तो था, लेकिन शरारतों के लिहाज़ से बहुत बड़ा था। चेहरे से बेहद भोला-भाला लगता था। कोई नक्शा या रेखा ऐसी नहीं थी, जो चुलबुलेपन का पता दे। उसके शरीर का हर अंग, भद्देपन की हद तक मोटा था। जब चलता था तो ऐसा जान पड़ता था की फुटबॉल लुढ़क रही है। उम्र मुश्किल से आठ बरस की होगी, पर बला का ज़हीन और चालाक था। लेकिन उसकी समझ और चालाकी का पता उसके ढाँचे से लगाना बहुत मुश्किल था। राम के पिता, मिस्टर शंकराचार्य, एम.ए., एल-एल.बी., कहा करते थे कि 'मुँह में राम और बगल में छुरी' वाली मिसाल इसी राम के लिए बनायी गयी है।

राम के मुँह से 'राम-राम' तो किसी ने सुना नहीं था, पर उसकी बगल में छुरी की जगह एक छोटी-सी छड़ी ज़रूर रहा करती थी, जिससे वह कभी-कभी डगलस फ़ेयर-बैंक यानी 'बगदादी चोर' की तलवारबाज़ी की नकल किया करता था।

जब राम की माँ, यानी मिसेज़ शंकराचार्य, उसको कान से पकड़कर उसके बाप के सामने लाईं तो वह बिलकुल चुप था। आँखें खुश्क थीं। उसका एक कान, जो उसकी माँ के हाथ में था, दूसरे कान से बड़ा मालूम हो रहा था। वह मुस्कुरा रहा था, पर उस मुस्कुराहट में बला का भोलापन था। उसकी माँ का चेहरा गुस्से में तमतमाया हुआ था, पर राम के चेहरे से पता चलता था कि वह अपनी माँ से खेल रहा है और अपने कान को माँ के हाथ में देकर एक खास किस्म का आनन्द ले रहा है, जिसको वह दूसरों पर ज़ाहिर करना नहीं चाहता।

जब राम, मिस्टर शंकराचार्य के सामने लाया गया तो वे आरामकुर्सी पर

जमकर बैठ गये कि उस नालायक के कान खींचें, हालाँकि वे उसके कान खींच-खींचकर काफ़ी से ज़्यादा लम्बे कर चुके थे और उसकी शरारतों में कोई फ़र्क न आने पाया था। वे अदालत में कानून के बल पर बहुत कुछ कर लेते थे, पर यहाँ, उस छोटे-से लौंडे के सामने उनकी कोई पेश न चलती थी।

एक बार मिस्टर शंकराचार्य ने किसी शरारत पर उसको परमेश्वर के नाम से डराने की कोशिश की थी। उन्होंने कहा था—"देख राम, तू अच्छा लड़का बन जा, नहीं तो मुझे डर है, परमेश्वर तुझसे नाराज़ हो जायेंगे।"

राम ने जवाब दिया था—"आप भी तो नाराज़ हो जाया करते हैं और मैं आपको मना लिया करता हूँ।" और थोड़ी देर सोचने के बाद उसने यह पूछा था—"बापू जी, ये परमेश्वर कौन हैं?"

"मिस्टर शंकराचार्य ने उसे समझाने के लिए जवाब दिया था—"भगवान, और कौन?...हम सबसे बड़े?"

"इस मकान जितने?"

"इससे भी बड़े।...देख, अब तू कोई शरारत न करना वरना वे तुझे मार डालेंगे।" मिस्टर शंकराचार्य ने अपने बेटे को डराने के लिए परमेश्वर को डरावनी शक्ल में पेश करने के बाद यह ख़याल कर लिया था कि अब राम सुधर जायेगा और कोई शरारत न करेगा। पर राम ने, जो उस वक्त चुप बैठा, अपने दिमाग के तराज़ू में परमेश्वर को तोल रहा था, कुछ देर गौर करने के बाद जब बड़े भोलेपन से कहा—"बापू जी, आप मुझे परमेश्वर दिखा दीजिए।" तो मिस्टर शंकराचार्य की सारी कानूनदानी और वकालत धरी-की-धरी रह गयी थी।

किसी मुकदमे का हवाला देना होता तो वे उसको फ़ाइल निकालकर दिखा देते या अगर कोई ताज़ीराते-हिन्द किसी धारा के बारे में सवाल करता था तो वे अपनी मेज़ पर से वह मोटी किताब उठाकर खोलना शुरू कर देते, जिसकी जिल्द पर उनके उस बेटे ने चाकू से बेल-बूटे बना रखे थे; पर वे परमेश्वर को पकड़कर कहाँ से लाते, जिसके बारे में उन्हें खुद अच्छी तरह मालूम नहीं था कि वह क्या है, कहाँ रहता है और क्या करता है।

जिस तरह उनको यह मालूम था कि धारा 379 चोरी के इल्ज़ाम पर लागू होती है, उसी तरह उनको यह भी मालूम था कि मारने और पैदा करनेवाले को परमेश्वर कहते हैं। और जिस तरह उनको यह मालूम नहीं था कि वह,

जिसके कानून बने हुए हैं, उसकी असलियत क्या है, उसी तरह उनको ईश्वर की असलियत क्या है, यह मालूम नहीं था। वे एम.ए., एल-एल बी. थे, पर यह डिग्री उन्होंने ऐसी उलझनों में फँसने के लिए नहीं, बल्कि पैसा कमाने के लिए हासिल की थी।

वे राम को परमेश्वर न दिखा सके और न उसको कोई माकूल जवाब ही दे सके इसलिए कि यह सवाल ही कुछ इस तरह अचानक तौर पर किया गया था कि उनका दिमाग बिलकुल खाली हो गया था। वे बस इतना कह सके थे—''जा राम जा, मेरा दिमाग न चाट, मुझे बहुत काम करना है।''

२

इस वक्त भी उन्हें काम सचमुच बहुत करना था, पर वे पुरानी हारों को भूलकर, फ़ौरन ही इस नये मुकदमे का फ़ैसला कर देना चाहते थे।

उन्होंने राम की तरफ़ गुस्से से भरी निगाहों से देखकर अपनी धर्मपत्नी से कहा—''आज इसने कौन-सी नयी शरारत की है?...मुझे जल्दी बताओ, मैं आज इसे दुगुनी सज़ा दूँगा।''

मिसेज़ शंकराचार्य ने राम का कान छोड़ दिया और कहा—''इस मुए ने तो जीना दूभर कर रखा है। जब देखो, नाचना, थिरकना, कूदना...न आये की शर्म, न गये का लिहाज़।...सुबह से मुझे सता रहा है। कई बार पीट चुकी हूँ, पर यह अपनी शरारतों से बाज़ ही नहीं आता। रसोईघर में से दो कच्चे टमाटर निकाल कर खा गया है। अब मैं सलाद में इसका सिर डालूँ?''

यह सुनकर मिस्टर शंकराचार्य को एक धक्का-सा लगा। वे ख़याल कर रहे थे कि राम के खिलाफ़ कोई संगीन इल्ज़ाम होगा, पर यह सुनकर कि उसने रसोईघर से सिर्फ़ दो कच्चे टमाटर निकालकर खाये हैं, उन्हें घोर निराशा हुई। राम को झिड़कने और कोसने के लिए उनकी सब तैयारी सहसा ठंडी पड़ गयी। उनको ऐसा महसूस हुआ कि उनका सीना एकदम खाली हो गया, जैसे एक बार उनकी मोटर के पहिये की सारी हवा निकल गयी।

टमाटर खाना कोई गुनाह नहीं। इसके अलावा अभी कल ही मिस्टर शंकराचार्य के एक दोस्त ने, जो जर्मनी से डॉक्टरी की ऊँची सनद लेकर आये थे, उनसे कहा था कि अपने बच्चों को खाने के साथ कच्चे टमाटर ज़रूर दिया कीजिए, क्योंकि उनमें खूब विटामिन होते हैं। पर अब चूँकि वे राम को डाँटने-

डपटने के लिए तैयार हो गये थे और उनकी पत्नी की भी यही इच्छा थी, इसलिए उन्होंने थोड़ी देर गौर करने के बाद एक कानूनी नुक्ता निकाला और इस खोज पर मन-ही-मन खुश होकर अपने बेटे से कहा—''मेरे पास आ और जो कुछ मैं तुझसे पूछूँ, सच-सच बता।''

मिसेज़ शंकराचार्य चली गयीं और राम खामोशी से अपने बाप के पास खड़ा हो गया।

मिस्टर शंकराचार्य ने पूछा—''तूने रसोईघर से दो कच्चे टमाटर निकाल कर क्यों खाए?''

राम ने जवाब दिया—''दो कहाँ थे? माता जी झूठ बोलती हैं।''

''तू ही बता कितने थे?''

''डेढ़—एक और आधा।'' राम ने ये शब्द उँगलियों से एक और आधे का निशान बना कर कहे, ''दूसरे आधे से माता जी ने दोपहर को चटनी बनायी थी।''

''चलो डेढ़ ही सही। पर तूने ये वहाँ से उठाए क्यों?''

राम ने जवाब दिया—''खाने के लिए।''

''ठीक है, पर तूने चोरी की,'' मिस्टर शंकराचार्य ने कानूनी नुक्ते को पेश किया।

''चोरी! बापू जी, मैंने चोरी नहीं की। टमाटर खाए हैं, पर यह चोरी कैसे हुई?'' यह कहता हुआ वह फ़र्श पर बैठ गया और गौर से अपने बाप की तरफ़ देखने लगा।

''यह चोरी थी! दूसरे की चीज़ को उसकी इजाज़त के बिना उठा लेना, चोरी होती है।'' मिस्टर शंकराचार्य ने यों अपने बच्चे को समझाया और सोचा कि वह उनका मतलब अच्छी तरह समझ गया है।

राम ने झट कहा—''पर टमाटर तो हमारे अपने थे—मेरी माता जी के।''

मिस्टर शंकराचार्य सिटपिटा गये, पर फ़ौरन ही उन्होंने अपना मतलब स्पष्ट करने की कोशिश की—''तेरी माता जी के थे, ठीक है; पर वे तेरे तो नहीं हुए? जो चीज़ उनकी है, वह तेरी कैसे हो सकती है? देख, सामने मेज़ पर जो तेरा खिलौना पड़ा है, उठा ला। मैं तुझे अच्छी तरह समझाता हूँ।''

राम उठा और दौड़कर लकड़ी का घोड़ा उठा लाया और उसे उसने अपने बाप के हाथ में दे दिया, ''यह लीजिए।''

मिस्टर शंकराचार्य बोले—"हाँ तो देख, यह घोड़ा तेरा है न?"

"जी हाँ।"

"अब अगर मैं इसे तेरी इजाज़त के बिना उठाकर अपने पास रख लूँ तो यह चोरी होगी।" फिर मिस्टर शंकराचार्य ने बात और भी साफ़ करने के लिए कहा—"और मैं चोर।"

"नहीं पिता जी, आप इसे अपने पास रख सकते हैं। मैं आपको चोर नहीं कहूँगा। मेरे पास खेलने के लिए हाथी तो है! क्या आपने अभी तक देखा नहीं। कल ही मुंशी दादा ने लाकर दिया है। ठहरिए, दूसरे कमरे में चला आया और मिस्टर शंकराचार्य आँखें झपकाते रह गये।

दूसरे दिन मिस्टर शंकराचार्य को एक खास काम से पूना जाना पड़ा। उनकी बड़ी बहन वहीं रहती थीं। एक अर्से से वह छोटे राम को देखने के लिए बेकरार थीं, इसलिए एक पंथ दो काज कहावत के अनुसार मिस्टर शंकराचार्य अपने बेटे को भी साथ ले गये, पर इस शर्त पर कि वह रास्ते में कोई शरारत न करेगा। नन्हा राम इस शर्त को बोरीबन्दर स्टेशन तक निभा सका। उधर 'दक्खिन क्वीन' चली और इधर राम के नन्हे-से सीने में शरारतें मचलनी शुरू हो गयीं।

मिस्टर शंकराचार्य सैकेण्ड क्लास कम्पार्टमेण्ट की चौड़ी सीट पर बैठे, अपने साथवाले मुसाफ़िर का अखबार देख रहे थे और सीट के आख़िरी हिस्से पर राम खिड़की में से बाहर झाँक रहा था। और हवा का दबाव देखकर यह सोच रहा था कि अगर हवा उसे ले उड़े तो कितना मज़ा आये।

मिस्टर शंकराचार्य ने अपनी ऐनक के कोनों से राम की तरफ़ देखा और उसका हाथ पकड़कर नीचे बैठा दिया, "तू चैन भी लेने देगा या नहीं! आराम से बैठ जा।" यह कहते हुए उनकी नज़र राम की नयी टोपी पर पड़ी, जो उसके सिर पर चमक रही थी, "इसे उतार कर रख ले नालायक, हवा इसे उड़ा ले जायेगी।"

उन्होंने राम के सिर पर से टोपी उतारकर उसकी गोद में रख दी।

थोड़ी देर के बाद टोपी फिर राम के सिर पर थी और वह खिड़की के बाहर सिर निकाले, दौड़ते हुए पेड़ों को गौर से देख रहा था। दरख्तों की भागदौड़ राम के दिमाग में आँख-मिचौनी के दिलचस्प खेल का नक्शा खींच रही थी।

हवा के झोंके से अखबार दोहरा हो गया और मिस्टर शंकराचार्य ने अपने बेटे के सिर को फिर खिड़की से बाहर पाया। गुस्से में उन्होंने हाथ खींचकर

उसे अपने पास बैठा लिया और कहा—''अगर तू यहाँ से एक इंच भी हिला तो तेरी खैर नहीं,'' यह कहकर उन्होंने टोपी उतारकर उसकी टाँगों पर रख दी।

इस काम से निपटकर, उन्होंने अखबार उठाया और वे अभी उसमें वह सतर ढूँढ ही रहे थे, जहाँ से उन्होंने पढ़ना छोड़ा था कि राम ने खिड़की के पास सरक कर बाहर झाँकना शुरू कर दिया। टोपी उसके सिर पर थी। यह देखकर मिस्टर शंकराचार्य को सख्त गुस्सा आया। उनका हाथ भूखी चील की तरह टोपी की तरफ़ बढ़ा और पलक झपकते में वह उनकी सीट के नीचे थी। यह सब कुछ इतनी तेज़ी से हुआ कि राम को समझने का मौका ही न मिला। मुड़कर उसने अपने बाप की ओर देखा, पर उनके हाथ उसे खाली नज़र आये। इसी परेशानी में उसने खिड़की से बाहर झाँककर देखा तो उसे रेल की पटरी पर बहुत पीछे, खाकी कागज़ का एक टुकड़ा उड़ता नज़र आया।...उसने सोचा कि यह मेरी टोपी है।

इस ख़याल के आते ही उसके दिल को एक धक्का-सा लगा। बाप की ओर खेदभरी दृष्टि से देखते हुए उसने कहा—''बापू जी, मेरी टोपी!''

मिस्टर शंकराचार्य चुप रहे।

''हाय मेरी टोपी,'' राम की आवाज़ बुलन्द हुई।

मिस्टर शंकराचार्य कुछ न बोले।

राम ने रोने स्वर में कहा—''मेरी टोपी!'' और अपने बाप का हाथ पकड़ लिया।

मिस्टर शंकराचार्य ने उसका हाथ झटक कर कहा—''गिरा दी होगी तूने। अब रोता क्यों है ?''

इस पर राम की आँखों में दो मोटे-मोटे आँसू तैरने लगे।

''पर धक्का तो आप ही ने दिया था,'' उसने इतना कहा और रोने लगा।

मिस्टर शंकराचार्य ने ज़रा डाँट बतायी तो राम ने और ज़्यादा रोना शुरू कर दिया। उन्होंने उसे चुप कराने की कोशिश की, पर सफ़ल न हुए। राम का रोना सिर्फ़ टोपी ही बन्द करा सकती थी, चुनांचे मिस्टर शंकराचार्य ने थक-हार कर उससे कहा—''टोपी वापस आ जायेगी, पर शर्त यह है कि तू उसे पहनेगा नहीं।''

राम की आँखों में आँसू फ़ौरन सूख गये, जैसे तपी हुई रेत में बारिश की बूँदें जज़्ब हो जायें। वह सरककर आगे बढ़ आया, ''उसे वापस लाइए।''

मिस्टर शंकराचार्य ने कहा—''ऐसे थोड़े ही वापस आयेगी। मंतर पढ़ना पड़ेगा।''

कम्पार्टमेण्ट में सब मुसाफ़िर बाप-बेटे की बातें सुन रहे थे।

''मंतर!'' यह कहते हुए राम को एकदम वह किस्सा याद आ गया, जिसमें एक लड़के ने मंतर के ज़रिये दूसरों की चीज़ें गायब करनी शुरू कर दी थीं। ''पढ़िए बापू जी।''

यह कहकर वह खूब गौर से अपने बाप की तरफ़ देखने लगा, मानो मंतर पढ़ते समय मिस्टर शंकराचार्य के गंजे सिर पर सींग उग आयेंगे।

मिस्टर शंकराचार्य ने उस मंतर के बोल याद करते हुए, जो उन्होंने बचपन में *सम्पूर्ण इन्द्रजाल* से पढ़कर कण्ठस्थ किया था, कहा—''तू फिर तो शरारत नहीं करेगा?''

''नहीं बापू जी।'' राम ने, जो मंतर की गहराइयों में डूब रहा था, अपने बाप से शरारत न करने का वादा कर लिया।

मिस्टर शंकराचार्य को मंतर के बोल याद आ गये और उन्होंने मन-ही-मन अपनी स्मरण-शक्ति की प्रशंसा करते हुए, अपने लड़के से कहा—''ले, अब तू आँखें बन्द कर ले।''

राम ने आँखें बन्द कर लीं और मिस्टर शंकराचार्य ने मंतर पढ़ना शुरू किया :

''ओऊम् नमः कामेश्वरी, मद मदेश उत्तमा दे भृंग प्रा स्वाहा।''

मिस्टर शंकराचार्य का एक हाथ सीट के नीचे आ गया और 'स्वाहा' के साथ ही राम की टोपी उसकी गुदगुदी रानों पर आ गिरी।

राम ने आँखें खोल दीं। टोपी उसकी चपटी नाक के नीचे पड़ी थी और मिस्टर शंकराचार्य की नोकीली नाक का बाँसा, ऐनक की सुनहरी पकड़ के नीचे थरथरा रहा था। अदालत में मुकदमा जीतने के बाद उनका कुछ ऐसा ही हाल हुआ करता था।

''टोपी आ गयी।'' राम ने सिर्फ़ इतना कहा और चुप हो रहा और मिस्टर शंकराचार्य, राम को चुप बैठने का हुक्म देकर, अखबार पढ़ने में तल्लीन हो गये। एक खबर काफ़ी दिलचस्प और अखबारी ज़बान में बेहद 'सनसनीखेज़' थी, चुनांचे वे मंतर वगैरह सब कुछ भूलकर उसमें खो गये।

'दक्खिन क्वीन' बिजली के पैरों पर तेज़ी से उमड़ रही थी। उसके

पहियों की एकरस गड़गड़ाहट, सनसनी पैदा करने वाली खबर की हर सतर को शाब्दिक सहायता दे रही थी। मिस्टर शंकराचार्य यह लाइन पढ़ रहे थे।

अदालत पर सन्नाटा छाया हुआ था। सिर्फ़ टाइप-राइटर की टिक-टिक सुनायी देती थी। अभियुक्त सहसा चिल्लाया—"...बापूजी!"

ठीक उस समय राम ने अपने बाप को ज़ोर से आवाज़ दी— "बापू जी!" और मिस्टर शंकराचार्य को ऐसा लगा कि उस लाइन के आख़िरी लफ़्ज़ कागज़ पर उछल पड़े हैं।

राम के थरथराते हुए होंठ बता रहे थे कि वह कुछ कहना चाहता है।

मिस्टर शंकराचार्य ने ज़रा तेज़ी से कहा—"क्या है?" और ऐनक के एक कोने में से टोपी को सीट पर पड़ा देखकर, अपना इत्मीनान कर लिया।

राम आगे सरक आया और कहने लगा—"बापू जी, वही मंतर पढ़िए।"

"क्यों?" यह कहते हुए मिस्टर शंकराचार्य ने राम की टोपी की तरफ़ गौर से देखा, जो सीट के कोने में पड़ी थी।

"आपके कागज़, जो यहाँ पड़े थे, मैंने बाहर फेंक दिये हैं।"

राम ने उससे आगे कुछ और भी कहा, पर मिस्टर शंकराचार्य की आँखों के सामने अँधेरा-सा छा गया। बिजली की-सी तेज़ी के साथ उठकर उन्होंने खिड़की के बाहर झाँककर देखा, पर रेल की पटरी के साथ, तितलियों की तरह फड़फड़ाते हुए कागज़ के पुर्ज़ों के सिवा उन्हें और कुछ नज़र न आया।

"तूने वे कागज़ फेंक दिये, जो यहाँ पड़े थे?" उन्होंने अपने दाहिने हाथ से सीट की तरफ़ इशारा करते हुए कहा।

राम ने स्वीकार में सिर हिला दिया, "आप वही मंतर पढ़िए न।"

मिस्टर शंकराचार्य को ऐसा कोई मंतर याद न था, जो सचमुच की खोयी हुई चीज़ों को वापस ला सके। वे सख्त परेशान थे। वे कागज़ात जो उनके बेटे ने फेंक दिये थे, एक नये मुकदमे की मिसिल थी, जिसमें चालीस हज़ार की मालियत के कानूनी कागज़ात पड़े थे। मिस्टर शंकराचार्य एम.ए., एल-एल.बी. की बाज़ी उनकी अपनी ही चाल से मात हो गयी। पल-भर में उनके कानूनी दिमाग में कागज़ात के बारे में सैकड़ों ख़याालात आये। ज़ाहिर है कि मिस्टर शंकराचार्य के मुवक्किल का नुकसान, उनका अपना नुकसान था। पर अब वे क्या कर सकते थे।

सिर्फ़ यह कि अगले स्टेशन पर उतरकर, रेल की पटरी के साथ-साथ

चलना शुरू कर दें और दस-पन्द्रह मील तक उन कागज़ों की तलाश में मारे-मारे फिरते रहें। मिलें-न मिलें, उनकी किस्मत!

एक क्षण के अन्दर-अन्दर सैकड़ों बातें सोचने के बाद, आख़िर में उन्होंने अपने मन में यह फ़ैसला कर लिया कि अगर तलाश करने पर भी कागज़ात न मिले तो वे मुवक्किल के सामने सिरे से इनकार ही कर देंगे कि उसने उनको कभी कागज़ात दिये थे। नैतिक और कानूनी तौर पर यह सरासर नाजायज़ था। लेकिन इसके अलावा और हो भी क्या सकता था।

इस सन्तोषप्रद ख़याल के बावजूद मिस्टर शंकराचार्य के मुँह में कड़वाहट-सी पैदा हो रही थी। सहसा उनके मन में आया कि कागज़ों की तरह, वे राम को भी उठाकर गाड़ी से बाहर फेंक दें, पर इस इच्छा को सीने में दबाकर उन्होंने उसकी ओर देखा।

राम के होंठों पर एक अजीबोगरीब मुस्कुराहट फैल रही थी।

उसने हौले से कहा—''बापू जी, मंतर पढ़िए।''

''आराम से बैठा रह, वरना याद रख, गला घोट दूँगा।'' मिस्टर शंकराचार्य भन्ना गये।

उस मुसाफ़िर के होंठों पर, जो गौर से बाप-बेटे की बातें सुन रहा था, एक अर्थपूर्ण मुस्कुराहट नाच रही थी।

राम आगे सरक आया, ''बापू जी, आप आँखें बन्द कर लीजिए। मैं मंतर पढ़ता हूँ।''

मिस्टर शंकराचार्य ने आँखें बन्द न कीं, लेकिन राम ने मंतर पढ़ना शुरू कर दिया :

''ओऊम् श्यांग...लद...मदामा...प्रदोमा...स्वाहा!'' और 'स्वाहा' के साथ ही मिस्टर शंकराचार्य की मांसल रानों पर कागज़ों का एक पुलिन्दा आ गिरा।

उनकी नाक का बाँसा ऐनक की सुनहरी पकड़ के नीचे ज़ोर से काँपा।

राम की चपटी नाक के गोल और लाल-लाल नथुने भी काँप रहे थे।

सुरमा

शादी के वक्त फहमीदा की उम्र उन्नीस से ज़्यादा न थी। उसका दहेज तैयार था, इसलिए उसके माता-पिता को कोई कठिनाई नहीं हुई। पच्चीस के लगभग जोड़े थे और ज़ेवरात भी, लेकिन फहमीदा ने अपनी माँ से कहा कि वह सुरमा, जो विशेष रूप से उनके यहाँ आता है, चाँदी की सुरमेदानी में डालकर उसे ज़रूर दें, साथ ही चाँदी का सुरमचू (सुरमा डालने की सलाई) भी।

फहमीदा की यह इच्छा तुरन्त पूरी हो गयी। आजम अली की दुकान से सुरमा मँगाया। बरकत की दुकान से सुरमेदानी और सुरमचू लिया और उसके दहेज में रख दिया।

फहमीदा को सुरमा बहुत पसन्द था। शायद इसलिए कि उसका रंग बहुत अधिक गोरा था। वह चाहती थी कि थोड़ी-सी स्याही भी उसमें शामिल हो जाये। होश सँभालते ही उसने सुरमे का इस्तेमाल शुरू कर दिया था।

उसकी माँ उससे अक्सर कहती, ''फहमीदा, यह तुम पर क्या सनक सवार हो गयी है? जब-तब आँखों में सुरमा लगाती रहती हो?''

फहमीदा मुस्कुराई, ''अम्मीजान, इससे नज़र कमज़ोर नहीं होती—आपने ऐनक कब लगवाई थी?''

''बारह वर्ष की उम्र में!''

फहमीदा हँसती, ''अगर आपने सुरमे का इस्तेमाल किया होता, तो आपको कभी ऐनक की ज़रूरत महसूस न होती। असल में हम लोग कुछ अधिक ही रोशन-ख़याल हो गये हैं, लेकिन रोशनी के बदले हमें अँधेरा-ही-अँधेरा मिलता है।''

उसकी माँ कहती, ''जाने क्या बक रही हो!''

''मैं जो कुछ बक रही हूँ, सही है। आजकल लड़कियाँ नकली भवें लगाती हैं। काली पेंसिल से खुदा जाने अपने चेहरे पर क्या कुछ करती हैं, लेकिन नतीजा क्या निकलता है—चुड़ैल बन जाती हैं।''

उसकी माँ की समझ में कुछ भी न आया, ''जाने क्या कह रही हो, मेरी समझ में तो खाक भी नहीं आया।''

फहमीदा कहती, ''अम्मीजान, आपको इतना तो समझना चाहिए कि दुनिया सिर्फ़ खाक ही खाक नहीं—कुछ और भी है।''

उसकी माँ उससे पूछती, ''और क्या है?''

फहमीदा जवाब देती, ''बहुत कुछ है—खाक में भी सोने के कण हो सकते हैं।''

खैर, फहमीदा की शादी हो गयी। पहली मुलाकात मियाँ-बीवी की बड़ी दिलचस्प थी। जब फहमीदा के पति ने उससे बात की तो उसने देखा, उसकी आँखों में स्याहियाँ तैर रही हैं।

उसके पति ने पूछा, ''तुम इतना सुरमा क्यों लगाती हो?''

फहमीदा झेंप गयी और जवाब में कुछ न कह सकी।

उसके पति को यह अदा पसन्द आयी और वह उससे लिपट गया, लेकिन फहमीदा की सुरमा लगी आँखों से टप-टप काले आँसू बहने लगे।

उसका पति बहुत परेशान हो गया, ''तुम रो क्यों रही हो?''

फहमीदा खामोश रही।

उसके पति ने एक बार फिर पूछा, ''क्या बात है—आख़िर रोने की वजह क्या है—मैंने तुम्हें कोई दुःख पहुँचाया?''

''जी नहीं।''

''तो फिर रोने की वजह क्या हो सकती है?''

''कोई भी नहीं।''

उसके पति ने हौले-हौले उसके गाल पर थपकी दी और कहा, ''जानेमन, जो बात है, मुझे बता दो—अगर मैंने कोई ज़्यादती की है तो उसकी माफ़ी चाहता हूँ—देखो, तुम इस घर की मलका हो—मैं तुम्हारा गुलाम हूँ—लेकिन यह रोना-धोना अच्छा नहीं लगता—मैं चाहता हूँ कि तुम सदा हँसती रहो।''

फहमीदा रोती रही।

उसके पति ने उससे एक बार फिर पूछा, ''आख़िर इस रोने की वजह क्या है?''

फहमीदा ने जवाब दिया, ''कोई वजह नहीं, आप पानी का एक गिलास ला दीजिए मुझे।''

उसका पति फ़ौरन पानी का एक गिलास ले आया। फहमीदा ने अपनी आँखों में लगा हुआ सुरमा धोया। तौलिये से अच्छी तरह साफ़ किया—आँसू स्वयं सूख गये। उसके बाद वह अपने पति से बातचीत करने लगी।

''मैं माफ़ी चाहती हूँ कि मैंने आपको इतना परेशान किया। आप देखिए, मेरी आँखों में सुरमे की एक लकीर भी बाकी नहीं रही।''

उसके पति ने कहा, ''मुझे सुरमे से कोई आपत्ति नहीं। तुम शौक से इसका उपयोग करो, मगर इतना अधिक नहीं कि आँखें उबलती हुई नज़र आयें।''

फहमीदा ने आँखें झुकाकर कहा, ''मुझे आपकी प्रत्येक आज्ञा का पालन करना है—भविष्य में मैं कभी सुरमा नहीं लगाऊँगी।''

''नहीं-नहीं, मैं तुम्हें इसका उपयोग करने से मना नहीं करता—मैं सिर्फ़ यह कहना चाहता हूँ कि...कि मेरा मतलब है, किसी चीज़ को थोड़ा किफ़ायत से इस्तेमाल किया जाये, ज़रूरत से ज़्यादा जो भी चीज़ इस्तेमाल में आयेगी, अपनी कदर खो देगी।''

फहमीदा ने सुरमा लगाना छोड़ दिया, लेकिन फिर भी वह अपनी चाँदी की सुरमेदानी और चाँदी के सुरमचू को रोज़ निकालकर देखती थी और सोचती थी कि ये दोनों चीज़ें उसकी ज़िन्दगी से क्यों अलग हो गयीं। वह क्यों इनको अपनी आँखों में जगह नहीं दे सकती।

सिर्फ़ इसलिए कि उसकी शादी हो गयी है?

सिर्फ़ इसलिए कि वह अब किसी की अमानत हो गयी है?

या हो सकता है कि उसकी इच्छाशक्ति खत्म हो गयी है?

वह कोई फ़ैसला नहीं कर सकती थी। किसी नतीजे पर नहीं पहुँच सकती थी।

एक वर्ष के बाद उसके घर में चाँद-सा बच्चा आ गया।

फहमीदा निढाल थी, लेकिन उसे अपनी कमज़ोरी का कोई एहसास नहीं था। इसलिए कि वह अपने लड़के की पैदाइश पर प्रसन्नतारहित थी। उसे यूँ

महसूस होता था, जैसे उसने कोई बहुत बड़ी गलती की है।

चालीस दिन के बाद उसने सुरमा मँगवाया और अपने नवजात शिशु को लगाया। लड़के की आँखें बड़ी-बड़ी थीं। उनमें जब सुरमा लगा तो वे और भी ज़्यादा बड़ी हो गयीं।

उसके पति ने कोई आपत्ति न की कि वह बच्चे की आँखों में सुरमा क्यों लगाती है—इसलिए कि उसे बड़ी और खूबसूरत आँखें पसन्द थीं।

दिन अच्छी तरह गुज़र रहे थे। फहमीदा के पति शुजाअत अली को तरक्की मिल गयी थी। अब उसका वेतन डेढ़ हज़ार रुपये के करीब था।

एक दिन उसने अपने लड़के को, जिसका नाम उसकी बीवी ने आसम रखा था, सुरमा लगी आँखों के साथ देखा—वह उसको बहुत प्यारा लगा। उसने बड़ी उत्सुकता से उसको उठाया, चूमा, चाटा और पलंगड़ी पर डाल दिया—वह हँस रहा था। वह अपने नन्हे-मुन्ने हाथ-पाँव इधर-उधर मार रहा था।

उसकी सालगिरह की तैयारियाँ हो रही थीं। फहमीदा ने एक बहुत बड़े केक का ऑर्डर दे दिया था। मुहल्ले के सब बच्चों को दावत दी गयी थी कि उसके लड़के की पहली सालगिरह बड़ी शान से मनाई जाये।

सालगिरह निश्चित रूप से शान से मनाई जाती, मगर दो दिन पूर्व आसम की तबियत खराब हो गयी और ऐसी हुई कि उसका जिस्म ऐंठने लगा।

उसे अस्पताल ले गये। वहाँ डॉक्टरों ने उसकी जाँच की। जाँच के बाद मालूम हुआ कि उसे डबल निमोनिया हो गया है।

फहमीदा रोने लगी, बल्कि सिर पीटने लगी, "हाय, मेरे लाल को यह क्या हो गया है? हमने तो उसे फूलों की तरह पाला है!"

एक डॉक्टर ने उससे कहा, "मैडम, ये बीमारियाँ इन्सान के वश में नहीं हैं। वैसे डॉक्टर के नाते मैं आपसे कहता हूँ कि बच्चे के जीने की कोई उम्मीद नहीं।"

फहमीदा ने रोना शुरू कर दिया, "मैं तो स्वयं मर जाऊँगी—खुदा के लिए डॉक्टर साहब, इसे बचा लीजिए। आप इलाज करना चाहते हैं—मुझे अल्लाह के घर से उम्मीद है कि मेरा बच्चा ठीक हो जायेगा।"

डॉक्टर ने बड़े शुष्क लहज़े में कहा, "खुदा करे, ऐसा ही हो।"

"आप इतने नाउम्मीद क्यों हैं?"

"मैं नाउम्मीद नहीं, लेकिन मैं आपको झूठी तसल्ली नहीं देना चाहता।"

"झूठी तसल्लियाँ आप मुझको क्यों देंगे—मुझे यकीन है कि मेरा बच्चा ज़िन्दा रहेगा।"

"खुदा करे, ऐसा ही हो।"

मगर खुदा ने ऐसा न किया और वह तीन दिन के बाद अस्पताल में मर गया।

फहमीदा पर देर तक पागलपन की स्थिति बनी रही। उसके होश-व-हवास गुम थे। कोयले उठाती, उन्हें पीसती और अपने चेहरे पर मलना शुरू कर देती।

उसका पति बहुत परेशान था। उसने कई डॉक्टरों से सलाह की। दवाएँ भी दीं। अपेक्षित परिणाम नहीं हुआ। फहमीदा के मन-मस्तिष्क में सुरमा ही सुरमा था। वह हर बात कालिख के साथ सोचती थी।

उसका पति उससे कहता, "क्या बात है, तुम इतनी चिंतित क्यों रहती हो?"

वह जवाब देती, "जी, कोई खास बात नहीं—मुझे आप सुरमा ला दीजिए।"

उसका पति उसके लिए सुरमा ले आया—मगर फहमीदा को पसन्द न आया। अतः वह स्वयं बाज़ार गयी और अपनी पसन्द का सुरमा खरीदकर लाई। अपनी आँखों में लगाया और सो गयी, जिस तरह वह अपने बेटे आसम के पास सोया करती थी।

सुबह जब उसका पति उठा और उसने अपनी पत्नी को जगाने की कोशिश की, तो वह मुर्दा पड़ी थी। उसकी बगल में एक गुड़िया थी, जिसकी आँखें सुरमे से भरपूर थीं।

रामखेलावन

मैं ट्रंक में पुराने कागज़ात देख रहा था कि सईद भाईजान की तस्वीर मिल गयी। मेज़ पर एक खाली फ्रेम पड़ा था—मैंने उस तस्वीर से उसको पूरा कर दिया और कुर्सी पर बैठकर धोबी का इन्तज़ार करने लगा।

हर इतवार को मुझे इसी तरह इन्तज़ार करना पड़ता था, क्योंकि हफ़्ते की शाम को मेरे धुले हुए कपड़ों का स्टॉक खत्म हो जाता था—मुझे स्टॉक तो नहीं कहना चाहिए इसलिए कि मुफ़लिसी के उस ज़माने में मेरे पास सिर्फ़ इतने कपड़े थे जो मुश्किल से सात-आठ दिन तक इज़्ज़त बचा सकें।

मेरी शादी की बातचीत हो रही थी और इस सिलसिले में पिछले दो-तीन इतवारों से मैं माहिम जा रहा था। धोबी शरीफ आदमी था, यानी धुलाई न मिलने के बावजूद हर इतवार को बाकायदगी के साथ पूरे दस बजे मेरे कपड़े ले आता था। लेकिन फिर भी मुझे खटका था कि ऐसा न हो मेरे धुलाई न देने से तंग आकर किसी दिन मेरे कपड़े चोर-बाज़ार में बेच दे और मुझे अपनी शादी की बातचीत में बगैर कपड़ों के हिस्सा लेना पड़े जो कि ज़ाहिर है बहुत ही शर्मनाक बात होती।

खोली में मरे हुए खटमलों की बहुत ही घिनौनी बू फैली हुई थी। मैं सोच रहा था कि उसे किस तरह दबाऊँ कि धोबी आ गया, ''साब सलाम।'' कहकर उसने गठरी खोली और मेरे गिनती के कपड़े मेज़ पर रख दिये। ऐसा करते हुए उसकी नज़र सईद भाईजान की तस्वीर पर पड़ी। उसने एकदम चौंककर उसे गौर से देखना शुरू कर दिया और एक अजीब-व-गरीब आवाज़ हलक से निकाली—''हे हे हे हे?''

मैंने उससे पूछा—''क्या बात है धोबी?''

धोबी की नज़रें तस्वीर पर जमी रहीं—"यह तो साईद शालिम बालिश्टर है?"

"कौन?"

धोबी ने मेरी तरफ़ देखा और बड़े उल्लास से कहा, "साईद शालिम बालिश्टर।"

"तुम जानते हो, इन्हें?"

धोबी ने ज़ोर से सिर हिलाया, "हाँ...दो भाई होता...इधर कोलाबा में उनका कोठी होता—साईद शालिम बालिश्टर—मैं उनका कपड़ा धोता होता।"

मैंने सोचा, 'यह दो वर्ष पहले की बात होगी क्योंकि सईद हसन और मुहम्मद हसन भाईजान ने फिज़ी आइलैण्ड जाने से पहले तकरीबन एक वर्ष बम्बई में प्रेक्टिस की थी।' चुनांचे मैंने उससे कहा—"दो वर्ष पहले की बात करते हो तुम?"

धोबी ने ज़ोर से सिर हिलाया—"हाँ, साईद शालिम बालिश्टर जब गया तो हमको एक पगड़ी दिया, एक धोती दिया, एक कुर्ता दिया—नया। बहुत अच्छा लोग होता। एक का दाढ़ी होता—ये बड़ा।" उसने हाथ से दाढ़ी की लम्बाई बताई और सईद भाईजान की तस्वीर की तरफ़ इशारा करके कहा, "यह छोटा होता—इसका तीन बाबा लोग होता, दो लड़का, एक लड़की—हमारे संग बहुत खेलता होता—कोलाबा में कोठी होता—बहुत बड़ा..."

मैंने कहा, "धोबी, यह मेरे भाई हैं।"

धोबी ने हलक से एक अजीबोगरीब आवाज़ निकाली—"हे हे हे हे! साईद शालिम बालिश्टर?"

मैंने उसकी हैरत दूर करने की कोशिश की और कहा—"यह तस्वीर सईद हसन भाईजान की है—दाढ़ीवाले मुहम्मद हसन हैं—हम सबसे बड़े।"

धोबी ने मेरी तरफ़ घूरकर देखा। फिर मेरी खोली की ज़िन्दगी का जायज़ा लिया—एक छोटी-सी कोठरी थी—बिजली की लाइट से वंचित, एक मेज़ थी। एक कुर्सी और एक टाट की मैं चारपाई जिसमें हज़ारों खटमल थे। धोबी को यकीन नहीं आता था कि मैं साईद शालिम बालिश्टर का भाई हूँ। लेकिन जब मैंने उसको इनकी बहुत-सी बातें बताईं तो उसने सिर को अजीब तरीके से झटका दिया और कहा, "साईद शालिम बालिश्टर कोलाबा में रहता और तुम इस खोली में?"

मैंने बड़े फलसफ़ाना अन्दाज़ में कहा—"दुनिया के यही रंग हैं धोबी—कहीं धूप कहीं छाँव—पाँचों अँगुलियाँ एक जैसी नहीं होतीं।"

"हाँ साब—तुम बराबर कहता..." यह कहकर धोबी ने गठरी उठाई और बाहर जाने लगा। मुझे उसके हिसाब का ख़याल आया। जेब में सिर्फ़ आठ आने थे। जो शादी की बातचीत के सिलसिले में माहिम तक जाने-आने के लिए मुश्किल से काफ़ी थे। सिर्फ़ यह बताने के लिए कि मेरी नीयत साफ़ है, मैंने उसे ठहराया और कहा, "धोबी, कपड़ों का हिसाब याद रखना—खुदा मालूम कितनी धुलाइयाँ हो चुकी हैं ?"

धोबी ने अपनी धोती की लाँग ठीक की और कहा—"साब, हम हिसाब नाहीं राखत—साईद शालिम बालिश्टर का एक वर्ष काम किया—जो दे दिया, ले लिया—हम हिसाब जानत ही नहीं।"

यह कहकर वह चला गया और मैं शादी की बातचीत के सिलसिले में माहिम जाने के लिए तैयार होने लगा।

बातचीत कामयाब रही—मेरी शादी हो गयी। हालात भी बेहतर हो गये और मैं सैकेण्ड पीर खाँ स्ट्रीट की खोली से जिसका किराया नौ रुपये माहवार था क्लीयर रोड के एक फ़्लैट में जिसका किराया पैंतीस रुपया माहवार था उठ आया और धोबी को प्रति माह कायदे से अपनी धुलाइयों के दाम मिलने लगे।

धोबी खुश था कि मेरे हालात पहले के मुकाबले बेहतर हैं। चुनांचे उसने मेरी बीवी से कहा, "बेगम साब—साब का भाई साईद शालिम बालिश्टर बहुत बड़ा आदमी होता—इधर कोलाबा में रहता होता—जब गया तो हमको एक पगड़ी, एक धोती, एक कुर्ता दिया होता—तुम्हारा साब भी एक बड़ा आदमी बनता होता।"

मैं अपनी बीवी को तस्वीरवाला किस्सा सुना चुका था और उसको यह भी बता चुका था कि गरीबी के ज़माने में कितनी दरियादिली से धोबी ने मेरा साथ दिया था। जब दे दिया, जो दे दिया, उसने शिकायत की ही न थी—लेकिन मेरी बीवी को थोड़े समय के बाद ही उससे यह शिकायत पैदा हो गयी कि वह हिसाब नहीं करता। मैंने उससे कहा, "चार वर्ष मेरा काम करता रहा है—उसने कभी हिसाब नहीं किया।"

जवाब मिला, "हिसाब क्यों करता—वैसे ही दुगुने-चौगुने वसूल कर लेता होगा।"

"वह कैसे?"

"आप नहीं जानते। जिनके घरों में बीवियाँ नहीं होतीं, उनको ऐसे लोग बेवक़ूफ़ बनाना जानते हैं।"

करीब-करीब हर महीने धोबी से मेरी बीवी की चिक-चिक होती थी। वह कपड़ों का हिसाब अपने पास अलग क्यों नहीं रखता। वह बड़ी सादगी से सिर्फ़ इतना कह देता, "बेगम साब! हम हिसाब जानत नाहीं—तुम झूठ नहीं बोलेगा—साईद शालिम बालिश्टर जो तुम्हारे साब का भाई होता—हम एक वर्ष उसका काम किया होता—बेगम साब बोलता धोबी तुम्हारा इतना पैसा हुआ—हम बोलता—ठीक है।"

एक महीने ढाई सौ कपड़े धुलाई में गये। मेरी बीवी ने आज़माने के लिए उससे कहा, "धोबी, इस महीने साठ कपड़े हुए।"

उसने कहा—"ठीक है, बेगम साब, तुम झूठ नहीं बोलेगा।"

मेरी बीवी ने साठ कपड़ों के हिसाब से जब उसको दाम दिये तो उसने माथे के साथ रुपये छुआकर सलाम किया और चलने लगा। मेरी बीवी ने उसे रोका।

"ठहरो धोबी—साठ नहीं, ढाई सौ कपड़े थे। लो अपने बाकी रुपये—मैंने मज़ाक किया था।"

धोबी ने सिर्फ़ इतना कहा, "बेगम साब, तुम झूठ नाहीं बोलेगा।" बाकी के रुपये अपने माथे के साथ लगाकर सलाम किया और चला गया।

शादी के दो वर्ष बाद मैं दिल्ली चला गया। डेढ़ वर्ष वहाँ रहा। फिर बम्बई आ गया और माहिम में रहने लगा। तीन महीने के दौरान हमने चार धोबी बदले क्योंकि बीमार, बेईमान और झगड़ालू थे। हर धुलाई पर झगड़ा खड़ा हो जाता था। कभी कपड़े कम निकलते थे, कभी धुलाई निहायत बेकार होती थी। हमें अपना पुराना धोबी याद आने लगा। एक रोज़ जबकि हम बिलकुल बग़ैर धोबी के रह गये तो वह अचानक आ गया और कहने लगा, "साहब को हमने एक दिन बस में देखा। हम बोला, 'ऐसा कैसा—साब तो दिल्ली चला गया था'... हमने उधर बायखला में तलाश किया। छपाईदार बोला, 'उधर माहिम में तलाश करो'—बाजूवाली चाली में साब का दोस्त होता, उससे पूछा और आ गया।"

हम बहुत खुश हुए और हमारे कपड़ों के दिन हँसी-खुशी में गुज़रने लगे।

कांग्रेस की नई सरकार बनी तो शराबबन्दी का हुक्म जारी हो गया।

अंग्रेज़ी शराब मिलती थी लेकिन देसी शराब बनाना और बेचना बिलकुल बन्द हो गया। निन्यानवे फ़ीसदी धोबी शराब के आदी थे—दिनभर पानी में रहने के बाद शाम को पाव-आध पाव शराब उनकी ज़िन्दगी का अंग बन गयी थी—हमारा धोबी बीमार हो गया। और बीमारी का इलाज उसने उस ज़हरीली शराब से किया जो अवैध रूप से खींची जाकर चोरी-छिपे बिकती थी। नतीजा यह हुआ कि उसके जिगर में खतरनाक गड़बड़ी पैदा हो गयी जिसने उसको मौत के दरवाज़े तक पहुँचा दिया।

मैं बहुत व्यस्त था। सुबह छह बजे घर से निकलता था और रात को दस-साढ़े दस बजे लौटता था। मेरी बीवी को जब उसकी खतरनाक बीमारी का पता चला तो वह टैक्सी लेकर उसके घर गयी। नौकर शोफ़र की मदद से उसको गाड़ी में बिठाया और डॉक्टर के पास ले गयी। डॉक्टर बहुत प्रभावित हुआ। चुनांचे उसने फ़ीस लेने से मना कर दिया। लेकिन मेरी बीवी ने कहा, "डॉक्टर साहब, आप सारा पुण्य हासिल नहीं कर सकते।"

डॉक्टर मुस्कुराया, "तो आधा-आधा कर लीजिए।"

डॉक्टर ने आधी फ़ीस वसूल कर ली।

धोबी का बाकायदा इलाज हुआ। जिगर की तकलीफ़ कुछ इंजेक्शनों से ही दूर हो गयी। थोड़ी-बहुत थी वह आहिस्ता-आहिस्ता दवाओं के इस्तेमाल से खत्म हो गयी। कुछ महीनों के बाद वह बिलकुल ठीक-ठाक था और उठते-बैठते हमें दुआएँ देता था। "भगवान साब को साईद शालिम बालिश्टर बनाए—उधर कोलाबा में साब रहने को जायें—बाबा लोग हों—बहुत-बहुत पैसा हो—बेगम साब धोबी को लेने आया—मोटर में—उधर किले में बहुत बड़े डॉक्टर के पास ले गया। जिसके पास मेम होता—भगवान बेगम साब को खुश रखे..."

कई वर्ष गुज़र गये। इस दौरान कई राजनीतिक इन्कलाब आये। धोबी बिना नागा किए इतवार को आता रहा। उसकी सेहत अब बहुत अच्छी थी। इतना अर्सा गुज़रने पर भी वह हमारा सलूक नहीं भूला था। हमेशा दुआएँ देता था। शराब कतई तौर पर छूट चुकी थी—शुरू में वह कभी-कभी उसे याद किया करता था। पर अब नाम न लेता था। सारा दिन पानी में रहने के बाद थकान दूर करने के लिए अब उसे दारू की ज़रूरत महसूस नहीं होती थी।

हालात कुछ ज़्यादा बिगड़ गये। बँटवारा हुआ तो हिन्दू-मुसलमान दंगे

शुरू हो गये। हिन्दुओं के इलाके में मुसलमान और मुसलमानों के इलाके में हिन्दू दिन की रोशनी और रात के अँधेरे में हलाक किए जाने लगे। मेरी बीवी लाहौर चली गयी।

जब हालात और ज़्यादा खराब हो गये तो मैंने धोबी से कहा, ''अब तुम काम बन्द कर दो—यह मुसलमानों का मुहल्ला है। ऐसा न हो कि कोई तुम्हें मार डाले।''

धोबी मुस्कुराया, ''साब, अपन को कोई नहीं मारता।''

हमारे मुहल्ले में कई वारदातें हुईं। मगर धोबी बराबर आता रहा।

एक इतवार मैं घर में बैठा अखबार पढ़ रहा था। खेलों के पन्ने पर क्रिकेट के मैचों का स्कोर दर्ज था और पहले पृष्ठ पर दंगों के शिकार हिन्दुओं और मुसलमानों के आँकड़े—मैं इन दोनों के खौफ़नाक नतीजे पर गौर कर रहा था कि धोबी आ गया। कॉपी निकालकर मैंने कपड़ों की पड़ताल शुरू की तो धोबी ने हँस-हँसकर बातें करना शुरू कर दिया, ''साईद शालिम बालिश्टर बहुत अच्छा आदमी होता—यहाँ से चला जाता तो हमको एक पगड़ी, एक धोती, एक कुर्ता दिया होता—तुम्हारा मेम साब भी एकदम अच्छा आदमी होता—बाहर गाम गया है न? अपने मुल्क इधर कागज़ लिखो तो हमारा सलाम बोलो—मोटर लेकर आया हमारी खोली में—हमको इतना जुलाब आया होता—डॉक्टर ने सूई लगाया—एकदम ठीक हो गया—उधर कागज़ लिखो तो हमारा सलाम बोलो—बोलो रामखेलावन बोलता है, हमको भी कागज़ लिखो— ''

मैंने उसकी बात काटकर ज़रा तेज़ी से कहा, ''धोबी—दारू शुरू कर दी?''

धोबी हँसा, ''दारू?—दारू कहाँ मिलती है साब?''

मैंने कुछ कहना मुनासिब न समझा। उसने मैले कपड़ों की गठरी बनायी और सलाम करके चला गया।

कुछ दिनों में हालात बहुत ही ज़्यादा खराब हो गये। लाहौर से तार पर तार आने लगे कि सब कुछ छोड़ो और जल्दी चले आओ। मैंने हफ़्ते (शनिवार) के दिन इरादा कर लिया कि इतवार को चल दूँगा। लेकिन मुझे सवेरे निकल जाना था। कपड़े धोबी के पास थे। मैंने सोचा, 'कर्फ़्यू से पहले-पहले जाकर उसके घर से ले आऊँ।' चुनांचे शाम को विक्टोरिया लेकर महालक्ष्मी रवाना हो गया।

कर्फ़्यू के वक्त में अभी तक घंटा बाकी था। इसलिए आवागमन जारी था। ट्रामें चल रही थीं। मेरी विक्टोरिया पुल के पास पहुँची तो एकदम शोर मचा। लोग अँधाधुँध भागने लगे। ऐसा मालूम हुआ जैसे साँड़ों की लड़ाई हो रही है। भीड़ कम हुई तो देखा दो भट्ठियों के पास बहुत-से धोबी हाथ में लाठियाँ लिये नाच रहे हैं और तरह-तरह की आवाज़ें निकाल रहे हैं। मुझे उधर ही जाना था। मगर विक्टोरियावाले ने इनकार कर दिया। मैंने उसका किराया अदा किया और पैदल ही चल पड़ा—जब धोबियों के पास पहुँचा तो वे मुझे देखकर खामोश हो गये।

मैंने आगे बढ़कर एक धोबी से पूछा, "रामखेलावन कहाँ रहता है?"

एक धोबी जिसके हाथ में लाठी थी, झूमता हुआ उस धोबी के पास आया जिससे मैंने सवाल किया था, "क्या पूछते हैं?"

"पूछते हैं, रामखेलावन कहाँ रहता है?"

शराब में धुत धोबी ने करीब-करीब मेरे ऊपर चढ़कर पूछा, "तुम कौन हो?"

"मैं—रामखेलावन मेरा धोबी है।"

"रामखेलावन तुम्हारा धोबी है—तू किस धोबी का बच्चा है?"

एक चिल्लाया—"हिन्दू धोबी का या मुस्लिम धोबी का?"

तमाम धोबी जो शराब के नशे में चूर थे, मुक्के तानते और लाठियाँ घुमाते मेरे इर्द-गिर्द जमा हो गये। मुझे उनके सिर्फ़ एक सवाल का जवाब देना था—"मुसलमान हूँ या हिन्दू?"

मैं बेहद डर गया। भागने का सवाल ही पैदा नहीं होता था क्योंकि मैं उनसे घिरा हुआ था। नज़दीक कोई पुलिसवाला नहीं था जिसको मदद के लिए पुकारता—और कुछ समझ में न आया तो इन शब्दों में उनसे गुफ़्तगू शुरू कर दी, "रामखेलावन हिन्दू है...हम पूछता है वह किधर रहता है...उसका खोली कहाँ है...दस वर्ष से वह हमारा धोबी है...बहुत बीमार था—हमने उसका इलाज कराया था—हमारी बेगम—हमारी मेम साहब यहाँ मोटर लेकर आयी थीं...।" यहाँ तक मैंने कहा तो मुझे अपने ऊपर बहुत तरस आया, दिल-ही-दिल में बहुत शर्माया कि इन्सान अपनी जान बचाने के लिए कितने नीचे स्तर पर उतर आता है—इस एहसान ने मेरी हिम्मत बँधाई, चुनांचे मैंने उससे कहा, "मैं मुसलमान हूँ।" "मार डालो—मार डालो" का शोर बुलन्द हुआ।

धोबी जो कि शराब के नशे में धुत था एक तरफ़ देखकर चिल्लाया, ''ठहरो इसे रामखेलावन मारेगा।''

मैंने पलटकर देखा। रामखेलावन मोटा डंडा हाथ में लिये लड़खड़ा रहा था। उसने मेरी तरफ़ देखा और मुसलमानों को अपनी ज़बान में गालियाँ देता हुआ मेरी तरफ़ बढ़ा। मैंने धमकानेवाले लहज़े में कहा, ''रामखेलावन।''

रामखेलावन दहाड़ा, ''चुप कर रामखेलावन के...''

मेरी आख़िरी उम्मीद भी डूब गयी। जब वह मेरे करीब आ पहुँचा तो मैंने खुश्क गले से हौले से कहा, ''मुझे पहचानते नहीं, रामखेलावन?''

रामखेलावन ने वार करने के लिए डण्डा उठाया—एकदम उसकी आँखें सिकुड़ीं और फैलीं। डण्डा हाथ से गिरा। उसने करीब आकर मुझे गौर से देखा और पुकारा—''साब!'' फिर वह अपने साथियों की ओर देखकर बोला—''यह मुसलमीन नहीं—यह मेरा साब है—बेगम साब का साब...वह मोटर लेकर आया था—डॉक्टर के पास ले गया था—जिसने मेरा जुलाब ठीक किया था।''

रामखेलावन ने अपने साथियों को बहुत समझाया मगर वे न माने—सब शराबी थे। तू-तू मैं-मैं शुरू हो गयी। कुछ धोबी रामखेलावन की तरफ़ हो गये और हाथापाई तक नौबत आ गयी। मैंने मौका अच्छा समझा और वहाँ से खिसक गया था।

मैं बहुत बेकरार था। दिल में तरह-तरह के भाव उबल रहे थे। जी चाहता था जल्दी टिकट आ जाये और मैं बन्दरगाह की तरफ़ चल दूँ। मुझे ऐसा महसूस होता था कि अगर देर हो गयी तो मेरा फ़्लैट मुझे अपने अन्दर कैद कर लेगा।

दरवाज़े पर दस्तक हुई। मैंने सोचा टिकट आ गये। दरवाज़ा खोला तो बाहर धोबी खड़ा था।

''सलाम साब!''

''सलाम।''

''मैं अन्दर आ जाऊँ?''

''आओ।''

वह खामोशी से अन्दर दाखिल हुआ। गठरी खोलकर उसने कपड़े निकालकर पलंग पर रखे। धोबी ने अपनी आँखें पोंछीं और भर्राई आवाज़ में कहा—''आप जा रहे हैं, साब?''

''हाँ।''

उसने रोना शुरू कर दिया, ''साब मुझे माफ़ कर दो—यह सब दारू का कसूर था...और दारू...दारू आजकल मुफ़्त मिलती है—सेठ लोग बाँटता है कि पीकर मुसलमानों को मारो—मुफ़्त की दारू कौन छोड़ता है, साब—हमको माफ़ करो—हम पियेला था...साईद शालिम बालिश्टर हमारा बहुत मेहरबान होता—हमको एक पगड़ी, एक धोती, एक कुर्ता दिया होता...जुलाब से हम मरता होता—वह मोटर लेकर आता। डॉक्टर के पास ले जाता। इतना पैसा खर्च करता—तुम मुलक जाता—बेगम साब से मत बोलना, रामखेलावन...''

उसकी आवाज़ गले में रुँध गयी, गठरी की चादर कन्धे पर डालकर चलने लगा तो मैंने रोका—''ठहरो रामखेलावन।''

लेकिन वह धोती की लाँग सँभालता तेज़ी से बाहर चला गया।

किर्चें और किर्चियाँ

"हिन्दुस्तान के मशहूर निडर लीडर के कश्मीर में दाखिले पर पाबन्दी लगा दी गयी।"

"और यह भी एक तमाशा ही है कि यह मशहूर और निडर लीडर खुद कश्मीरी है।"

"सआदत हसन मंटो भी कश्मीरी है।"

"और उस पर तीन मुकदमे अश्लीलता के अपराध में चल चुके हैं।"

"राजनीति भी अश्लील है।"

"हिन्दुस्तान के मशहूर और निडर लीडर पर धारा 292 ताज़ीराते हिन्द के तहत मुकदमा चलाना चाहिए।"

"और सेशन में बरी कर देना चाहिए।"

"इसलिए कि अभी तक अश्लीलता का सही निश्चय नहीं हुआ।"

"और न अभी तक इसकी सही और निश्चित परिभाषा ही पता लगी है।"

"हिन्दुस्तान के मशहूर और निडर लीडर जो कश्मीरी हैं।"

"ज़िन्दाबाद।"

"सआदत हसन मंटो।"

~

"हिन्दुस्तान के मशहूर, निडर और जज़्बाती लीडर ने कश्मीर में अपने दाखिले की पाबन्दी के बावजूद धावा बोल दिया।"

"डोगरा हुकूमत होशियार बाश।"

''बाअदब, बामुलाहिज़ा होशियार—निगाहें रू-ब-रू।''

''राष्ट्रपति की सवारी आती है।''

''हम डोगरे नहीं—दोगुरे हैं—हमारे दो गुर हैं।''

''तुम दोगुरे हो—मगर गोरे नहीं जो हज़ार गुरे थे—तुम मुझे नहीं रोक सकते।''

''हम तो नहीं रोक सकते—लेकिन ये संगीनें और किर्चें रोक सकती हैं। जो बनायी ही इसीलिए गयी हैं।''

''ये क्यों बनायी गयी हैं?''

''मालूम नहीं—जिन्होंने बनायी हैं, उनसे पूछो।''

''तुम कश्मीरी हो।''

''हमें मालूम नहीं—हम सिर्फ़ डोगरे हैं—हम सिर्फ़ किर्चें हैं—हम सिर्फ़ वे हैं, जो हम नहीं हैं, लेकिन हमें तुम्हारे वजूद ने जन्म दिया है—तुम चले जाओ—वापस इलाहाबाद चले जाओ जहाँ के अमरूद बहुत मशहूर हैं—हम अपनी तेज़-तेज़ किर्चों से उन्हें काट-काट कर खाते रहे हैं—जाओ, वापस चले जाओ, ऐसा न हो कि हम तुम्हें भी इलाहाबादी अमरूद समझकर खा जायें।''

''मैं बड़ा जज़्बाती आदमी हूँ—मैं अमरूद भी बन जाऊँगा—मगर यहाँ नमरूद की खुदाई नहीं देखूँगा—तुम्हारा महाराज नमरूद है—इलाहाबाद का अमरूद होने का उसे गर्व कभी हासिल नहीं हो सकता—मैं कश्मीरी हूँ, बबुगोशा हूँ, ग्लास हूँ, सेब हूँ—मैं बड़ी-से-बड़ी चीज़ हूँ। यहाँ से बाहर निकलकर तमाम हिन्दुस्तान से पूछो कि मैं कौन हूँ। मेरा बाप मोती था—बड़ा नायाब मोती—क्या तुम उसकी आब-व-ताब भूल गये हो?''

''जो बिंध गया सो मोती—क्या वह बिंध गया था?''

''वह बिंधा नहीं था, कई दफ़ा बाँधा गया था—उसको पीटा भी गया था।''

''तो वह मोती नहीं था—हमने उसकी ज्योति कभी नहीं देखी।''

''तुमने उसकी जूती भी नहीं देखी और न तुम इस लायक हो कि उसे देखो।''

''पकड़ लो।''

''पकड़ लो।''

''नहीं, संगीनों की नोक पर इसे रोक लो।''

"मैं इसकी परवाह नहीं करता।"

"उठाओ, इस सिरफ़िरे को, मोटर में डालो और कश्मीर की सरहद से बाहर छोड़ आओ।"

"हाँ, आदमी बुरा नहीं—हालाँकि बातें बहुत बुरी करता है।"

"जो हमें नहीं सिखाई गयीं।"

"पकड़ो।"

"डालो मोटर में।"

"और छोड़ आओ सरहद पार।"

"हिन्दुस्तान के मशहूर, निडर और जज़्बाती लीडर को पकड़ो—बड़ी सावधानी के साथ—जिस तरह कि तुम बच्चे को उठाते हो। और यूँ समझो कि तुम इसे मोटर में नहीं बल्कि एक झूले में डाल रहे हो—झूला झुलाते हुए उसे वहीं छोड़ आओ जहाँ से इसने हमारी नींद हराम करने की ठानी थी—हम डोगरे हैं।"

"हम दोगुरे हैं।"

"हम हरीसिंह हैं।"

"हमने रम पी हुई है।"

"इसलिए हम बाअदब हैं, बामुलाहिज़ा हैं—होशियार हैं।"

"राष्ट्रपति की सवारी वापस करो।"

~

"लो भई बँटवारा हो गया।"

"क्या बँटवारा हो गया?"

"बर्रे सग़ीर?"

"बर्रे सग़ीर?"

"किसने बँटवारा किया?"

"माफ़ करना, मैं हिन्दू हूँ—मेरा मुल्क अब यह हिन्दुस्तान है।"

"कौन-सा हिन्दुस्तान?"

"जिसे रेड क्लिफ़ ने हमारे खाते में दर्ज किया है।"

"तो इसमें माफ़ी की क्या ज़रूरत थी?"

"ज़रूरत थी, मत बोलो—अब तुम हिन्दू हो—तुम्हारी ज़बान हिन्दी होनी चाहिए।"

"मगर हमारे मुल्क के लँगोटधारी लीडर ने कहा था— "

"वह मारा जायेगा।"

"उसे कौन मार सकता है?"

"हम मारेंगे।"

"तुम?"

"हमारी कौम में से कोई भी आदमी उठेगा और ऐसे फ़िरकापरस्त आदमी को हलाल कर देगा।"

"यह ज़रूर होना चाहिए।"

"यह ज़रूर होगा।"

"कब?"

"हो जायेगा अपने वक्त पर।"

"यह वक्त कब आयेगा?"

"वक्त के आने और ले जाने के सवाल पर कई बार ग़ौर हो चुका है। मगर सुना है कि यह हुकूमत के अफ़सरों के अधिकार की बात नहीं—सुना है कि एक रब है जो इस महकमे का बड़ा अफ़सर है।"

"वह किसी को चूँ-चपड़ की इजाज़त नहीं देता और अपनी मनमानी करता है।"

"उसे सज़ा मिलनी चाहिए।"

"उनके लिए हमारी ताज़ीराते हिन्द बिलकुल बेअसर है।"

~

"यह क्या हो रहा है, भाई साहब?"

"अस्सलाम अलेकुम।"

"वालेकुम अस्सलाम।"

"दुनिया की सबसे बड़ी इस्लामी हुकूमत वजूद में आ रही है।"

"सुना है, बिगुल काफ़ी बजे थे—पटाखे भी छूटे थे।"

"शब-ए-बरात थी?"

"हर इन्कलाब एक शब-ए-बरात होता है।"

"लेकिन हर शब-ए-बरात इन्कलाब नहीं होती।"

"तुम बकवास करते हो—तुम—ऐसा मालूम होता है कि अभी साम्राज्य के बन्धनों में गिरफ़्तार हो।"

"यह सआदत हसन मंटो नहीं बोल रहा।"

"जी, नहीं।—उसको तो अर्सा हुआ मरे हुए—उसका ठंडा गोश्त बोल रहा है।"

"कहाँ से?"

"कब्र से?"

"ऐसा क्यों कर हो सकता है—उसके खिलाफ़ तो फतवा दे चुके हैं कि काफ़िर है—काफ़िर की कब्र कैसे बन सकती है।"

"खुद-ब-खुद बन गयी है।"

"गलत है—चारों दिशाओं में ऐलान कर दो कि यह उस खबीस की कब्र नहीं—किसी नामालूम दरवेश की है। जो सिर्फ़ अन्दरूनी तौर पर अश्लील था और खुफिया अन्दाज़ में अपने इस मर्ज़ का इलाज करता रहा था।"

"ठीक है।"

"ठीक है।"

"बहुत ही ठीक तौर पर ठीक है।"

"खुदा बख्शीश करने वाला है।"

"खुदा मंटो को भी इस नयामत से फायह दे।"

"आमीन।"

"आमीन।"

~

"यह तो जहन्नुम नहीं जन्नत है।"

"—अगर फिरदौस बर रुए जमीं अस्त
हमीं अस्त हमीं अस्त हमीं अस्त।"

"दगादार डरा।"

"इसका क्या मतलब हुआ?"

"मतलब इसका वही कुछ है जो हम सबका मतलब है।"

"तो हम ज़रूर कश्मीर ले लेंगे।"

"ज़रूर—"

"यू.एन.ओ. फ़ैसला करेगी।"

"किसका?"

"हमारी किस्मत का।"

"पहले तो ऐसे फ़ैसले खुदा किया करता था।"

"अब ज़मीनी जन्नत का फ़ैसला ज़मीनी 'देवता' करेगा।"

"वह ज़मीनी 'देवता' कौन है?"

"उसके कई नाम हैं—उसका नाम रहीम हो सकता है। ग्राहम भी हो सकता है। यानी कि ग्राहम हुआ—अगर दोनों कौमों ने, दोनों मुल्कों ने इसे मान लिया तो—"

"वरना?"

"वरना सब बकवास है।"

"मरहबा (शाबाश)।"

"मरहबा।"

"ज़िन्दाबाद।"

"जन्नत के हम हकदार हैं।"

" 'यकीनन'—इसका हिन्दी लफ़्ज़ क्या है—यह नेताजी ऑल इण्डिया रेडियो से पूछकर बताएँगे—इसका मतलब उनकी समझ में आयेगा या नहीं—इसके बारे में उन्होंने अभी तक कुछ नहीं कहा।"

"जन्नत को हम स्वर्ग कहते हैं, नेताजी।"

"मैंने इसका नाम आज सुना है।"

"यह बड़ी अचरज की बात है।"

"यह 'अचरज' भी मैंने आज सुना है।"

"यह रेडियाई ज़बान है—वह ज़बान, जो आपके होते हुए यहाँ पल रही है।"

"मैं बड़ा बदज़बान हूँ—मुझे इस ज़बान से कोई सरोकार नहीं।"

"यह सरोकार क्या होता है?"

"इससे सरकार का कोई ताल्लुक नहीं—इससे सिर्फ़ मेरा ताल्लुक रहा है—मेरे सारे खानदान का ताल्लुक—लेकिन तुम इस सब पर लानत भेजो—

लेकिन मैं तुमसे साफ़ लफ़्ज़ों में कहना चाहता हूँ कि मुझे कश्मीर चाहिए—इसीलिए कि मैं वहाँ पैदा हुआ था।''

''मंटो वहाँ पैदा नहीं हुआ?''

''दुनिया का कोई इन्सान वहाँ पैदा नहीं हुआ।''

''अगर कोई इन्सान पैदा होता रहा है तो वह हमेशा कश्मीर से बाहर पैदा होता रहा है।''

''इसकी वजह?''

''क्यों?''

''खुद कश्मीर से पूछो।''

''खुद पैदा होने वाले से पूछो।''

''खुद पैदा करने वाले से पूछो।''

''यह बड़ी अजीब-व-गरीब बात है।''

''इस अजीब-व-गरीब बात का दूसरा नाम यू.एन.ओ. है।''

''यह भी काफ़ी अजीब-व-गरीब नाम है।''

''अजीब-व-गरीब का नाम ही सियासत है।''

''और उसका दूसरा नाम सआदत।''

''ई सआदत बजोरे बाज़ू नीस्त
तानाह बख़्शद—ख़ुदा-ए-कश्मीरी।''

''लेकिन अफ़सोस कि वह 'हातो' नहीं।''

~

''डॉ. ग्राहम ज़िन्दाबाद।''

''मुर्दाबाद।''

''साला कुछ करता ही नहीं है।''

''नहीं यार—रिपोर्ट्स लिखता है—और यह बड़ा मुश्किल काम है।''

''मुश्किलें ज़िन्दाबाद।''

''आज़ाद कश्मीर ज़िन्दाबाद।''

''जन्नत के भी टुकड़े हुए हैं।''

''आधा हमारा—आधा उनका।''

''नहीं, हम पूरा चाहते हैं।''

''साबुत और सालिम जन्नत।''

''हक्का कि बा अकूबत-ए-दोज़ख बराबर अस्त
रफ़्तन वपाये मरवे हमसाया दर बहिस्त।''

''यह कौन है?''

''मंटो।''

''नहीं—शेख सादी—जो अपने वक्त का मंटो था।''

❑❑❑

www.ingramcontent.com/pod-product-compliance
Ingram Content Group UK Ltd.
Pitfield, Milton Keynes, MK11 3LW, UK
UKHW041826200726
13854UKWH00002BA/580

9 789386 534927